사자클럽 잔혹사

이 도서의 국립중앙도서관 출판시도서목록(CIP)은 e-CIP홈페이지(http://www.nl.go.kr/ecip)와
국가자료공동목록시스템(http://www.nl.go.kr/ kolisnet)에서 이용하실 수 있습니다.
(CIP제어번호:CIP2013024201)

사자클럽 잔혹사

이시백 장편소설

천문학사

작가의 말

이 소설이 책으로 나오기 전에 먼저 검열 삼아 읽던 아내는 중도에 원고 뭉치를 집어던졌다. 아무리 소설이라도 이런 이야기를 쓰다니! 아내는 경멸 어린 눈으로 나를 노려보았다. 변명할 염도 없이 나는 속으로 '성공!'이라며 쾌재를 불렀다.

요즘 내 머릿속을 맴도는 단어는 바로 '환멸'이다. 1970년대식으로 말하자면 '남에게 혐오감'을 주는 삶이 요즘 내 작업의 역사적 사명이라 하겠다. 돌아보면 지나치게 국민교육적으로 성실히 살아온 삶들의 이면에 숨겨져 있는 '혐오'의 깊은 그늘을 기록하고 싶었다.

세대마다 각기 살아온 삶이 있고, 그 궤적을 따라 몇 권의 책이 묶여지기 마련이다. 그런데 국민교육헌장을 외우고, 체육대회에서 모래주머니를 나르고, 수류탄을 던지던 이 세대에 대해서는 합당한 책을 찾아보기 어려웠다. 해 저무는 미사리 카페에 쭈그리고 앉아, 어물전에 팔다 남은 생선처럼 '7080'이라는 두름으로 묶여 버린 한 세대의 삶을 꼼꼼하게 조망하고 싶었다.

1986년, 미국의 우주왕복선 챌린저호가 발사된 지 75초 만에 화염에 휩싸여 폭발했다. 미국 정부에서는 이 장면을 텔레비전 방송으로 지켜본 어린이들이 겪게 될 좌절과 충격의 심리적 후유증을 우려하여 정신의학자와 심리학자를 동원하여 심리치료와 상담을 실시하는 거대한 프로젝트를 준비했다. 텔레비전으로 영부인이 총에 맞는 모습을 목격하고, 대통령의 멱을 따러 온 무장공비의 시체를 보고, 툭하면 불어대던 사이렌의 "이것은 실제상황입니다."라는 공습 방송을 들은 이 나라의 소년들은 어떠했을까. 대견하게도 어떤 심리치료나 상담 없이 오로지 제 힘으로 버티며 어른이 되었다. 방공호에 들어앉아 죽은 듯이 엎드려 있는 것만이 살길이라고 체득한 세대의 목소리는 미미하기만 하다.

존재감 없는 이 불행한 세대가 지난 대선에서 모처럼 목소리를 냈다. 산업화 세대의 적자이며, 전후 베이비부머로 '싸우며 일해 온' 이 세대는 치열한 경쟁의 보답으로 IMF를 겪어야 했다. 노후 걱정이며, 집값 문제며 여러 가지 이유야 많겠지만 모처럼 분기탱천하여 일어선 이 세대가 이번에 어떤 일을 했는지 짐작건대 자신들도 알지 못하리라.

뒤늦게나마 이 존재감 없는 세대가 지나온 '슬픈 성장사'를 한 권의 소설로 정리해본다. 떠나야 비로소 보이는 것이 어디 정든 고향의 풍경뿐이겠는가. 돌아보면 감미로운 음악으로 묻어두기에 너무 신산하고 혐오스러운 삶이 아닐 수 없다. 자신의 삶에 환멸을 느끼는 일이야말로 분노의 첫걸음일 것이다. 열심히 달리기는 달렸는데 왜 달리는지, 어디로 향하는지도 모른 채 정신없이 달려온 벗들에게 이 책을 바친다.

어지러운 글들을 깊은 관심과 애정으로 조언하고 다듬어준 실천문학 손택수 시인과 편집부 가족들, 귀한 글로 격려해주신 조영남 가수께도 깊은 감사를 드린다. 기꺼이 풍자의 대상이 되어준 내 오랜 벗들과 그들의 삶에 송구함과 고마움을 전한다.

이 책을 읽는 독자에게도 환멸과 혐오를 넘어, 그 이면에 숨겨진 슬픔과 분노의 마음이 가 닿기를 바란다.

먼지 덮인 엘피반을 들으며

광대울 산막에서

차 례

프롤로그

폴, 네가 필요해.

이 전화가 걸려오기 전까지 나는 사자클럽을 까맣게 잊고 지냈다. 나는 비틀스도 잊고, 폴이라 불리던 시절도 잊은 채 살아왔다. 그게 가능한 일인가. 가능하다.

그렇다고 되는 대로 살아온 것은 아니다. 나는 "시간은 금이다"라는 표어가 걸린 교실에서 교육을 받은 사람이며, 내 팔뚝에는 일촌광음불가경(一寸光陰不可輕)이란 문신이 새겨져 있다.

나와 가까운 사람들은 내가 근본을 무엇보다 중히 여긴다는 사실을 모르지 않을 것이다. 뿌리 없이 피는 꽃이 어디에 있으며, 샘 없이 흐르는 강이 어디 있겠는가. 그런 점에서 나는 전통이라는 걸 중시하는 사람이다. 내가 듣기 싫어하는 말은 "본론만 말해!"이다. 서론 없이 어떻게 본론이 있으랴. 아무리 시간을 저울에 달아 금과 바꾸는 세상이 되었다 해도 세상의 일에는 두서가 있고 연유가 있기 마련이다.

이번에 내게 일어난 일만 해도 그렇다. 그걸 말하자면 차 이야기부터 해야 할 것이다. 사람이 차를 마시기 시작한 것은 기원전 2737년 무렵이다. 중국의 신농씨가 마실 물을 끓이다가 땔나무에 매달린 나뭇잎 한 장이 주전자 속으로 날아 들어가면서 차의 음용이 시작된 것이다. 차근차근 말하자면 차만 가지고도 아흔여덟 날은 이야기해야 할 것이지만 거두절미하고 '본론만 말한다'면 천지간에 일어나는 일들은 우연과 필연의 틈새에서 생겨난다는 이치이다.

차만 해도 그러하다. 우연히 주전자 속에 나뭇잎이 날아 들어가는 것도 마구잡이로 이뤄진 것이 아니다. 정교하게 짜인 필연의 요소들 가운데 어느 하나만 비거나 넘쳐도 일어날 수 없는 필연의 소산이다. 떡갈나무로 불을 지폈다면, 목이 기다란 호리병으로 물을 끓였다면, 물 끓이는 시녀의 성품이 꼼꼼하여 주전자 뚜껑을 잠시도 열어두지 않았다면 차라는 기호품은 생겨나지 않았을 것이다.

평균 해발이 5천 미터가 넘는 고산에 붙어사는 토번국의 장족은 평균 수명이 30세를 넘기지 못했다. 물론 장족을 대상으로 인구센서스 조사를 한 적은 없다. 믿거나 말거나 전해져오는 이야기에 따르면, 야크의 고기나 젖을 주식으로 삼았던 장족은 엽채류가 부족하여 비타민C가 만성적으로 부족하였다. 그들의 수명이 갑자기 늘게 된 것은 라오스나 중국 남부에서 생산되는 녹차를 만나고 나서이다. 그들은 새와 쥐만(박쥐는? 남 말하는데 끼어들지 말자) 넘나들 수 있다는 낭떠러지의 바위들을 쪼아 차를 구하러 목숨을 걸고 운남성으로 향했다. 운남에서 생차를 사서 말 등에 싣고 돌아오는 동안 설산의 찬바람과 말이 흘리는 땀과 체온에 의해 차가 발효되었다. 이것이 발효차의 유래이다.

토번국의 장족이 배추나 푸성귀를 길러 먹을 만큼 해발이 낮은 지역에 살았다면, 말이 아니라 사람이 등짐을 메고 왔다면, 차갑고 건조한 바람이 부는 매리설산(梅里雪山)을 넘지 않고 평원 길로 돌아왔다면 아직도 중국의 13억 인민과 티베트의 장족이며 덩달아 한민족까지 생차를 마시고 있을 것이다.

내가 지금 야심한 시각에 책상 앞에 쭈그리고 앉아 사자클럽에 대한 글을 쓰고 있는 것도 인간이 차를 마시게 된 사연과 비슷하다. 내가 비틀스를 잊고 사는 동안에도 사자클럽은 매달 세 번째 금요일에 모임을 이어왔다고 한다. 경이로운 일이 아닌가. 사자클럽이 나를 잊지 않고 있었으며, 나의 연락처를 알아내기 위해 무진 애를 썼다는 사실은 실로 가슴 뭉클한 일이 아닐 수 없었다. 이 비정한 세상에 나 혼자만 깨진 장기알처럼 내던져진 채 살아온 게 아니었던 것이다.

사자클럽은 1917년 미국의 일리노이에서 '너그러운 이해의 정신'으로 시작된 라이온스클럽과는 아무런 관계가 없다. 굳이 두 단체를 비교해 말한다면, 사자클럽은 1968년 대한민국의 어느 고등학교에서 '무자비한 반공애국의 정신'으로 시작되었다는 점이

다르다. 이번에 내게 전화를 건 기봉이 전하는 말로는 '한번 사자는 영원한 사자!'라는 모토를 앞세운 사자클럽은 현재 45기 528명에 달하는 회원을 국내외에 두고 있다고 한다. 얼마 전에는 파라과이에 이민을 간 두 명의 회원이 햄버거 가게에서 만나 중남미 지부를 결성하였다고 한다.

그렇다고 당장 사자클럽에 달려 나갈 생각이 드는 건 아니었다. 춘계 등산대회니 부부 동반 볼링대회에 나갈 만큼 한가하지 않았으며, 알래스카에서 사는 어느 회원이 실비로 보내왔다는 야생 사슴뿔을 사먹을 여유도 없었다.

폴, 네가 필요해.

이 말만 아니었다면 나는 사자클럽에 나가지 않았을 것이다. 수십 년이 지났지만 그 이름으로 불리는 순간 내 가슴속에 가로질렀던 육중한 바위 문이 삐거덕 소리를 내며 열리는 걸 느낄 수 있었다. 바라니살라밧다훔! 기봉이 이런 주문들을 외웠더라도 내 놀라움은 덜했을 것이다. 폴, 그 단음절의 이름을 듣는 순간 나는 비로소 오래전부터 나를 둘러싸고 있던 운명의 씨줄과 날줄이 미세하게 움직이며 그에 따라 내 팔이며, 다리며, 심장의 고동이 톱니바퀴처럼 움직이는 걸 느낄 수 있었다. 그것은 이십오 년마다 자연적으로 산불이 발생하는 캐나다 서부의 숲에 있다는 뱅크스소나무를 닮았다. 워낙 단단한 뱅크스소나무의 솔방울은 산불의 뜨거운 열을 받아야 비로소 종자를 밖으로 내놓는다고 한다.

폴이라고 불리는 순간, 내 안에서 뱅크스소나무의 솔방울처럼 무언가 '탁' 소리를 내며 터져 나왔다. 비틀스를 하나님보다 더 숭앙하던 시절이 있었다. 비틀스 멤버들 가운데서도 나는 아일랜드 혈통의 폴 매카트니를 좋아했다. 〈렛 잇 비〉, 〈예스터데이〉 등 폴 매카트니의 전설적인 노래들에 심취했던 나는 그의 이름을 빌려다 쓰는 데 전혀 주저하지 않았다. 폴, 그것은 칙칙한 붉은 벽돌의 교도소로 스며드는 한 줄기 빛이었으며 복음과도 같았다.

기봉은 모교가 100주년을 맞이했다는 말을 일곱 번쯤 했다. 나는 100주년이라는 말을 들었을 때 교도소를 떠올렸다. 줄무늬의 죄수복을 입은 수인들이 100년 형을 받고 갇혀 있는 붉은 벽돌의 교도소. 그 안에 갇힌 수인들의 한으로 여름에도 고드름이 매달리고, 새들도 사방 2킬로미터를 항공금지구역으로 설정하고 있었을 영어(囹圄)의 공간.

"김신조가 목사가 되었대."

아! 그것은 1974년 10월 30일, 콩고의 자이르에서 열린 헤비급 타이틀전 8라운드에서 떠버리 무하마드 알리가 조지 포먼의 턱에 가한 카운터펀치나 다름없었다. 까맣게 잊고 지내던 김신조라는 인물은 광속보다 빠르게 나를 수십 년 전의 기억 속으로 인도해갔다. 유체를 벗어난 영혼은 어느 결에 까까머리를 하고 방바닥에 엎드려 알파벳을 쓰고 있는 소년의 육신으로 틈입하였다. 김신조, 그 이름은 내 자의식의 속살 틈에서 돋아나던 모근처럼 여전히 내게 껄끄럽고 거북하였다.

김신조가 목사가 되었대. 이 말에는 우리도 무언가 되어 있어야 하지 않겠느냐, 적어도 무언가 해야 하지 않겠느냐는 뜻이 담겨 있었다. 그때 그냥 못 들은 척했어야 하였지만 나는 그러지 못했다.

어찌하였든 나는 사자클럽 임시총회가 열리는 망우리 공동묘지 부근의 보신탕집을 찾아가게 되었다. 추적추적 비가 내리는 날이었고, 얼마지 않아 죽을 개들이 죽을힘을 다해 짖어대는 보신탕집 골방에서 만난 학창 시절의 소년들은 몰라볼 정도로 늙어 있었다. 그곳에서 나는 회교도처럼 그들을 하나씩 부둥켜안고 볼을 비비며 반가움을 나누었다. 그날 보신탕집 주인이 단골에게만 '특별 사비스'로 준다는 '만년필(수캐의 생식기를 가리키는 전문용어)'을 질겅질겅 씹으며 나눈 화제는 단연 '세시봉'이었다. 특집으로 '세시봉'이라는 토크쇼 방송이 있고 나서 어디를 가나 그들이 화제였다. 송창식, 윤형주, 김세환. 텔레비전에 나온 그들은 볼살이 우묵하니 패이고, 머리숱이 눈에 띄게 줄어들긴 했지만 여전히 마이크를 붙잡고 지난 시절의 노래들을 불렀다. 전자오락 같은 음악들이 판을 치는 요즘에 "헤어지자 보내온 그녀의 편지 속에……."라는 가사의 이런 구성진 노래들이 18.9퍼센트의 시청률을 만들어낼지 누가 알았겠는가. 염색한 군복 바지를 입은 그들이 처음 만났다는 종로 구석의 '세시봉'●을 이야기할 때 나는 달빛이 늑대인간을 변하게 하듯 뇌수 깊은 곳에 감춰졌던 어떤 신경 가닥이 찌릿찌릿

● C'est Si Bon, '그것은 멋지다' 혹은 '멋진 친구들'이라는 뜻의 프랑스어로 1960, 1970년대 종로에서 통기타 가수가 많이 모이던 음악 감상실이다.

감응하는 걸 느꼈다. 개 생식기의 점액질 성분과 세시봉 가수들의 노래가 뒤섞이며 뇌수 속에서 묘한 화학반응이 일어났다.

그날의 안건은 100주년을 맞이한 모교와 반세기 가까이 영욕을 함께해 온 사자클럽이 바칠 기념 품목을 정하는 일이었다. 동양 최대의 거울을 걸어주어 후배들이 용모를 단정히 하도록 하자는 의견부터 뭐니 뭐니 해도 머니가 제일이니 그냥 금일봉을 전달하자는 의견까지 분분했다. 과연 개의 생식기를 섭취한 호모사피엔스답게 사방에서 짖어대는 소리로 귀가 아플 지경이었다. 한국놈들은 좋게 말로 해서는 안 된다는 민족개조론까지 등장한 격론 끝에 모아진 결론을 인간의 말로 통역해 들어보자면 대략 다음과 같았다. 모교의 상징물로 수십 년 동안 교문 앞에 입 벌리고 서 있느라 녹슬고 칠이 벗겨진 사자 동상에 금박을 입힌다. 그와 더불어 '사자클럽 40년사'를 발간한다. 비용은 회장인 성제가 감당한다. 그것은 일정이 바빠서 참석하지 못한 성제의 생각이라고 했다.

'사자클럽 40년사'라니 듣기만 해도 가슴이 울렁거리는 일이었다. 그 일이 바로 내게 맡겨진 것이다. 학창 시절부터 사대문 안에 문명을 떨친 바 있으며, 지금까지 종이를 벗 삼아 책 만드는 일을 하고 있으니 이리 둘러보고 저리 돌아봐도 내가 아니면 감당할 사람이 없을 일이었다. 김신조와 폴을 앞세워 나를 불러낸 까닭을 알게 되었다.

손봐야 할 원고가 산더미같이 쌓여 있는 처지에 틈을 내어 책 한 권을 만드는 것이 만만한 일은 아니었다.

"공연도 하고."

방송사에서 광고기획 일을 한다는 기봉은 '사자클럽 40년사'를 요즘 여기저기서 하는 북 콘서트처럼 당시 유행하던 음악과 잘 버무려 만들어보자고 했다. 그러면서 그는 학창 시절에 하려다 못한 음악회를 모교의 100주년 기념식장에서 할 예정이라고 했다. 음악회라는 단어가 제세동기처럼 금세 심장을 요동치게 만들었다. 그러고 보니 음악 없이 산 지도 꽤 오래되었다. 말도 안 되는 일이지만, 사람의 삶이란 말이 되는 것보다는 그렇지 않게 사는 편에 가까웠다.

이런 사정으로 나는 벌써 며칠째 책상 앞에 앉아 있다. 밤늦도록 불을 켜고 앉아 있는 나를 보고 아내는 콧방귀를 뀌었다. "호랑이 클럽은 아니고, 사자클럽이야." 그럴수록 나의 마음은 비장해져 갔다.

지난 기억들을 글로 옮기는 일은 예상외로 힘들었다. 생각 끝에 우선 내 이야기부터 적어보기로 하였다. 그마저도 쉬운 일이 아니었다. 오래도록 일기를 쓴 적이 없듯 나에 대해 이렇게 숨 막히도록 진지하게 생각해본 적이 없었기 때문이다. 지난 삶들을 돌아보자니 문득 '개와 늑대 사이의 시간'이 생각났다. 해가 저물고 미명이 어렴풋이 남아 있을 무렵에 멀리서 몰려오는 것이 개인지, 늑대인지 구분하기 어려운 그 시간이야말로 나의 시간이었다. 개도 아니고 늑대도 아닌, 어쩌면 개이기도 하고 늑대이기도 한 나는 누구인가. 밤이 깊다 못해 창밖이 훤해질 때까지 책상 앞에 쭈그리고 앉아 그런 쓸데없는 생각들을 하였다.

나는 누구인가. 애국애족을 급훈으로 내걸고, 뭉치면 살고 흩어지면 죽는다는 말을 귀에 못이 박히도록 듣고 살아온 사람이었다. 내가 좋아하는 사자성어는 멸사봉공, 선공후사, 살신성인처럼 거룩한 것들 일색이었다. 내가 가장 싫어하는 인간은 개인플레이를 하는 놈이었다. 그것은 체육시간에 축구를 하다가 혼자 공을 몰고 간 일로 체육선생에게 뺨을 맞은 뒤로 생긴 버릇인지도 몰랐다. 나는 박지성 선수를 가장 좋아한다. 심장을 두 개 단 것처럼 축구장 구석구석을 발이 닳도록 뛰어다니면서도 막상 골대 앞에만 가면 겸손해지는 선수. 내가 생각하는 이상적인 인간이란 바로 골키퍼 없는 골문 앞에서도 동료에게 패스해주는 정신을 지닌 사람이었다. 나는 무엇보다 전체를 먼저 생각하는 사람이다. 국가나 민족, 인류, 세계 이런 말을 들을 때마다 나는 가슴에 손을 얹어야 하는 사람이다.

1968년

1968년은 여러모로 잊을 수가 없는 해이다. 중학생이 되던 해였고, 무교동의 음악감상실 '세시봉'에서 노래하던 송창식과 윤형주가 트윈 폴리오●를 결성한 해였다.

월요일로 시작하는 윤년이었던 그해에 나는 열네 살이 되었다. 열네 살이란 누구에게나 이야깃거리가 많을 때이다. 포경수술을 하거나 『데미안』을 읽으며 어떤 정신의 막 같은 걸 벗겨내는 시기라고나 할까. 많은 사람들 앞에 발가벗겨진 것처럼 당황스럽고, 한 손으로 코를 쥐고 땅바닥에 엎드려 열 바퀴를 돌고 난 뒤처럼 정신없고, 하는 것 없이 바쁠 때이기도 하다. 그해 비틀스는 〈헤이 주드〉로 무려 9주 동안 빌보드 차트에서 1위를 했고, 북베트남 인

● 1968년 윤형주와 송창식이 만든 남성 듀오로, 통기타 문화의 선도적 역할을 한 트윈 폴리오는 한국의 '사이먼 앤 가펑클'이라고 불릴 만큼 인기가 많았다.

민공화군은 구정을 기해 남베트남으로 대공세를 감행했으며, 파리에선 낭테르대학의 학생들이 드골 정부에 맞서 시위를 벌이고 있었다. 그리고 역사에는 기록이 되지 않았지만 그해에 사자클럽이 만들어졌다.

그러나 내게 1968년은 뭐니 뭐니 해도 고추장 독으로 기억된다. 그해의 어느 날 밤에 무장공비가 홍제동 산92번지 소재의 우리 집 고추장 독에 빠졌다는 사실이다. 그 일이 일어나기 전까지만 해도 나는 지극히 평범한 소년이었다. 북괴의 124군부대 소속 무장공비 서른한 명이 청와대를 습격하기 위해 세검정 고개까지 잠입하던 밤에 나는 평화롭게 영어 펜맨십을 쓰고 있었다. 자신이 평생 고생하는 이유가 서당에서 천자문을 배우고, 영어를 배우지 못한 데 있다고 생각한 아버지의 영향으로 나는 중학교에 들어가기 전 무조건 영어 알파벳을 달달 외워야 하고, 펜맨십을 줄줄 써야 하였다. 라디오에서 긴급뉴스가 흘러나올 때도 나는 이리저리 구부러진 알파벳 필기체를 쓰느라 여념이 없었다. 자하문을 지나 청와대 쪽으로 향하던 정체불명의 괴한들이 경찰의 불심검문을 받고 교전을 벌여 시민들과 경찰 간부를 살해했다는 소식도 나와는 무관한 일이었다. 경찰에 쫓기던 공비 한 명이 산비탈에 다닥다닥 붙어 있던 판잣집 지붕 위로 달아나다가 그만 우리 집 슬레이트 지붕이 깨져 다리만 빠지지 않았어도 그것은 열네 살의 나와 아무런 관계가 없는 일이었다.

그때 나는 삼십 촉 백열전구 불빛 아래서 방 안에 엎드려 펜맨

십의 소문자 k를 쓰고 있었고, 아버지는 목침을 베고 텔레비전의 〈국악 한마당〉을 보고 있었으며, 어머니는 구멍 난 양말을 꿰매고 있었다. 화목하지는 않았지만 그런대로 평온했던 우리 가족은 난데없이 천장을 뚫고 나타난 두 다리가 허공에서 버둥거리는 걸 지켜보아야 했다. 간신히 지붕으로 기어 올라간 무장공비는 마당으로 뛰어내리다 이번에는 고추장 독에 다리를 빠뜨렸다. 고추장 독에 빠진 다리를 허우적거리던 무장공비는 우리 가족이 보는 앞에서 얼굴과 배에 총을 맞고 죽었다. 서력 1968년 1월 21일 밤 인왕산 자락에 위치한 우리 집에서 일어난 일이었다.

무장공비들은 대부분 사살되고, '대통령의 모가지를 따러 왔다'는 공비 김신조●만 사로잡혔다. 세검정 부근의 바위에는 그날 공비들이 쏜 총알이 박혔던 자국이 남아 있었다. 나는 움푹하니 패인 총탄 자국에 손가락을 넣어보고도 도무지 믿어지지가 않았다. 내가 아는 무장공비는 고추장 독에 다리가 빠져 허둥거릴 존재가 아니었다.

언제나 가슴팍에 '반공방첩'이라는 표찰을 붙이고 다니던 시절이었다. '반공'은 붉은색으로 쓰고, '방첩'은 푸른색으로 적어야 했다. 사자표 와이셔츠 상자 종이에 풀 먹인 광목을 덮어 만든 표

● 1968년 1월 21일, 북한 민족 보위성 정찰국 소속 124군부대 무장공비 가운데 하나님의 보살핌으로 유일하게 살아남은 그는 서울침례회신학교에서 신학을 전공하여 현재 서울 성락교회 목사가 되었다. 할렐루야!

찰은 오래지 않아 해졌다. 새로 만든 표찰에 어머니가 '방공방첩' 이라고 잘못 적어 무릎을 꿇고 벌을 받은 적도 있었다. 대머리가 벗겨진 교장은 볕이 가장 뜨거운 날을 기다렸다가 반공 웅변대회를 열었다. 운동장에 열을 지어 선 채 땀을 뻘뻘 흘리며 듣는 공산당 이야기는 끔찍했다. 입을 찢어 죽이고, 배를 가르고, 돌로 짓이겨 죽인다는 웅변을 듣다가 오줌을 지린 적도 있었다. 그런데 그 무서운 무장공비가 고추장 독에 빠진 것이다.

그런 일이 있고 나서 우리 가족은 한동안 얼이 나간 채 지냈다. 아버지는 똥을 뺀 멸치를 안주로 일용할 소주를 한 병씩 마셔야 잠들었고, 어머니는 뇌신● 없이는 골이 아파 견디지 못했다. 어머니 말로는 똘똘하던 내가 얼빙어리가 된 것도 그 때문이라고 했다.

얼빙어리가 된 나는 알파벳 순서조차 외우지 못한 채 중학생이 되었다. 익숙했던 한국어마저 덜덜거리며 더듬는 처지이니 다른 나라 언어를 말할 처지가 아니었다. 그것은 끔찍한 일이었다. 온종일 입을 다물고 지내거나, 어쩌다 하는 말은 몹시 더듬었다. 몇 달쯤 지나 겨우 정신을 차린 나는 어머니에게 공비 다리가 빠졌던 고추장 독을 어떻게 했느냐고 물었다. 어머니는 겁먹은 얼굴로 말했다. "순경이 가져갔어."

후유증은 몸에도 나타났다. 중학생이 되어서도 키가 제대로 자

● 머리가 아플 때 먹던 가루약이다.

라지 않았다. 손은 늘 축축했고 좁은 어깨는 옹색하니 움츠러들었다. 말하자면 나는 재수 없는 아이가 된 것이다. 모든 불운은 무장공비가 고추장 독에 빠지면서 시작되었다. 박부성의 만화를 좋아하고, 평화롭게 펜맨십을 쓰던 내게 어째서 그런 불운이 찾아왔는지 알다가 모를 일이었다.

1968년에 시작된 불운은 정교하게 나를 죄어왔다. 1960년대에 중학생이 된다는 것은 아침마다 만원버스에 실려 사람이 얼마까지 배가 터지지 않고 짓눌릴 수 있는가 생체 실험하는 것을 뜻하였다. 문안 밖의 변두리에 살던 나는 시커먼 매연을 내뿜고 이리저리 비틀거리는 안성여객 49번 버스에 실려 김치와 달걀 프라이가 얹힌 도시락과 함께 한 시간 넘게 상하좌우 종횡무진으로 흔들려야 하였다.

그 시절의 어머니들은 자식들이 콩나물처럼 물만 먹여도 쑥쑥 자란다고 믿고 넉넉한 옷을 사 입혔다. 무장공비 후유증으로 자라지 않던 나는 아침마다 손이 보이지 않을 정도로 소매가 긴 교복을 연신 추어올리며, 제 멋대로 돌아가는 교모(사람의 머리도 콩나물 대가리처럼 쑥쑥 자라나 보다)를 뒤집어쓴 채 만원버스에 실려야 하였다. 검은 색안경을 쓰지 않으면 쫓겨나던 당시의 운전사들은 매일 아침마다 사람 많이 태우기 기네스 기록의 도전자처럼 보였다. 버스를 좌우로 비스듬히 기울여 사람들을 꽉꽉 눌러 담는 게 기술이었다. 검정 교복을 입은 학생들은 매일 아침 문이 닫히지 않은 채 내달리는 버스에 매달려서도 살아남는 서바이벌 게임에

도전했다. 버스가 비스듬히 기울어지면 안에서 비명이 터져 나오고, 이따금 팔심이 약한 여학생들이 출입문에서 이탈하여 퍽 소리를 내며 아스팔트에 떨어졌다. 떨어진 여학생들은 죽지 않으면 까무러쳤다. 잠시라도 뒤처졌다가는 팔뚝이 유난히 굵은 버스 차장에게 무참히 뜯겨 팽개쳐졌다. 다음 차를 타라고 버스 차장이 악을 썼지만 누구도 그 말을 믿지 않았다. 다음 차도 여전히 그렇게 승객으로 꽉 찼으며, 어느 경우에는 서지도 않고 그냥 달아나는 수가 흔하였기 때문이다. 그렇게 되었다가는 지각하게 되고, 지각하면 무자비한 벌을 받아야 했다. 학생들은 1 · 4후퇴 때 피난 열차에 매달렸던 부모들의 혈통을 이어받은 후손답게 버스 승강구 밖까지 비어져 나오도록 덕지덕지 들러붙었다. 시간에 쫓긴 버스 운전사가 그대로 달리는 바람에 버스 차장이 타지 못한 채 떠나기도 했다. 그 틈을 이용해 나는 버스비를 다섯 번쯤 떼어먹었다.

중학생이 된 나는 아침마다 죽기 아니면 까무러치기로 만원버스에 매달렸다. 나중에 군대 가서 경사판 오르기나 참호 뻿기 훈련을 능숙히 수행한 것도 이런 과정을 거친 덕분이었다. 한편에서는 군인 출신 대통령이 국민들의 전투력을 강화시키기 위해 일부러 아침마다 만원버스를 운행한다는 소문도 있었다.

버스를 놓쳐 지각할 때도 많았다. 간신히 버스에 매달리는가 싶으면 차장 누나가 교모를 벗겨 저 멀리 집어던졌다. 교모를 주우러 버스에서 내려야 했고, 그사이에 버스는 떠났다.

지각하면 교문 앞에 도열한 규율부 선배들에게 빰을 한 대 얻어

맞은 뒤에 엎드려뻗쳐를 하고 토끼뜀과 오리걸음으로 운동장을 세 바퀴쯤 돌고 나서야 교실에 들어갈 수 있었다. 조용한 교실 문을 밀고 들어서면 담임은 수천 년 전부터 눈이 빠지게 기다렸다는 표정으로 맞아주었다. 영어 담당이던 담임이 "레디(Ready)!"라고 외치면 그가 쥔 주먹 앞으로 머리를 들이밀어야 했다. 그러면 포병 출신의 담임은 "파이어(Fire)!"라고 하며 주먹으로 내 머리를 쥐어박았다. 왜 늦었느냐고 물었지만 나는 말을 더듬느라 제대로 대답하지 못했다. 그럴 때면 담임은 대답하지 않는다고 내 머리에 포격을 가했다.

담임은 재미있는 선생이었다. 문제는 본인이 재미있고, 학생 대다수도 재미있는데 그 재미를 위해 누군가는 제물로 바쳐져야 한다는 사실이었다. 무슨 말을 할 때마다 증기기관차처럼 얼굴을 붉히며 가쁜 숨을 내쉬면서도 단발마의 음절만을 더듬거리는 말더듬이는 그야말로 하늘이 내려준 장난거리인 셈이었다. 영어선생답게 그는 출석을 영어로 부르게 했다. 아이들은 자기 번호를 정확한 영어 발음으로 외쳐야 했다. 알파벳도 다 외우지 못한 내게 'th' 발음과 'f' 발음은 쉽지 않았다. 내 번호는 53번이었다. 피, 피, 피프티 쓸리…… 왓? …… 피, 피, 피프티 뜰리…… 컴 히어.

나는 출석 때마다 앞으로 불려 나갔다. 장난기 많은 담임의 벌은 '레디'와 '파이어'만 있는 것이 아니었다. 그는 즐거워 죽겠다는 표정으로 칠판에 두 개의 손바닥 모양을 그렸다. 나는 손가락까지 그려진 그 그림 안에 양손을 붙인 채 담임이 드럼채로 머리를 때리는 걸 견뎌야 했다. 통증을 견디지 못하고 손을 떼어 머리를 비비기라도 했다간 처음부터 다시 맞아야 했다. 불운한 나는 연탄불 위에 올려놓은 오징어처럼 온몸을 배배 꼬며 손이 행여 그림 밖으로 나가지 않도록 안간힘을 써야 했다.

그러나 내 손은 매번 선 밖으로 벗어나 총살형에 처해졌다. 십자가에 매달린 예수처럼 칠판에 두 팔을 벌리고 서면 야구광인 담임이 교실 뒤편에서 시속 150킬로미터에 육박하는 강속구로 백묵 도막을 던졌다. 총알보다 빠르게 날아온 백묵이 머리에 명중될 때마다 아이들은 "스트라이크!"를 외치며 즐거워했다. 선생은 백묵이 떨어지면 주변 학생에게 이렇게 말했다. "야, 교무실 가서 총알 좀 가져와라." 나는 칠판에 두 팔을 벌린 채 언제 날아올지 모를 총알에 다리를 떨어야 했다. 총살형이 끝나고 나면 칠판에는 땀에 젖은 두 개의 수인(手印)과 내가 흘린 눈물자국이 축축이 남아 있었다.

내가 온몸을 오징어처럼 뒤틀 때마다 아이들은 끼룩거리며 웃어댔다. 나는 번번이 울음을 터뜨렸고, 담임은 남자가 창피하게 운다며 내 머리에 집중 포격을 가했다. 아픔을 못 견딘 나는 엉엉 소리내어 울었다. 담임은 나를 출입문 위에 매달리게 했다. 담임이 '아이 엠 어 보이'를 가르치는 동안 나는 두 손을 바들거리며 문틀에 명태처럼 매달려 있어야 했다. 그러다가 풀썩 떨어지면 담임은 몽둥이로 머리를 사정없이 때렸다. 더 이상 매달릴 기력이 없어 축 늘어지면 담임은 내 입에 주전자를 물렸다. 무거운 주전자 손잡이를 이빨로 물고 신음하는 동안 아이들은 봄날의 종달새처럼 입을 벌리고 교과서를 읽었다. 레슨 투. 아이 엠 어 보이. 나는 소년입니다. 아니요, 저것은 주전자입니다.

김도깡

그곳은 지옥이었다. 다행인지 불행인지 그 지옥에서도 친구가 생겼다. 세 명의 소년을 하나로 묶어준 것은 악당 종삼이였다.

교실의 맨 뒷자리에 앉은 종삼은 전라도 어딘가에서 사고를 쳐서 이태나 묵다가 전학을 왔는데, 여드름투성이 얼굴에 덩치도 또래보다 목 하나는 컸다. 매일 말 더듬는 흉내를 내며 놀리거나, 내 등에 손거울을 얹고 여드름을 짜는 게 취미였다. 조금이라도 움직여 거울이 미끄러지면 사정없이 등을 후려갈기고, 손톱 끝에 묻은 여드름 찌꺼기를 내 목덜미에 발라댔다. 쉬는 시간마다 음화를 펼쳐놓고 자위행위를 해 보이거나, 성기로 담배를 피운다는 창녀의 이야기를 늘어놓았다. 선생들 앞에서는 어찌나 공손하게 굴던지 담임은 교실 안의 자질구레한 일들을 그에게 도맡기는 편이었다. 그러면서도 나이 든 물리선생 시간에는 나를 가리개 삼아 담배를 피우기도 했다. 정작 견딜 수 없는 것은 그가 수업시간 중 펜촉으로 뒤통수를 콕콕 찔러대는 것이었다. 조용한 수업시간 중에 비명을 질러 앞으로 불려 나가 선생에게 뺨을 맞으면서도 아이들은 종삼의 이름을 입에 올리지 못했다.

종삼은 나를 유독 심하게 괴롭혔는데, 그의 말로는 내 뒤통수가 펜촉으로 찍고 싶은 충동을 불러일으킨다는 것이었다. 지금도 내 머리에는 여기저기 푸릇한 점들이 찍혀 있다. 언젠가 인상을 쓰며 대들었다가 변소로 끌려가 볼이 퉁퉁 붓도록 얻어맞았다.

관식은 그런 종삼에게 언제고 복수를 하겠다면서 이를 갈았다. 무협영화에 빠져 지내던 관식은 중국 무술을 배우러 다녔다. 그는 사람의 배를 찌를 수 있도록 손을 단련한다며 시간 날 때마다 벽이건, 나무 둥치건 당수 연습을 했다. 정권 연습을 하느라 주먹에 생긴 굳은살을 잭나이프로 깎아내며 관식은 자신의 손이 무협영화의 고수처럼 상대의 배를 뚫고 들어가 김이 무럭무럭 나는 창자를 끄집어낼 날을 간절히 고대했다. 그는 극장에서 얻어온 무협영화 〈백인도장(百忍道場)〉의 포스터를 펼쳐놓고 사람을 바위에 박히도록 날리는 장풍과 검객이 마음먹은 대로 칼이 하늘을 날아다니는 어검술(御劍術)에 심취해 있었다. 어느 날인가는 절벽을 새처럼 날아다니는 경공술을 시범 보인다며 책상 위를 겅중겅중 뛰어다니다가 발목을 접질리기도 했다. 그뿐만이 아니었다. 중국요리점 '뽀이'에게 배웠다는 중국어를 무어라 주절거리며 복도에서 마주치는 선배들한테 거수경례 대신에 두 손을 잡고 허리를 굽히는 포권의 예를 올리다가 정강이를 걷어채기도 했다. 그는 발 디딜 틈도 없이 학생이 바글거리는 학교 매점에 들어가 냄비우동을 사먹을 때도 무협영화의 객잔에 들어선 주인공처럼 부리부리한 눈썹을 찡긋거리며 국수 먹는 아이들을 노려보았고, 화장실에 드나들 때도 종종거리는 이상한 보법을 썼다. 팔 한쪽을 잃은 검객이 주인공으로 나오는 영화 〈외팔이 검객(獨臂刀)〉이 한창 인기였을 때는 한동안 교복 한쪽의 팔을 빼서 안으로 숨기고 다녔다. 선생들에게는 팔을 다쳤다고 말한 뒤 그는 헐렁거리는 팔소매를 흔들며 다녔다. 우스꽝스러우면서도 열띤 목소리로 알아듣지 못할 중국어를 섞어가며 들려주는 무협영화의 장면들은 실로 감동적이었다.

관식의 아버지는 군인이었다. 그는 자신의 아버지가 처가로 함을 지고 간 날, 대들보에 거꾸로 매달려고 하는 동네 사람들을 권총으로 겁을 주어 모두 꿇어앉혔다는 사실을 늘 감동 어린 목소리로 이야기했다.

중학 시절의 관식은 몸집이 작고 얼굴이 여자처럼 희고 곱상했다. 예쁘게 생겼다고 하면 그는 얼굴에 침이라도 뱉은 것처럼 길길이 날뛰며 화를 냈다. 축구를 하다가 넘어져 이마가 까지던 날 그는 별이라도 단 것처럼 기뻐했다. 그는 자신의 얼굴이나 몸에 칼자국이나 찢어진 상처가 생길 때마다 가슴 뿌듯하게 여겼다. 그는 안 된다는 선배들을 며칠 쫓아다니며 조른 끝에 역도부에 들어갔다. 그러고는 아무 데서나 옷을 벗어 불룩해진 가슴팍과 알통을 내보이며 흐뭇해했다.

관식은 나의 말 더듬는 버릇을 고쳐주려고 애썼다. 그는 내가 말을 더듬을 때마다 이를 갈라고 충고했다. "죽기 아니면 살기야. 안 되면 이빨로 물어뜯겠다는 마음을 먹으라."는 그의 말은 어떤 힘 같은 것을 느끼게 해주었다. 영어 발음 때문에 담임에게 아침마다 곤욕을 치르는 나를 도와주겠다며 혀를 손으로 잡아 뽑으려 하기도 했다. 혀가 짧아서 발음이 서투르다며 혀를 늘리면 된다는 것이었다. "안 되는 게 어디 있냐. 안 되면 되게 하라." 말하자면 이것이 관식의 좌우명인 셈이었다.

그날도 종삼에게 펜촉으로 뒤통수를 찍혀 자신도 모르게 비명을 지른 나는 앞으로 불려 나갔다. 사실을 모르는 생물선생은 이상한 소리를 내어 수업 분위기를 깬다며 뺨을 때렸다. 유난히 손이 크고 덩치가 컸던 생물선생에게 뺨을 맞은 내가 비틀거리며 쓰러지는 순간, 누군가 벌떡 일어나 소리를 쳤다.

"영탁이 잘못이 아닙니다."

응규였다. 그는 뒤에서 잡아끄는 종삼의 손을 뿌리치고 사실을 그대로 전했다. 종삼은 수업이 끝난 후에 훈육부로 불려 가게 되었다. 교실로 돌아온 종삼은 응규를 꿇어앉히고 무자비하게 주먹질을 가했다. 발에 걷어차인 그의 코에서 쉼 없이 붉은 피가 솟구쳤다. 피를 보는 순간 누가 먼저랄 것도 없이 종삼에게 달려들었다. 나는 종삼의 다리를 깨물었고, 관식은 그동안 단련한 정권으로 종삼의 얼굴을 후려갈기고, 당수로 배를 쑤셔댔다.

그 뒤로 종삼은 나를 괴롭히지 않았다. 유난히 춥고 꺼칠한 중학 시절을 세 소년은 전선 위의 참새들처럼 오글거리며 늘 붙어 지냈다. 까까머리 뒤통수에 펜촉으로 찍힌 푸른 점들을 박은 소년들은 학교가 끝나면 분식집에 옹기종기 모여 벌건 떡볶이를 이쑤시개로 찍어 먹는 게 유일한 즐거움이었다.

모든 불행에는 끝이 있으며, 그 끝에서 행복이 시작된다면 인생은 얼마나 살 만한 것이겠는가. 영어로 출석을 부르는 담임에게서 벗어나자 이번에는 능글거리는 점액질의 괴수가 기다리고 있었다.

2학년 담임의 캐릭터는 흡혈귀였다. 도덕을 가르치는 담임은 동네의 복덕방 할아버지처럼 인자한 인상과 걸맞지 않게 드라큘라라는 별명으로 불렸다. 그의 취미는 아이들의 귀를 깨무는 것이었다. 복도에서 아이들과 마주치면 두 팔을 벌리고 "이노옴들!" 하며 달려들었다. 그에게 잡혀 발버둥치는 아이를 무릎에 앉힌 채 드라큘라는 몸을 부르르 떨며 번쩍거리는 금니로 귀를 깨물었다. 그가 나타나면 아이들은 비명을 지르며 달아났다. 그가 아무 귀나 깨무는 것은 아니었다. 솜털이 보송보송한 아이들이 주로 제물이 되었다. 얼굴이 뽀얀 아이들의 귓불에는 빠짐없이 이빨자국이 찍혀 있었다. 덩치가 크고 여드름이 돋은 아이들을 보면 드라큘라는 마늘이라도 본 듯 얼굴을 찡그리며 몽둥이로 어깻죽지나 등짝을 사정없이 내리쳤다. 덩치만 커 가지고 미련한 놈이라는 게 그 이유였다.

얼굴이 곱상한 관식은 드라큘라 선생이 귀를 깨물자 버둥거리는 척하며 팔꿈치로 스승의 자지를 한 대 갈겼다. 그다음부터는 관식도 몽둥이로 등을 맞게 되었다. 관식은 등을 맞으면서도 아주 흐뭇한 웃음을 지었다. 그러나 그의 웃음은 오래가지 못했다. 드럼채와 금이빨을 거쳐 중학 시절의 피날레를 장식할 괴수계의 종결자가 기다리고 있었다.

중학교 생활의 마지막 관문을 지킨 담임선생은 몸무게가 120킬로그램이 넘는 거구였다. 그에게도 엄연히 이름이란 것이 따로 있었지만 아이들은 다른 선생들처럼 주길이니, 태철이니 하는 식으로 그의 이름을 함부로 입에 올릴 엄두조차 내지 못했다. 그저 그의 거대한 몸집에서 비롯된 별명으로 통할 뿐이었다. 그는 현대 분류학의 창시자인 린네의 학명에 따라 백악기 후기에 살았던 용반목 수각아목의 티라노사우루스라고 불렸다. 육식공룡을 연상시킬 만큼 그는 체구가 거대했고, 성정은 난폭했다. 티라노 선생의 몸집은 좁은 교실 문으로 드나들기에는 지나치게 비대했다. 비스듬히 옆으로 몸을 돌려 게처럼 드나들어야 하였는데, 그때마다 앞으로 불룩하니 튀어나온 배가 문틀에 걸려 숨을 안으로 깊이 들이마셔야 했다. 그럴 때마다 그의 얼굴은 더운 김을 내뿜으며 붉어졌다. 문이 삐거덕거리며 잘 열리지 않을 때면 그는 입에서 시뻘건 불을 뿜어냈다. 그 불똥이 어디로 튀는가를 경험한 아이들은 쉬는 시간마다 문틀 바닥에 엎드려 석필 가루를 뿌리고 비누를 발라 마른 수건으로 반들반들하게 문질렀다. 열려라, 참깨. 선생의 콧바람만으로도 문이 스르르 열리기를 아이들은 각자의 신에게 간절히 빌었다.

티라노 선생은 소리로 먼저 그 위용을 드러냈다. 멀리서부터 복도를 울리는 발소리와 거친 숨소리가 들려오면 몇몇 심약한 아이들은 진저리를 치며 눈을 감았다. 그렇게 무겁고 비대한 몸집이면서도 숨어서 담배 피우는 아이들을 쫓을 때는 비호같았다.

티라노 선생의 약점은 더위였다. 변온동물인 파충류의 아종인 티라노 선생은 체구에 비해 냉각 기능이 떨어져 유난히 더위를 참지 못했다. 기온이 올라가면서 덥힌 뇌수는 그를 거의 착란 상태로 빠뜨렸고 파충류 본능의 공격성이 최고조에 달했다. 날이 더워지면 그의 눈에는 아이들이 오물거리는 먹이들로 보이는 듯했다. 기온에 따라 변하는 그의 성정을 잘 알고 있던 아이들은 아침마다 창밖으로 목을 내밀고 날이 흐리거나, 비가 좍좍 내려주기를 간절히 기도하였다. 그러나 흐린 날보다 맑은 날이 많은 한반도의 저주받은 기후로 말미암아 3학년 1반 예순아홉 명의 아이들은 창백한 얼굴로 그 잔인한 아침을 맞이해야 했다.

티라노 선생은 '김도깡'●을 단군 다음으로 존경했다. 그의 말에 따르자면 김도깡은 깡패가 아니라 독립운동가 김좌진 장군의 아들로 평생을 항일반공 활동에 투신한 협객이라고 했다. 제가 태어

● 1917년 서울에서 태어나 파고다공원 부근을 근거로 주먹을 휘두른 깡패이긴 하지만 협객으로 불리기도 한 인물이다. '경성특별지원청년단', '반도의용정신대'에 속하였다가 해방 후 '대한민주청년동맹' 등의 단체에 속한 그는 반(反)좌익 테러 활동을 하다 사형 직전에 구사일생으로 풀려나 제3대, 6대 국회의원을 지내기도 하였다.

난 나라에 충성하지 않는 인간은 빨갱이나 다름없고, 유구한 민족의 역사를 모르는 자는 버러지나 다름없다고 했다. 그러면서 빨갱이나 버러지는 말이 통하지 않으니 주먹으로 다스려야 한다고 했다. 사회를 가르쳤던 그는 수업시간의 상당 부분을 협객 김도깡의 일대기로 할애했다.

티라노 선생은 용산의 철도공작창 철도노조원 3천 명과 부산 철도노조원 8천 명에 이어 서울의 출판노조와 대구의 우편국 조합원까지 들고 일어난 1946년의 '9월총파업'으로 나라가 풍전등화의 위기에 처했을 때, 김도깡이 이끄는 대한민청단이 분연히 일어나 공산주의자들의 전위조직인 전평(조선노동조합 전국평의회)을 무너뜨리고 나라를 구하는 장면을 몇 번이나 되풀이하여 들려주었다.

"김도깡이 수도청장 장택상을 만나 이렇게 요구했다. 당신들 힘으로는 전평 파업을 어쩌지 못하니 내게 무기를 주시오. 그래서 경찰전문학교 실습용 총 3백 정과 수류탄 세 상자를 받아들고, 김도깡은 3천 명의 대원을 불러모았다. 그리고 거기 쌓여 있던 정종과 위스키를 부하들에게 먹이고 용산역 기관실로 돌격 앞으롯! 질풍노도처럼 진격하여 단숨에 적들을 제압한 김도깡은 핵심 빨갱이 여덟 명을 죽창으로 찔러 하수구에 던져버렸던 것이다."

티라노 선생은 라디오 성우처럼 목소리를 떨어가며, 때로는 거친 숨소리와 울먹이는 울음을 섞어가며 김도깡이 곤히 잠들어 있던 남로당원들을 체코제 권총으로 쏘아 죽이는 장면을 눈앞에서 일어나는 일처럼 실감나게 들려주었다.

"그러니까 너희들도 정신 바짝 차려!"

그런 이야기를 마칠 때면 티라노 선생은 으레 들고 있던 몽둥이를 권총처럼 겨누며 아이들에게 소리쳤다. 무슨 정신을 차리라는 건지, 왜 그래야 하는지도 모른 채 아이들은 입을 모아 "예."라고 대답해야 했다. 대답이 시원치 않았다가는 티라노 선생이 죽창으로 찌를지도 몰랐기 때문이다.

愛國愛族

'애국애족'을 급훈으로 내건 담임은 조례시간마다 하루도 겹치지 않게 다채로운 트집을 잡아냈다. 예순아홉 명 가운데 한 명이 지각했다거나, 책상 줄이 비뚤어졌다거나, 칠판 밑에 분필 가루가 0.6그램쯤 떨어져 있다거나, 공기 중에 떠다니는 먼지가 눈에 보인다거나…… 혹 이런 트집이 쉽게 잡히지 않는 날이면 티라노 선생은 아이들에게 국민교육헌장이나 애국가 사절을 외우게 했다. 한 마디라도 빠뜨리거나 더듬거리면 지체 없이 체벌이 가해졌다. 벌은 언제나 단체기합이었다. 애국심이 투철한 담임의 말로는 조선이 망한 이유가 단결심이 부족했기 때문이라고 하였다. 뭉치면 살고 흩어지면 죽는다. 그래서 그는 생사고락을 함께하도록 단체기합을 준다고 하였다.

"꿇어!"

단호하면서도 단순한 그 두 음절의 말이 떨어지기가 무섭게 예순아홉 마리의 초식동물은 일제히 책상 위에 올라가 무릎을 꿇고 뒷짐을 진 채 눈을 감았다. 티라노 선생은 들고 다니는 박달나무 몽둥이로 무릎을 사정없이 내리쳤다. 신음소리를 냈다간 즉각 몽둥이로 머리나 어깻죽지를 내리친다는 사실을 알고 있는 아이들은 어금니를 굳게 깨물고 고통을 참았다. 눈을 감은 채 친구들의 무릎에 몽둥이가 부딪치는 소리를 듣는 것은 매를 맞는 순간보다 더 끔찍하였다.

이따금 단체기합이 끝나고 개인전으로 이어질 때도 있었다. 지각을 했다거나, 겁 없이 감기몸살쯤으로 학교를 빠진 아이들이 그 대상이었다. 태생적으로 담(膽)이 지나치게 비대하여 '선천성 겁대가리 상실증'에 걸린 일부 아이들은 앞으로 불려 나갔다. 티라노 선생은 우선 웃옷을 얌전히 교탁 위에 벗어놓고는 손목에서 금장시계를 느릿느릿 풀었다. 먼저 뺨을 서너 차례 때리고, 머리에 일격을 가한 후 비틀거리는 아이의 복부에 육중한 훅을 질러 넣으면 아이는 숨을 몰아쉬고 고꾸라지게 되어 있었다. 그러면 그 순간을 기다렸다는 듯이 티라노 선생은 120킬로그램의 거구를 허공에 띄워 올렸다간 팔꿈치나 무르팍으로 아이의 잔등을 내리찍었다. 그것은 십 원짜리 동전을 내고 만화가게에서 어른들 틈에 끼어 흑백텔레비전으로 보던 프로레슬링보다 훨씬 더 실감이 났다. 김일이 쪽발이 이노키●를 실신시킬 때의 박치기보다 네 배 반 정도는 강도가 강하고, 숨이 막히며, 온몸에 전율을 느끼게 했다. 대개 개인전은 교단의 끝에서 반대편을 서너 차례 오가며 이어졌다. 둔중한 주먹이 잔등이나 옆구리, 배에 가해질 때마다 헉 소리를 내며 숨이 멎는 듯 토해내는 신음소리에 아이들은 몸을 떨어야 했고, 한편으로는 그 대상이 자신이 아니라는 안도감에 야릇한 즐거움을 느끼기도 했다. 티라노 선생은 주먹질을 하는 틈틈이 추임새 같은 말을 내뱉었다.

"이 빨갱이 새끼!"

● 안토니오 이노키, 1960년대의 일본의 인기 레슬러로 역도산 문하에서 레슬링을 배운 뒤 1963년 9월 데뷔전에서 김일에게 패하였다.

돈키호테

교문에 들어서면 사자가 입을 벌리고 있는 학교가 있었다.

청동으로 만든 실물 크기의 사자 동상은 자나 깨나 학교가 자랑해온 오랜 전통을 과시하듯 푸릇한 녹으로 덮여 있었다. 언제 누가 만들었는지 알 수는 없지만 갈기를 휘날리며 송곳니를 드러낸 채 포효하는 사자상은 당장이라도 달려들듯 실감이 났다. 벌려진 입 사이로 빼어문 혀에는 붉은 페인트가 칠해져 있었다.

중학교 입학시험에서 국어시험 문제를 딱 하나 틀리는 바람에 나는 사자가 입을 벌리고 있는 학교에 다니게 되었다.

12. 돈키호테를 기사로 임명하는 여관 주인의 심정으로 가장 적당한 것을 고르시오.

① 두렵다 ② 귀찮다 ③ 존경하다 ④ 불쌍하다

나는 '② 귀찮다'를 골랐고, 정답은 불행하게도 '④ 불쌍하다'였다. ②번이 답이라고 써서 떨어진 자식을 둔 엄마들은 거리로 몰려나가 데모했지만 그런다고 떨어진 학교가 문을 열어주지는 않았다. 나는 그야말로 불쌍한 신세가 되고 말았다. 며칠 동안 식음을 전폐한 채 울다가 2차에서는 알아준다는 중학교에 응시했다. 합격이 되었지만 조금도 즐겁지가 않았다. 국민학교 4학년 때부터 과외선생 집에서 기숙하며 공부했던 나는 크게 낙심하였다. 교과서의 모든 명사마다 검은 색연필로 까맣게 지운 채 심지어 음악 책까지 박자와 음정을 달달 외우며 백 문제 괄호 넣기 시험에서 '올백'을 취미로 삼던 내가 돈키호테 때문에 눈물을 흘려야 하다니.

내 별명은 울보였다. 연분홍 소시지에 달걀노른자로 옷을 입힌 반찬을 곁들인 도시락을 싸들고 점심시간마다 찾아오던 어머니는 책상에 엎드려 우는 자식을 심심찮게 봐야 했다. 왜 우냐고 묻는 어머니에게 나는 이렇게 대답했다. "한 문제 틀렸어. 평균이 99.8이야." 목표는 오로지 전 과목을 만점 받는 올백이었다. 한 문제라도 틀리면 석차가 4, 5등이나 뒤로 밀려나는 판에 실수란 있을 수 없는 일이었다. 재봉틀에 실 꿰는 순서를 헷갈렸거나 8분 음표를 16분 음표로 착각한 일로 나는 눈이 퉁퉁 붓도록 울어야 했다.

내가 최초로 배운 사자성어는 '삼당사락(三當四落)'이었다. 세 시간 자면 합격이 되고, 네 시간 자면 낙방한다는 뜻이었다. 눈썹을 밀고 법전을 통째로 줄줄 외우며, 콘사이스를 염소처럼 뜯어먹으며 공부하던 시절이었다. 거리에는 공부를 너무 많이 해서 머리가 돈 정신병자들이 히죽거리며 돌아다녔는데, 그들은 영어를 줄줄 외웠다. 사람들은 정신병자가 되든지, 고시에 합격하여 판사가 되든지 둘 중 하나의 길을 선택해야 했다. 그야말로 아는 게 힘이고, 모르면 죽어 마땅하다고 믿던 시절인지라 나도 죽기 살기로 공부에 매달렸다.

학교가 끝나면 과외를 받으러 가야 했다. 밤 10시까지 책을 덮고 교과서를 달달 외우는 게 전부였던 과외공부를 마친 아이들이 우르르 집으로 돌아간 뒤에도 나는 남아서 소수점 두 자리의 승제 문제를 5백 개씩 풀어야 잠을 잘 수 있었다. 덕수국민학교● 선생 집에서 기숙하며 받는 과외공부는 입시가 다가오면서 체력장 준비까지 해야 했다. 새벽 4시에 일어나 컴컴한 학교 운동장으로 끌려나가 철봉에 매달려야 했다. 일곱 개가 만점인 턱걸이를 나는 배치기를 해야 겨우 두 개 정도를 할 수 있었다. 과외선생은 내가 철봉 아래로 내려올 때마다 회초리로 종아리를 피가 나도록 후려갈겼다. 나는 아픔에 못 이겨 철봉 위로 턱을 걸어 올려야 했다. 0.1점을 따지는 체력장에서 당락이 결판난다는 게 과외선생의 말이었다.

국어에서 한 문제를 틀렸고, 턱걸이를 네 개밖에 못한 나는 당연히 1차 시험에서 낙방할 수밖에 없었다. 그리하여 나는 사자가

● 1912년 서울 정동에 경성여자공립보통학교로 개교해 1952년 10월에 서울덕수국민학교로 바뀌어 1960, 1970년대 전국 최고의 입시 명문으로 알려진 초등학교이다.

입을 벌리고 서 있는 학교에 다니게 되었다.

입시에서 낙방하여 잔뜩 움츠러들었던 나는 세상을 향해 거침없이 포효하는 사자상을 보며 조금씩 용기를 얻었다. 무엇보다 선배들이나 선생들이 침을 튀겨가며 들려주던 이야기들이 위로가 되었다.

“경기? 그것들은 길에서 마주치면 비실거리며 담벼락에 붙기 바쁘지.”

“서울? 이화여고 계집애들 꽁무니나 따라다니는 것들?”

대개가 동문 출신인 선생들은 주머니에 두 손을 찌른 채 박노식이나 장동휘● 같은 표정을 지으며 학창 시절의 무용담으로 수업을 대신하였다. 예를 들자면 좀 젊어 뵈는 학부형이 학교를 방문했다가 매를 맞아 기어나간 일이며, 돌멩이를 넣은 신발주머니로 다른 학교 아이들의 머리를 어떻게 깨뜨렸는지 칠판에 그림까지 그려가며 설명해주었다. 특히 내가 낙방한 K중학교의 아이들을 버스 안에서 무릎을 꿇려놓고 때려주었다는 물상선생은 나의 영웅이 되었다.

입학식 다음 날부터 수업은 오전만 했다. 오후에는 강당이나 운동장에 모여 특별교육을 받았다. 교가나 응원가를 목이 쉬도록 따라 부르고, 사자 정신에 대하여 정신 교육을 받았다.

● 1960, 1970년대 한국 영화의 대표적인 액션 배우이다.

"사자는 절대 호랑이처럼 뒤에서 공격하지 않으며, 굶어 죽어도 풀을 뜯어먹지 않는다."

사자보다는 염소를 닮은 교감선생은 6 · 25전쟁 중에 납북된 설립자가 공산주의자들의 회유와 협박에 맞서다 감기에 걸리고, 감기가 폐렴이 되고, 폐렴이 심해져 장렬하게 죽음을 맞이하였다는 사실을 떨리는 목소리로 전해주었다. 또한 4 · 19혁명 때는 이승만 독재에 맞서 사자처럼 싸우다가 희생된 학생 수가 가장 많았다며 그 이름을 역대 올림픽 금메달리스트처럼 일일이 열거해나갔다. 이어서 교무주임은 각계에 널리 퍼져 있는 동문의 면면을 하나하나 짚어가며 자랑하였고, 체육주임은 광채를 잃은 우승컵들을 단상 위에 올려놓고 축구부의 역대 성적을 줄줄이 설명하였다. 훈육주임은 입학금에 포함되어 학생들이 사지 않을 수 없었던 학생수첩을 펼쳐들고 징계 규정을 설명하였다. 방학 중에 학교장의 허락을 받지 않고 여행하면 유기정학, 학교의 허락을 받지 않고 물놀이를 가서 사고가 나면 무기정학, 이성교제 무기정학, 사상이 불온한 자는 퇴학…… 그 수첩에 적힌 대로 하자면 아무것도 하지 않고 숨만 쉬어야 하였다. 훈육주임은 상급생이나 교사에게 해야 하는 거수경례를 50번쯤 연습시키고서야 겨우 내려갔다.

교감에 이어 온갖 이름의 주임들과 아무것도 아닌 선생들까지 죄다 올라와 한 마디씩 떠들고 내려가자 너무 오래 기다려 화가 나 죽겠다는 표정으로 선배들이 단상에 올라왔다.

"엎드려뻗쳐."

선배들은 말이 아니라 몸으로 가르쳤다. 운동장에 새카맣게 엎드린 신입생들에게 사자 정신을 몸에 배게 해주겠다며 엉덩이를 각목으로 후려갈겼다. 사자의 싹수가 안 보인다고 한 대, 얼마 전 다른 학교 아이들에게 얻어터져 학교의 명예를 실추시켰다고 한 대, 농구부가 춘계대회 본선에서 탈락했다고 한 대, 엉덩이에 불이 나도록 '빳다'를 맞고 나서 교가와 응원가를 목이 쉬도록 불러야 했다. 선배들은 서로 사랑하고 뭉치라는 '인화단결'의 교훈을 가르치며 옆구리를 발로 걷어찼다. 뒤에서 팔짱을 끼고 지켜보던 선생들은 정신교육의 강도가 약하다고 투덜거렸다. 성미 급한 선생이 선배의 몽둥이를 뺏어 바로 곁에 엎드려 있던 신입생의 엉덩이를 후려갈겼다. 비명을 지르며 나동그라진 불우한 제물이 나 말고 누가 있겠는가.

선배들은 자유당 시절에 인근의 화신백화점이며, 종로통을 주름잡던 화랑동지회의 이정재나 김두한 수하의 주먹들이 동문임을 설명하며 감격에 못 이겨 사열대 위의 단상 바닥에 머리를 쿵쿵 박았다. 선배의 이마에선 금세 벌겋게 피가 흘렀다. 그 피를 보자 내 가슴에서도 무언가 뜨거운 것이 울컥 솟구쳤다.

두어 달 동안 이어진 정신교육의 백미는 응원 연습이었다. 집에서 낡은 나무에 끈을 동여맨 일본의 나막신인 '게다'를 잘라 거기에 담뱃갑 속에 든 은박지를 씌워 만든 짝짝이로 온갖 박수를 배웠다. 짝짝 짜짜짝. 이삼박수부터 삼삼칠 박수, 짜장면 박수, 기차박수에 태권도 박수로 이어지는 다양한 응원을 곡예단원 같은 옷을 입은 선배가 지랄용천하는(관식의 표현임) 대로 박수를 쳐야 하였다.

박수가 끝난 뒤에는 목청이 찢어지도록 악을 쓰며 응원가를 불렀다. 보아라, 용사 도올아온다. 짝 쿵 짜짝 쿵쿵쿵. 입으로는 노래를 부르고 두 손은 짝짝이를 치고, 발로 땅을 구르며, 교복의 가슴팍을 열었다가 닫고, 어깨동무를 한 채 파도처럼 너울거리고, 교모를 벗었다가 쓰면서 학교의 이름을 새겨 넣는 인간 카드 섹션까지 배우고 나면 허기가 져서 다리가 후들거릴 지경이었다.

그리고 전국 춘계 중고 축구 연맹전이 시작되었다. 수업까지 자르고 전교생이 몰려간 효창구장은 학교 운동장과는 차원이 달랐다. 일본 고등학교 대표와의 대결에서 불후의 대승을 거둔 축구 명문답지 않게 학교 운동장은 보잘것없었다. 농구대가 놓인 위 운동장은 얼마나 좁은지 시멘트로 말끔히 발라져 있을 정도였고, 축구 골대 두 개가 겨우 들어선 아래 운동장은 공을 힘껏 내지르면 상대편 골대를 훨씬 넘어가 길거리로 날아가기 일쑤였다. 그래서 축구부 선수들은 학교도 나오지 않은 채 미아리 돌산의 합숙소에서 연습을 하였다. 불우한 축구부를 위해 전교생은 라면 봉지 하나만큼의 쌀을 주기적으로 걷었다. 학생들은 자랑스러운 축구부원들이 끼니를 이을 쌀마저 없어 이렇게 동냥질을 한다는 사실에 비분강개했다. 훨씬 나중에야 그 쌀을 팔아 공도 사고, 축구화도 사고, 또 남는 것으로는 축구 감독이 축구협회 임원들과 무교동에서 술을 먹는 데도 요긴하게 쓰인다는 사실을 알게 되었다. 말이 학생이지, 대개는 몇 년씩 묵어 아저씨 같은 축구선수들은 졸업할 때까지 교실에는 한 번도 얼굴을 내밀지 않았다.

축구부가 본선에 오른다는 것은 전교생이 수업을 때려치우고 그동안 운동장에 모여 땡볕에 땀을 질질 흘리며 선배들에게 발로 걷어차이며 갈고 닦은 응원 실력을 구국의 일념으로 쏟아내야 한다는 걸 의미하였다. 가방 속에서 교과서를 빼내고 그 대신 은박지나 색종이로 더 이상 촌스러울 수 없게 장식한 응원도구들을 가득 담은 채 효창운동장으로 달려갔다. 운동장에서는 담임선생이 출석을 부르기 때문에 빠질 수도 없었다. 나는 지축을 울리는 응원 소리에 얼이 반쯤 나간 채로 콜로세움 같은 운동장에 들어서는 노란 유니폼의 축구선수들을 향해 발을 구르며 박수를 쳤다. 경기가 시작되기도 전에 불붙은 응원전의 열기는 실로 뜨거웠다. 앞에 선 선배들의 '지랄용천'에 따라 짝짝이를 치고, 어깨동무를 하고, 뒤로 누웠다 앞으로 고꾸라지며, 책가방을 두들기며, 교복을 열어젖히며, 머리를 무릎 속으로 틀어박아 가며 응원하느라 막상 경기는 구경할 틈도 없었다. 오로지 관중석 맞은편에 앉아 있는 적군들보다 더 큰 소리를 내기 위해 목이 터지도록 악을 써야 했고, 사람의 입으로 할 수 있는 온갖 야유와 욕설과 험담과 저주를 내뱉어야 하였다. 야씨발좆까라마이싱니미뽕아주공갈염소똥십원에 열두개. 상대 축구선수가 사정거리 안에 들어오면 일제히 돌멩이를 던졌다. 누군가가 던진 돌에 머리를 맞은 상대 선수가 피를 흘리며 심판에게 고자질을 했고, 심판이 응원단을 향해 주의를 주러

오는 순간 무수한 돌이 날아가 심판마저 머리를 감싸고 달아났다. 신입생들은 비로소 싸움에서는 절대 물러서지 말아야 한다던 사자 정신이 어떤 것인지를 알게 되었다.

내가 처음으로 응원단으로 참전한 춘계체육대회 고등부 16강 토너먼트 경기는 불행하게도 상대 센터포드의 재수 없는 발놀림에 속아 1대 0으로 뒤지고 있었다. 시간이 흘러갈수록 응원단의 호흡은 거칠어져 갔다. 귀를 찢는 함성과 욕설과 날아가는 짱돌의 열기가 내 볼을 붉게 물들였고, 급기야 바닥에서 돌멩이 하나를 집어들고 적군을 향해 던졌다. 사실 그것은 돌멩이라기보다 좀 굵은 모래알에 가까웠다. 소심한 나는 즉시 머리를 숙여 숨고 말았지만 그 첫 번째 팔매질이야말로 내 몸속에 잠들어 있던 사자의 피를 끓어오르게 하였다.

이런 열기에 힘입어 선수들은 드디어 한 골을 만회하고, 종료 직전에 상대 수비수가 헛발질한 틈을 놓치지 않고 가로채 역전골을 적의 골대 깊숙이 차 넣었다. 내가 맛본 지상 최초의 승리였고, 무엇과 바꿀 수 없는 환호였고, 재수 없는 돈키호테를 한 방에 날려버리는 쾌거가 아닐 수 없었다.

승리를 거둔 축구선수들이 응원석 앞에 도열하자 전교생이 일어나 숙연한 마음으로 교가를 삼절까지 부를 때 나는 하마터면 '대한독립 만세!'를 외칠 뻔하였다. 승리에 취해 경기장 밖으로 나서던 나는 화장실에서 적군과 마주쳤다. 우스꽝스러운 교표를 붙인 적군은 내 깃에 붙은 '1'이란 학년 배지를 보고는 어깨를 거칠게 밀치고 욕을 했다. 내가 겁먹은 얼굴로 주춤거리는 순간 무언가가 뒤에서 적군의 턱을 향해 날아갔다. 선배의 주먹이었다. 어린 후배를 보호하려는 선배들의 주먹은 무자비했고, 잠시의 머뭇거림도 없었다. 사람이 사람을 때리는 싸움을 그렇게 가까운 거리에서 본 적이 없던 나는 가슴이 울렁거려 토할 것 같았다. 그것은 장영철이 두발당수로 상대의 가슴팍을 걷어차는 프로레슬링과는 느낌이 달랐다. 눈앞에서 들려오는 둔탁한 소리와 금세 부어오른 입 두덩을 타고 흘러내리는 핏물에 나는 진저리를 쳤다.

"씨발놈들이 감히 사자한테 덤벼?"

선배의 지저분하고 거친 욕이 세상에서 가장 푸근한 자장가처럼 느껴졌다. 어디서 전해 들었는지 새카맣게 모여든 사자들은 으르렁거리며 적군들을 눈에 보이는 대로 물어뜯었다. 영문도 모른 채 얌전히 소변을 보던 적군들은 바지에 오줌을 흘리며 달아났다.

맨발의 청춘

내가 처음부터 트윈 폴리오를 좋아한 것은 아니었다.

공비가 고추장 독에 빠진 사건이 일어난 뒤로 산마다 방공호가 생겼다. 방공호가 무얼 하는 곳인지는 몰라도 컴컴한 그 안에는 여자들의 피 묻은 속옷이나 실연당한 여자들의 시체가 버려져 있었다. 방공호에서 담배를 피우던 동네 형들은 산에 올라온 여자들을 보면 입에 손가락을 넣어 요란스레 휘파람을 불거나, 바위에 우뚝 서서 다리를 흔들며 유행가를 불렀다. 주로 나훈아나 남진의 트로트 노래가 대부분이었는데 깎아지른 바위에 올라서서 껵껵거리며 부르는 노래들은 멋져 보였다. "두 줄기 눈무울 속에……." 집에 돌아와 혼자서 흥얼거리다가 고모에게 개 우는 소리를 낸다고 핀잔을 들었지만 나는 연습을 중단하지 않았다.

국민학교 동창회가 열린 게 그 무렵이었다. 중학생이 되어 처음 만나는 동창들은 둘로 나뉘어 있었다. 경기, 서울, 경복과 같은 명문 중학교의 교복을 입은 아이들과 똥통으로 불리는 학교에 들어간 사복 차림의 아이들이었다. 나는 교복에다 공장 다니는 형에게 빌린 청색 추리닝 웃옷을 걸치고 나갔다. 그런 차림 때문에 나는 교복과 사복의 어중간한 틈에 끼어 앉았다. 아이들은 소인국처럼 작아진 교실에서 자그마한 의자에 끼어 앉아 제 학교 자랑하기에 바빴다.

학생회장이었던 명철이 사회를 보면서 빙 둘러앉아 수건돌리기를 했다. 가슴팍이 눈에 띄게 불룩해진 여자 아이들은 단발머리를 나풀거리며 마음에 둔 남자 아이들 뒤에 손수건을 내려놓았다. 손수건은 주로 교복을 입고 온 아이들 뒤편에 놓여졌다. 시큰둥해진 사복들이 네 박자 게임을 하자고 했다. 손뼉과 무릎을 번갈아 치면서 누군가의 번호를 부르는 놀이였다. 나는 새롭게 변한 자신을 친구들에게 보여주고 싶었다. 일부러 박자를 틀린 나는 벌칙으로 노래를 부르게 되었다. 나는 바위에 우뚝 서서 노래를 부르던 형들처럼 한쪽 다리를 흔들며 〈맨발의 청춘〉●을 불렀다. 지독한 말더듬증도 노래만큼은 어쩌지 못했다.

눈물도 한숨도 나 혼자 씹어 삼키며
밤거리의 뒷골목을 누비고 다녀도

● 1964년 신성일과 엄앵란 주연의 영화 〈맨발의 청춘〉의 주제가이다.

사랑만은 단 하나의 목숨을 걸었다
거리의 자식이라 욕하지 말라

최대한 '거리의 자식'처럼 보이도록 이맛살을 찌푸리고 한쪽 눈을 부릅뜨며 노래를 불렀다. 일절이 끝나고 이절을 부르려는데 누군가 일어나서 제지했다. 경기중학교 마름모 명찰을 가슴팍에 붙인 안명철이었다.

"이런 노래를 불러도 됩니까?"

안명철은 몇 달 전까지만 해도 학생회장이었고, 이날의 사회자였다. 나는 즉각 움츠러들었다. 덕수국민학교에서 전학을 온 그는 비만 오면 운동장에 미꾸라지가 돌아다니던 변두리 학교의 남학생들을 일거에 열등감에 빠뜨렸다. 양키처럼 늘씬한 키에 기다란 속눈썹을 지닌 안명철 주변에는 언제나 여학생이 들끓었다. 그는 점심시간이면 책상 위에 토스트와 잼을 꺼내놓고 이상하게 생긴 통에서 한약처럼 시커먼 물을 꺼내 마셨다. 그게 커피라는 것을 알게 된 것은 훨씬 나중의 일이었다. 그는 5학년 때 여학생들의 전폭적인 지지를 받아 만능 운동선수인 김경완을 물리치고 학생회장에 뽑혔다.

이날도 여학생들은 변함없는 지지자들의 면모를 유감없이 드러냈다. 불만 섞인 소리로 수군거리며 엉거주춤 서 있는 나를 경멸어린 눈으로 바라보았다.

"노래가 어때서 그럽니까?"

궁지에 몰린 나를 편들고 나선 것은 경완이었다. 그는 안명철이 전학 오기 전까지만 해도 전교생의 우상이었다. 운동신경이 발달한 그는 해마다 미동국민학교나 북성국민학교와 벌이던 찜뽕 대회에서 눈부신 활약을 했다. 말랑말랑한 정구공을 주먹으로 치는 찜뽕은 당시 국민학생들이 열광했던 운동 종목이었다.

북성국민학교와의 결승전에서 모자를 뒤로 돌려 쓴 경완이 주먹에 침을 발라 친 공을 수비수가 놓쳐 9대 8로 역전승을 거두던 순간은 오랫동안 잊을 수가 없었다. 경완은 송구라고 하던 핸드볼에서도 주전 선수였다. 그가 허공에 뛰어올라 골대 속으로 공을 던져 넣을 때면 여학생들은 발을 구르며 환호했다.

그러던 경완이 급격히 몰락하게 된 것은 안명철 때문이었다. 이 뾰족코에 흰둥이같이 생긴 아이가 등장하면서 여학생들은 인공위성처럼 그의 주변을 맴돌았다.

"학생이면 학생다운 노래를 해야 하지 않나요?"

박마리아였다. 조숙했던 그녀는 4학년 때부터 가슴에 '갑빠'가 불거져 나왔다. 덩치가 커서 웬만한 남학생들도 그녀가 등짝을 후려치면 죽는 시늉을 했다. 그런 그녀와 경완은 앙숙이었다. 둘이서 학교 뒷산에서 결투를 벌였다는 소문도 있었다. 경완이가 주먹으로 마리아의 가슴을 치자 울음을 터뜨렸다고 한다. 그 뒤로 덩치 큰 여학생들에게 눌려 지내던 남학생들은 여학생의 볼록한 가슴이 급소라는 사실을 알게 되었고, 몇몇은 실전에서 그 필살기로 여학생들을 제압한 일도 있었다.

경완이와 앙숙인 마리아가 안명철과는 친하게 지냈다. 둘이서 손을 잡고 안명철의 집에 놀러 가는 걸 보았다는 소문도 돌았다. 학교 변소 벽에는 마리아가 명철이에게 시집을 갔다는 낙서가 WXY라는 상형문자와 함께 적혀 있었고, 변소 통에 어린아이의 시체가 빠져 있었다는 소문이 돌았을 때도 아이들은 그게 마리아가 낳은 아이라고 수군거렸다.

"뭐가 학생다운 노랜데?"

경완의 말투는 어느새 반말로 바뀌어 있었다.

"그런 노래는 공장 다니는 사람이나 부르는 거 아닌가요?"

그 말에 여학생들 사이에서 이에 동조하는 목소리들이 쏟아져 나왔다.

"공장 다니는 사람은 노래도 못 하냐?"

"반말하지 맙시다."

"잘난 척하지 말고 너나 잘해."

"예의를 지킵시다."

언성이 높아지게 된 순간에 안명철이 끼어들어 마리아 편을 들면서 사복들 틈에서 '간신', '내시'라는 볼멘소리가 튀어나왔다. 그리고 한바탕 설전이 벌어지더니 경완이 책상 위로 뛰어 올라가 앞에 놓인 촛불 꽂힌 케이크 상자를 발로 걷어차면서 교실 안은 순식간에 아수라장이 되었다. 싸움은 누가 시킨 것이 아닌데도 교복과 사복 편으로 나뉘었다. 교복도 사복도 아닌 차림의 나는 책상이 뒤엎어지고, 의자가 허공을 날아다니는 싸움판을 엉거주춤

서서 바라볼 뿐이었다. 여학생들의 비명 소리를 들은 소사 아저씨들이 달려오는 바람에 싸움은 멈추었지만 사복과 교복들은 뒤도 안 돌아보고 그 자리를 떠났다. 교복 위에 걸친 푸르스름한 추리닝 속에 목을 움츠리고 있던 나는 침울하게 집으로 돌아왔다.

모처럼 부른 나의 노래가 싸움이 될 줄이야. 나는 우울했으나 그 일을 그다지 오래 마음에 두지 않았다. 학교생활은 그런 일들에 빠져 지내도록 나를 내버려두지 않았다. 짝짝이를 들고 효창운동장으로 달려가거나, 아침부터 책상에 올라가 단체기합을 받느라 눈코 뜰 새 없이 바빴다. 희끄무레한 새벽에 집을 나서서 만원버스에 필사적으로 매달리느라 두 팔은 하루에 1센티미터씩 늘어났고, 차장은 여전히 내 머리보다 훨씬 큰 교모를 뺏어 저 멀리 내던졌다. 나는 여전히 울면서 교모를 주우러 가야 했고, 규율부 형들에게 잡혀 운동장을 오리걸음으로 서너 바퀴쯤 돌아야 했다. 지옥에서 보낸 한철이 어떤 것인가 묻는다면 으레 그 시절을 떠올렸다. 지금도 만원버스에서 떨어지거나, 험상궂게 생긴 차장이 내 머리를 뽑아 내던지는 꿈을 꾸곤 한다.

학교를 가지 않는 날이면 형들을 따라 인왕산에 올라가 일주일 동안 주눅 든 어깨를 펴고 비로소 긴 숨을 내쉬었다. 그날도 방공호에서 형들이 도색 잡지를 보면서 수음하는 동안 나는 참호 밖으로 목을 내밀고 망을 봤다. 그때 아카시아 잎으로 시퍼렇던 산등성에서 붉은 점 하나가 움직이는 게 눈에 들어왔다. 그것은 거의 핏방울 같았다. 먼 거리이긴 했지만 여자 하나가 걸어 올라오고 있는 게 눈에 들어왔다. 도색 잡지에 코를 박고 있던 형들이 여자라는 소리에 허겁지겁 바지를 끌어올리며 방공호에서 튀어나왔다. 그 붉은 점이 방공호가 숨겨진 산길로 다가오는 걸 숨죽인 채 바라보던 형들의 입에서 탄식 같기도 하고, 한숨 같기도 한 소리가 튀어나왔다. 자줏빛 스웨터를 걸친 여자 아이는 단발머리를 나풀거리며 바로 참호 곁으로 지나갔다. 지상보다 조금 낮게 판 참호 입구로 목을 내민 형들의 눈앞으로 매끈하고도 하얀 종아리가 지나갔다.

"씨발년."

숨죽이고 바라보던 형들 가운데 하나가 유난히 발가진 엉덩이를 향해 욕을 내뱉었다. 그 소리에 비로소 발밑을 내려다본 여자 아이가 뱀이라도 밟은 것처럼 화들짝 놀라 내달리기 시작했다. 그 뒤를 형들이 좇기 시작했다. 왜 달아나는지, 어째서 쫓아가는지도 모른 채 달렸다. 얼마지 않아 여자 아이는 형들에게 둘러싸였다. 막상 그렇게 둘러싼 뒤에 형들은 어쩌지를 못하고 딴전만 부렸다. 그때 여자 아이 입에서 내 이름이 튀어나왔다. 낯익은 얼굴이었다. 여자 아이는 4학년 때 같은 반이었다는 사실과 얼마 전에 동창회 모임에서도 나를 보았노라고 했다. 그때서야 까무잡잡한 얼굴에 고무줄 육단을 재주넘기로 팔짝거리며 잘도 넘던 약국집 딸의 이름이 기억났다. 정유미였다.

형들은 그 애가 자기네 동네에서 멀지 않은 대성약국의 딸이라는 사실에 낙담했다. 형들이 밤게처럼 우르르 방공호로 들어간 뒤

나는 눈을 하얗게 뜨고 째려보는 여자 아이 앞에서 속절없이 얼굴만 붉혔다.

"너, 변했다."

변. 했. 다. 세 음절의 말은 단박에 내 마음을 설레게 했다. 지난날 책상에 엎드려 울던 '울보'가 변했다는 말을 듣는 것은 심히 황홀한 일이었다.

"너 얌전했잖아?"

그녀는 실망했을지 몰라도 나는 흡족했다. 나는 아주 많이 변한 것처럼 보이기 위해 내가 할 수 있는 가장 불량스러운 자세와 표정과 말투를 지어냈다.

잠시 후 그녀는 내가 무어라 둘러대기도 전에 쌩하니 몸을 돌려 세웠다. 그러고는 고무줄 위로 재주를 넘느라 줄무늬 삼각팬티를 함부로 드러내던 아이라고는 생각지도 못할 만큼 변해버린 엉덩이를 실룩거리며 산을 내려가기 시작했다. 그리고 얼마쯤 가다가 걸음을 멈추고 뒤돌아섰다.

"너, 트윈 폴리오 아니?"

그녀의 얼굴 위로 경멸하는 기색이 스쳐 지나갔다.

"〈별이 빛나는 밤에〉라는 프로가 있어. 라디오로 들어봐."

그 말을 듣고도 나는 별이 어쩌고 하는 걸 잊고 지냈다. 그것을 만나게 된 것은 코 밑에 거뭇거뭇하니 수염이 자리를 잡을 무렵이었다. 늘 흰 가운의 실습복을 걸치고 황금박쥐 시늉을 하던 기술 선생이 광석 라디오 만들기를 숙제로 내주었다. 전파상을 부업으로 하는지 '황금박쥐'는 무슨 상자에 든 광석 라디오 조립 세트라는 걸 아이들에게 사도록 했다. 천 원이 넘는 거금을 달라고 할 때마다 어머니는 방에 매단 구두 통만 한 라디오를 떼어 가라고 했다. 빈손으로 학교에 가면 '황금박쥐'는 실습재료비를 안 가져왔다고 부러진 안테나로 손등을 때렸다.

어찌하였든 광석 라디오라는 것을 조립하여 창문에 철사로 된 안테나를 묶어 사람의 말소리를 듣게 되었을 때의 감동은 실로 컸다. 이리저리 채널을 비틀어 각기 다른 주파수를 더듬다가 어느 남자가 코맹맹이 소리로 '벼얼이 빛나는 바암에'라고 중얼거리는 소리를 들었다. 때는 여름이었고, 밤이었다. 별들도 더위에 못 견뎌 알몸으로 시퍼런 은하수에 뛰어들듯 하늘이 온통 퐁당거리는 별들로 반짝이던 밤이었다. 어디선가 들척지근하면서도 미지근한 바람이 불어오는 밤에 난생처음 들어보는 선율이 박하 향기처럼 스며들었다.

이제 밤도 깊어 고요한데
창문을 두드리는 소리

처음 들어보는 이국풍의 노래는 묘한 감동을 불러일으켰다. 그 낯선 선율은 외계에서 날아든 푸르스름한 별빛처럼 가슴으로 파고들었다. 귀에 새겨진 그 소절만을 주문처럼 중얼거리며 나는 바위에서 바라보던 아득한 인천 앞바다의 배들과 형들의 팔뚝에 먹물로 새긴 닻 모양의 문신 너머로 어렴풋이 떠올리던 금발 미녀와 감옥도 호텔 같다는 먼 나라의 풍정을 솜사탕처럼 부풀렸다.

내 이야기를 들은 응규는 대수롭지 않다는 듯 그 노래가 코니 프랜시스의 〈웨딩 케이크〉라는 팝송을 번안한 것이라고 했다. 그러고는 자신의 집으로 데려가 영어로 된 원곡을 들려주었다.

응규는 팝송의 귀신이었다. 그의 방에 가득 찬 엘피반들을 보는 순간 숨이 턱 막혔다. 나를 둘러싼 어떤 껍질이 부지직 소리를 내며 깨지는 걸 느낄 수 있었다. 나는 턴테이블에 얹힌 음반 위로 바늘을 타고 흘러나오는 노래들에 넋을 잃었다. 영롱한 소리의 입자들은 크리스마스트리처럼 오색으로 반짝였다. 그의 부모가 동두천의 미군 기지촌에서 클럽인가를 한다는 걸 알게 되었고, 형들이 가져온 엘피반들을 응규는 국민학교 때부터 들었다고 하였다.

그 뒤로 관식과 나는 응규네 집에서 팝송을 듣는 게 취미가 되었다. 그러고는 밤거리를 몰려다니며 비틀스의 노래들을 흥얼거렸다. 그때 내가 처음으로 배운 팝송이 〈헤이 주드〉●였다.

● Hey Jude, 1968년에 발표된 비틀스의 3대 대표곡 가운데 한 곡이다. 폴 매카트니가 평소 사이가 좋지 않았던 존 레논의 불우한 아들 줄리앙을 위해 지은 노래이다. 그는 70세가 되는 2012년 런던올림픽 개막식에서 이 곡을 다시 불렀다.

엑스 카바

클리프 리처드●를 좋아하던 시절도 있었다. 그가 낀 안경이 지적으로 보여서 할아버지의 돋보기를 끼고 다닌 적도 있었다. 응규가 가져온 백판을 직직거리는 축음기에 걸고 〈비전〉이나 〈에버그린 트리〉를 아흔아홉 번쯤 들었다. 그런 클리프 리처드가 한국을 찾았다. 이화여대 강당에서 공연을 하는데 너무나 가고 싶었지만 갈 수가 없었다. 시간도 없고, 돈도 없었다.

며칠 후 공연을 관람하던 여대생들이 브래지어 등 속옷을 벗어 던졌다는 소식이 전해졌다. 나는 분개했다. 클리프 리처드가 "러브 이즈 어 빅 십……."●●을 노래할 때 여대생들은 비명을 지르며

● 인도에서 태어난 영국의 대중가수로 미국에 엘비스 프레슬리가 있다면 영국에는 클리프 리처드가 있다고 할 정도였다. 감미로운 목소리를 가진 그는 1960년대 여성들에게 큰 인기를 끌었다.

●● 클리프 리처드의 인기곡 〈빅 십(Big ship)〉의 후렴구로 "Love is a big ship" 이다.

속옷을 벗어던졌다고 하였다. 그게 어떤 속옷인지, 다리가 길게 달린 내복인지 레이스가 달린 팬티인지는 알 필요가 없었다. 입고 있던 속옷을 벗어던진 것인지, 아니면 집에서 싸들고 와서 던졌는지도 불분명하였지만 나는 무조건 클리프 리처드를 미워하기로 했다. 여대생들도 미워해야 했지만 한 번은 용서하기로 했다. "러브 이즈 어 빅 십……." 클리프의 노래를 들을 때마다 내 머릿속에서는 속옷을 벗어던지는 여대생이 떠올랐다.

나는 이미 팝송의 숭배자가 되어 있었다. 아버지는 뒤채에다 장갑공장을 차렸는데 공원들이 석유 묻힌 실로 장갑을 짜면서 부르던 〈임 그리워〉라는 나훈아의 노래를 좋아했던 일이며, 동창회에 나가 다리를 흔들며 〈맨발의 청춘〉을 불렀던 일들이 견딜 수 없이 부끄러웠다. 그것은 박마리아의 말대로 공돌이나 공순이가 부르는 노래였다.

온종일 실밥과 먼지를 들이마신 공원들은 목에 기름기를 발라 주어야 한다고 이따금 돼지비계를 구워먹었다. 그때마다 마당에선 즉석 잔치가 벌어졌는데, 공원 한 명이 뒤로 자빠질 듯 온몸을 비틀며 "쏘가리 쏘가리 아가리유." 하는 노래를 부르곤 했다. 언젠가 내가 그걸 흥얼거리자 응규는 웃음을 터뜨렸다. 그 노래는 흑인 가수 제임스 브라운이 부른 〈아이 갓 유(I Got you)〉라는 곡이라며, 노트에 'so good, so good I got you'라는 영어 가사를 적어 주었다.

그 무렵 외가에 들렀다가 먼지 덮인 축음기를 얻었다. 손잡이가 달린 뚜껑을 열어 턴테이블을 펼치고, 떨리는 손으로 판 위에 바늘을 올려놓자 빙글빙글 돌면서 소리가 나기 시작했다. 나는 세상을 다 가진 것처럼 가슴이 벅차올랐다. 난생처음으로 축음기를 갖게 되었으며, 거기서 처음으로 들은 곡이 '회상의 언덕' 백판에 담겨 있던 〈어느 소녀에게 바친 사랑〉●이라는 노래였다.

나는 단발머리를 나풀거리며 돌아서던 유미를 생각했다. 그리고 브라이언 하일랜드의 〈키스로 봉한 편지(Sealed With A Kiss)〉에 빠져 지낼 무렵 나는 어머니의 향수를 몰래 꺼내어 범벅이 되도록 뿌려댄 편지를 유미네 집 대문에 꽂아두었다. 밤새 콘사이스를 뒤적거려 번역한 그 노래의 가사를 적은 편지를 '멀리서만 바라보는 소년'이라는 서명과 함께 보냈다.

당연히 답장은 오지 않았다. 그러나 나는 보낸 사람의 이름이나 주소도 없는 그 편지를 입술이 부르트도록 키스로 봉해서 유미에게 보냈다.

나는 오지 않는 사랑을, 올 수 없는 사랑을 슬퍼하며 늦은 시간의 밤거리를 쏘다녔다. 내가 즐겨 찾던 곳은 분식센터였다. 세운상가에 들어선 분식센터는 나라에서 실시하는 분식장려정책으로 호황을 맞았다. 식량 자급자족을 부르짖던 대통령은 바구미 같은

● 자니 호턴(Johnny Horton)이 부른 〈All for the love of a girl〉로 "오늘 난 너무 지치고, 너무 우울하네. 슬프고 가슴이 부서지네. 이 모두 당신 때문이네."라는 가사로 시작한다.

국민들이 오로지 쌀만 파먹는 현실을 통탄하여 미국에서 보내준 밀가루를 먹이려고 분식을 장려했다. 분식이라고 해봐야 멸치 똥 넣고 끓인 수제비나 퉁퉁 불은 칼국수박에 모르던 때 쟁그랑거리는 접시 위에 얹힌 햄버거는 별미가 아닐 수 없었다. 세운상가의 분식센터는 경쾌한 팝송까지 곁들여 이국적인 풍취를 더했다. 그것은 구중중한 된장 냄새가 나는 트로트의 세상과는 별유천지였다. 무엇보다 나를 황홀하게 만든 것은 그곳의 빵이나 음악이 아니었다. 그곳에서는 교제가 금지된 여학생들이 테이블마다 눈부시게 흰 교복 깃 위로 갈래머리를 나풀거리며 앉아 있었다. 빵 하나를 시켜놓고 어쩌다 눈이 마주치는 여학생들을 바라보는 것만으로도 별이 빛나고 밤은 황홀했다. 비록 이튿날이면 책상에 올라가 무릎을 꿇고 뒷짐을 진 채 허벅지에 멍이 시퍼렇게 남도록 맞아야 했지만, 그 시간만큼은 금박을 돌린 양식기처럼 반짝였다.

분식센터에 앉아 흘러나오는 팝송에 맞추어 발을 까딱이며 건너편에 앉은 단발머리 여학생에게 '시네루(추파를 뜻하는 당시의 전문용어)'를 보내고 있을 때였다. 교복 앞자락을 반쯤 풀어헤친 남학생 하나가 다가오더니 무턱대고 의자에 걸터앉았다. 대뜸 반말로 나오는 그의 교복 깃에는 학년 배지가 없었다. 덩치가 그다지 크지 않았지만 삼각형으로 치켜진 갈퀴눈이며, 담뱃불로 지진 팔뚝의 흉터를 보는 순간 가슴이 덜컥 내려앉았다. 건너편에서는 한 패로 뵈는 서너 명이 이빨 새로 침을 뱉으며 이쪽을 노려보고 있었다.

"씨발놈들아. 차비 좀 꿔주라."

거침없는 욕설에 나는 응규와 관식의 눈치만 살폈다. 갈퀴눈이 돌아가며 셋의 정강이를 걷어찼다. 이럴 때는 어떻게 해야 할지를 몰랐다. 그저 싸움에서 물러서지 말라는 말은 들었지만 물러서지 않은 다음에는 어떻게 해야 하는지를 아직 배우지 못하였다. 싸움이라고 해봐야 종삼의 다리를 깨문 게 전부였다.

맞는 것은 자신이 있었다. 에프 발음을 제대로 하지 못한다고 머리에 혹이 나도록 드럼채로 맞았고, 해가 떴다는 이유로 아침마다 허벅지를 몽둥이로 맞았다. 갈퀴눈은 우리 세 명을 상가의 구석진 화장실로 끌고 갔다. 그리고 질척거리는 변소 바닥에 무릎을 꿇게 했다.

"엑스 카바."

말뜻을 몰라 서로 얼굴만 바라보자니 갈퀴눈이 발로 가슴팍을 걷어찼다. 그러고는 두 손을 엇갈려 턱을 가리는 시늉을 해보였다. 손을 엑스 자로 벌려 턱을 가린 채 셋은 입 안이 찢어지도록 맞았다. 무릎을 꿇은 채 앞으로 주의하라는 훈계를 듣고 나서야 풀려났다.

벌레 먹은 어금니가 부서진 관식은 복수하겠다고 이를 갈다가 어금니가 더 부서졌다. 반드시 복수하자고 다짐했지만 어떻게 복수해야 할지는 아무도 몰랐다. 모든 첫 경험은 약간의 혼란과 고통, 수치감이 수반되듯이 내게 다가온 폭력의 첫 경험도 다소 얼떨떨하고 당혹스러우며 약간의 피와 모욕감을 남겨주었다.

그날 밤은 별이 빛나지 않았던 걸로 기억된다. 앞서 말한 복잡하고 혼란스러운 감정들에 휩싸여 밤잠을 설쳤다. 그것은 싸움도 아니었다. 차라리 싸우다가 힘이 달려 맞았더라도 덜 수치스러웠을 것이다. 아무것도 하지 못한 채 스스로의 손으로 턱을 가린 채 주먹을 받아들여야 했던 무력감이 나를 괴롭혔다.

무언가를 해야 했다. 무협영화의 주인공이 절치부심하여 복수의 칼을 갈듯이 나는 무언가를 하지 않고서는 견딜 수가 없었다. 이튿날 학교에서 만난 관식과 응규도 말하나마나 같은 심경이었다. 충혈된 눈으로 세 소년은 복수를 다짐했다. 그러나 어떻게 복수해야 할지를 모르는 소년들은 무작정 그 분식센터를 다시 찾아갔다. 멀찌감치 떨어져 앉아 있던 갈퀴눈이 썩은 미소를 지으며 다가왔다. 세 소년은 다시 화장실로 끌려갔다. 엑스 카바. 이번에는 가슴팍을 차이는 일은 없었다. 능숙하게 두 손을 엇갈려 턱을 가린 채 질서정연하게 볼따구니를 맞았다. 여전히 분하긴 했지만 처음만큼 떨리거나 두렵지는 않았다. 솔직히 갈퀴눈의 주먹은 지각했다고 때리던 담임선생의 주먹에 비하면 약하기 그지없었다. 그다음 날도 그곳을 찾아갔고, 여전히 화장실에서 엑스 카바를 하고 볼따구니를 맞았다. 이번에는 쓴웃음을 지으며 맞았다. 웃는다고 발로 걷어차긴 했지만 갈퀴눈의 얼굴에는 당황스러운 표정이 역력했다.

그다음 날도 찾아갔지만 갈퀴눈은 더 이상 때리지 않았다. 나는 맞는 것도 힘이 된다는 것을 알게 되었다. 그 후로 마음 놓고 그곳을 드나들게 되었고, 갈퀴눈 패거리들도 모른 척했다.

어느 날 화장실에서 소변을 보는 갈퀴눈과 마주쳤다. 그는 멋쩍은 웃음을 지으며 주머니에서 담배를 꺼내주었다. 인왕산 방공호에서 형들이 물려주는 담배를 몇 번 빼끔거려 본 적이 있던 나는 그걸 입에 물고 가슴 깊이 빨아들였다. 다행히 기침은 나오지 않았다. 인디언처럼 담배를 돌아가며 한 모금씩 빨고 나서 갈퀴눈이 손을 내민 채 웃으며 말했다. "잘 지내자." 세 소년은 엉겁결에 그의 손을 마주 잡았다. 앞서 화장실을 나가는 갈퀴눈의 등 뒤에다 대고 관식이 말했다. "언젠가는 무릎 꿇고 엑스 카바를 할 줄 아세요."

사자클럽

내가 싸움다운 싸움을 해본 때는 그 일이 있고 나서도 한참 뒤였다. 병설이었던 학교에 자체 진학하여 별반 새로울 것도 없던 고등학교 1학년의 봄 소풍을 다녀온 날이었다. 우이동으로 간 소풍에서 나는 반별로 벌어진 오락시간에 앞에 나가 제임스 브라운●의 〈서니〉를 불러 큰 박수를 받았다. 선생들에게 공물로 바치는 맥주캔을 몇 개 가로채 나눠 마신 알코올에 힘입어 나는 넓적한 바위 위에 올라가 노래를 불렀다. 장갑공장 곱슬머리 형이 하던 대로 양손을 머리 위로 들어 올려 바람에 날리는 빨래처럼 흔들어대는 소울 춤을 추는 나를 티라노 선생은 경이로운 눈으로 바라보았다.

● James Brown, 독특한 창법으로 펑크 음악을 개척한 미국의 흑인 가수이다. 주로 흑인이나 죄수들의 암울한 현실을 노래하였으며, 훗날 랩과 힙합 음악에 영향을 주었다.

젓가락처럼 훌쭉하고 덜덜거리며 말이나 더듬는 바보인 줄로만 알았던 나의 새로운 면에 적잖이 충격을 받은 모양이었다. 훗날 담임은 내 학생기록부에 '보기와 다르게 사교적이며 명랑함'이라고 적어놓았다. 실로 놀라운 직관력과 통찰력이었다. 나는 그 기록을 보며 비로소 나 자신도 몰랐던 내 내면의 명랑함에 눈뜨게 되었다.

국민학교 반창회에서 선보인 첫 번째 무대는 무참했지만 두 번째 재기 공연은 성공적이었다. 열렬한 환호와 휘파람 속에서 나는 양은 '벤또'를 상품으로 받았다. 양은 벤또와 환호성으로 체온이 2도쯤 상승한 나는 소풍이 끝난 뒤에도 친구들과 어울려 거리를 휘젓고 돌아다녔다. 그러던 중 좁은 골목길에서 마주 오던 다른 학교 학생들과 마주쳤다. 당시 서울의 골목길은 어느 한쪽이 벽으로 몸을 붙이기 전에는 마주 지날 수 없을 정도로 그 폭이 아주 좁았다. 국민들이 항상 유비무환(有備無患)●의 자세로 전투력을 기르도록 군인 출신의 대통령이 '도시 골목 정비에 관한 법률'로 규정한 폭이라는 설도 있었다. 결투하지 않을 수 없도록 만들어진 골목길에서 나는 평소와 달리 담벼락에 붙지 않았다. '죽기 아니면 까무러치기'라는 당대의 구호가 은연중에 내게 용기를 주었다. 맞는 데 이골이 나 있던 터라 무서울 게 없었다. 맞으면 될 일이었

● 1972년에 자주국방을 강조하던 박정희 대통령이 쓴 신년 휘호이다.

다. 세운상가의 화장실에서 갈퀴눈이 때리다가 지치도록 만든 경험은 큰 힘이 되었다. 나는 길 가운데로 성큼성큼 걸어갔다. 어깨가 부딪치고, 무어라 할 틈도 없이 주먹이 날아왔다. 턱에 시큰하니 충격이 전해져 왔다. 나도 모르게 주먹에 힘이 들어갔지만 선뜻 그것으로 남을 때릴 엄두는 나지 않았다. 주먹에 닿을 뭉글거리는 살의 감촉은 생각만 해도 토할 것 같았다. 그때 38.5도쯤 되었던 체온이 내게 무언가를 하라고 충동질을 했다.

그때 길가에 쓸데없이 버려진 벽돌 한 장이 눈에 들어왔다. 그것은 주먹보다 덜 감정적이고 담백하게 느껴졌다. 그걸 집어들고 내게 달려드는 적의 머리를 향해 던졌다. "퍽" 소리와 함께 뒤로 벌렁 자빠지는 상대의 모습이 느린 동작처럼 눈앞에서 펼쳐졌다. 그러자 몰려오던 패거리들이 일제히 등을 보이며 달아나기 시작했다. 나는 땅에 떨어진 벽돌을 다시 집어들고 소리쳤다. "씨발놈들아, 꿇어!" 머리에 피를 흘린 채 쓰러져 있던 학생이 겁먹은 얼굴로 재빨리 무릎을 꿇었다. 나는 사자가 포효하듯 허공에 대고 소리쳤다.

"엑스 카바!"

그날의 승전보는 호외보다 빠르게 학교에 퍼져 나갔다. 아이들은 내가 어떻게 벽돌로 태동상고 학생의 머리를 깨뜨렸으며, 무릎을 꿇렸는지 소상히 듣기를 원했다. 나는 말을 아끼려는 게 아니라 일이 어떻게 그리 된 것인지를 전혀 기억할 수 없었다. 그때 나를 대신해 실제보다 몇 배는 부풀려진 몸짓을 섞어가며 자초지종을 전해준 사람이 성제였다. 그는 내가 던진 벽돌에 맞은 적장이 쓰러지는 장면이며, 자신이 일패도지하는 잔당들을 좇아가 콩밭에 들어간 말처럼 무자비하게 짓밟은 사실을 실감나게 이야기했다. 아이들은 제 손가락의 관절을 우두둑 소리가 나도록 꺾으며 그의 이야기에 빠져들었다. 그것이 내가 성제를 처음 알게 된 계기였다.

나중에 알게 된 일이지만 내가 다른 학교 학생들과 싸웠다는 소식은 동급생 귀에만 들어간 것이 아니었다. 비록 첫 승리를 거두긴 했지만 나는 여전히 싸움보다 팝송을 좋아했고, 올리비아 핫세●에 빠져 지냈다. 그리고 여전히 유미네 대문에 '키스로 봉한 편지'를 꽂아두었고, 그 편지를 쓰기 위해 여러 시집을 뒤적거렸다. "사랑하는 것은 사랑을 받느니보다 행복하나니라. 오늘도 나는 너에게 편지를 쓰나니 그리운 이여, 그러면 안녕!"이라는 청마 유치환의 시나 "나는 가는 갈대를 꺾어 모래에 썼다. 아그네스, 나는 그대를 사랑하노라."는 하이네의 시들을 옮겨 적었다. 날이 갈수록 내 연애편지는 감미로워지고, 은연중 아이들 사이에 소문이 났다. 주먹질은 잘할지 몰라도 연애편지 쓰는 데는 젬병인 고객들은 각자의 봉물을 들고 나를 찾아왔다.

● Olivia Hussey, 1968년에 프랑코 제피렐리 감독의 영화 〈로미오와 줄리엣〉에서 줄리엣 역을 맡은 여배우로, 당시 열다섯 살의 청순미로 전 세계 남성들의 마음을 사로잡았다.

고객들은 내 손에서 흘러나오는 문장들에 매료되었다. 내 말더듬증은 오히려 그들에게 경이로움을 안겨주었다. 말은 더듬으면서도 글은 줄줄 써내는 나를 그들은 연금술사처럼 여겼다. 나는 책갈피에 끼워 말린 장미 꽃잎에 시구를 적은 뒤 집에서 훔쳐온 향수를 그 위에 듬뿍 뿌려 축복했다. 고객들은 신묘한 부적처럼 떨리는 손으로 연애편지를 받아들었다.

짜장면 한 그릇에 팔려나가는 연애편지이지만, 나는 계절이 바뀔 때마다 거기에 어울리는 미사여구를 따로 썼으며, 결코 어떤 편지도 겹치지 않는 사연들을 길게 자른 창호지에 내려쓰기로 적어 나갔다. '귀또리는 섬돌 밑에서 낭자히 울어대고, 소리 없이 고독의 동심원을 향해 낙하하는 오동잎이 달빛 스민 장지 위로 쓸쓸히 내려앉는 밤에…….' 그런데 고객들은 뭔지 모를 소리일수록 더욱 감동했다.

내가 그런 연애편지만 대필했던 것은 아니다. 글 솜씨가 소문이 나면서 학교에서는 글짓기 대회가 있으면 으레 나를 내보냈다. 그때마다 상장을 챙겨오기는 했지만 내가 결정적으로 문명을 만방에 떨친 것은 6·25전쟁 기념 반공 글짓기대회 때문이었다. 전국 학생들이 모여 겨룬 반공 글짓기대회에서 나는 열네 살에 겪었던 실제 경험을 써서 최우수상을 받았다. '반공' 하면 뭐가 떠오르겠나. 어느 날 지붕을 뚫고 떨어진 무장공비와 입이 찢겨 죽은 이승복 어린이를 엮어 언제 어디서 나타날지 모를 잔악한 공산당에 맞서 유비무환, 총력안보의 정신으로 멸공통일, 자주국방에 앞장서서 공부하며 싸워야 한다는 대한 학도의 각오를 빼고 무엇을 쓸 수 있단 말인가.

나는 상장과 금빛 트로피를 들고 애국조회 시간에 단상에 올라 전교생의 박수를 받았다. 그리고 며칠 지나지 않아 선배 한 명이 찾아왔다. 방과 후에 학교 앞 유성반점으로 오라는 전갈이었다. 역도부에다 규율부원이었던 선배의 우람한 체구에 눌려 무어라 연유도 묻지 못했다.

나는 성제와 관식, 응규와 함께 유성반점으로 불려갔다. 잔뜩 겁먹은 표정으로 다다미방에 들어서자 거기에는 다른 동년배들도 와 있었다. 하나같이 덩치가 산만 한 선배들이 윗자리에 묵묵히 앉아 있고, 출입문 쪽으로 신입생들이 줄을 지어 무릎을 꿇고 앉아 있었다. 바늘 하나 떨어져도 덜거덕 소리가 날 정도로 조용한 중국요리점 방 위편에는 턱에 수염이 수북하게 자라고 코가 코끼리보다 긴 3학년 형 하나가 지그시 눈을 감고 있었다. 그 선배의 뒤에는 큼지막한 태극기 한 장이 걸려 있었는데, 누렇게 퇴색한 깃발은 검붉은 핏자국이라도 묻어 있어야 할 것처럼 엄숙했다.

짜장면이 들어오고, 코가 긴 3학년 형이 나무젓가락을 집어드는 걸 신호로 일제히 짜장면을 먹기 시작했다. 짜장면을 다 먹고 나자 코끼리 형이 1학년들을 일으켜 세웠다. 그리고 맞은편에 도열한 선배들이 누군가의 구령에 맞춰 후배들과 맞절을 올렸다. 입가에 묻은 짜장면을 미처 닦지도 못한 채 열두 명의 신입생은 황망해하며 방바닥에 엎드려 숨을 죽였다.

"사자클럽이 된 것을 축하한다."

코끼리 형은 사자클럽은 아무나 들어올 수 있는 게 아니며, 사자 정신으로 국가에 애국하고 사회를 위해 헌신하는 비밀단체라고 했다. 아무리 생각해봐도 나와 사자와 애국 사이에 어떤 관계가 있는지 알 길이 없었다. 코끼리 형의 말에 따르자면 사자클럽은 용감하고 애국적인 모범학생들 가운데 면밀한 선발 기준에 따라 선정되고, 한번 들어오면 나갈 수가 없으며, 절대 남에게 클럽과 관련된 이야기를 해서도 안 된다고 했다.

"근자에 학생의 본분을 망각한 채 향락과 무사안일에 빠져 날로 해이해지는 학생들의 애국정신을 함양하고, 야성과 지성의 사자정신을 발휘하여 매사에 솔선수범하는 미래의 애국시민으로서, 미래의 지도자로서의 품격을 갈고 닦아야……."

코끼리 형은 새로 나온 국민교육헌장 같은 말을 10여 분이나 숨도 쉬지 않고 낭독했다. 그것은 국어시간에 배운 기미독립선언서를 방불케 했다. "吾等(오등)은 玆(자)에 我(아) 朝鮮(조선)의 獨立國(독립국)임과 朝鮮人(조선인)의 自主民(자주민)임을 宣言(선언)하노라. 此(차)로써 世界萬邦(세계만방)에 告(고)하야 人類平等(인류평등)의 大義(대의)를 克明(극명)하며……." 무언가 숨소리도 내서는 안 될 것 같은 분위기는 여기저기 담뱃불로 구멍이 난 중국요리점 방 안에 장중한 가락의 노래를 흘러나오게 할 태세였다. "기미년 3월 1일 정오, 터지자 밀물 같은 대한독립 만세." 나는 갑자기 기러기처럼 목을 뽑고, 광복절 노래가 내 입에서 흘러나오는 듯한 기분에 스스로 소스라치게 놀라 주변을 살펴보았다. 태극기 곳곳마다 3천 만이 하나로!

코끼리 형이 좌정하자 얼굴에 점이 있는 2학년 형이 정중하게 절을 올린 뒤 앞으로 나서서 보충 설명을 했다.

사자클럽은 매년 열두 명의 신입회원을 뽑는데, 이번이 4기라고 했다. 반공정신과 애국심이 투철한 학생들이 국가와 학교를 위해 자발적으로 모여 1968년에 시작된 사자클럽은 그 후 권투나 유도, 태권도, 합기도의 유단자들을 중심으로 선발하여 '깡패 학교'라고 소문난 학교의 불명예스러운 인식을 지우기 위해 교내의 불량 학생들을 바로잡고, 불량 클럽을 못 만들게 자율 정화하는 데 주로 힘쓰고 있다고 했다.

"사자클럽은 첫째, 약한 자와 싸우지 않는다. 둘째, 뒤에서 싸우지 않는다. 셋째, 일단 싸우면 물러서지 않는다. 끝으로, 양아치는 우리의 원수다."

비장한 얼굴로 사자클럽의 신조를 밝힌 점박이 형은 사자클럽이 되면 꼭 지켜야 할 의무사항 두 가지를 전했다. 하나는 매 기수마다 사자클럽에서 학생회장이 나와야 하고, 다른 하나는 음악회를 개최하는 것이라고 했다. 당장 그날로 국민교육헌장과 애국가를 사 절까지 다 외어 오라는 숙제도 있었다.

엉겁결에 얻어먹은 짜장면이 목에 걸린 듯 더부룩했다. 열두 명의 신입회원 가운데는 처음 보는 야간부 출신들도 있었지만, 대개는 중학교 때부터 주먹깨나 쓴다는 면면들이었다. 싸움이래 봐야 때리는 것보다 맞는 걸로 한몫 보고, 공부도 뒤에서 헤아리는 것이 더 빠른 내가 왜 거기에 뽑혔는지 의아할 뿐이었다. 그날의 자리는 코끼리 형이 따라주는 배갈을 한 잔씩 마시고, 죽는 순간에도 부르고 죽어야 한다는 '사자가'를 제창하고서야 끝이 났다.

우리는 세상을 주름잡는, 우리는 정의의 사자들.
의리와 주먹에 죽고 사는 우리는 정의의 사자들.

엄숙한 모습으로 주먹을 위아래로 오르내리며 부른 그 노래는 음악시간에 배운 〈홍하의 골짜기〉를 개사한 것이었다. 어째서 미시시피의 연인들이 이별을 슬퍼한다는 내용의 미국 민요가 사자클럽의 주제가가 되었는지 궁금했지만 감히 물어볼 엄두가 나지 않았다. 혹시 미국 선교단체의 비밀조직이 아닐까. 그러고 보자니 수염이 덥수룩한 3학년 형이 퀘이커 교도를 닮은 면도 있기는 하였다.

그 뒤로 이따금 학교에서 마주쳐도 사자클럽 선배들은 아는 척을 하지 않았다. 물론 교문에 선 규율부 형들이 남이 알아채지 못할 정도로 배려해주었다. 머리가 길거나, 복장이 불량하다고 잡혀 있으면 슬그머니 뒤로 빼서 교실로 들여보냈다. 이따금 짜장면이나 얻어먹고 선배들의 보살핌을 받게 되니 흐뭇한 일이었다.

교내에서 어쩌다 마주치는 선배들을 보면 의미심장한 웃음을 지으며 거수경례를 올렸다. 그것은 프리메이슨 단원이라도 된 듯 무언가 비밀스럽고 상당히 중요한 일을 하고 있다는 기분이 들게 했다. 그러나 그런 기분은 그리 오래가지 않았다. 모이라는 전갈을 받고 열두 명의 신입생은 사직공원으로 총알같이 달려갔다. 2학년 회장인 점박이 형은 우선 입회 기념으로 '빳다'를 맞는다고 했다. 신사임당 동상 아래서 선배들은 신입 후배들에게 공손히 절을 한 뒤에 야구방망이를 집어들었다. 열 명의 선배가 돌아가며 열 대씩 후려갈겼으니 한 명당 1백 대씩 돌아왔다. 그나마 두 명의 선배가 자퇴하는 바람에 스무 대가 감해진 것이라고 했다. 약수터에 놀러 가던 중년 아저씨가 참견하러 왔다가 배를 쥐어박히고 십 분쯤 엎어졌다가 비칠거리며 산을 내려갔다.

"약간의 고통은 정신을 강하게 하지."

모르몬교 선교사처럼 경건한 목소리로 전하는 선배의 말이었다. 앞으로 두어 달 동안 해이한 정신을 바로잡고 야성과 지성을 기르기 위한 훈련을 받아야 한다는 말에 관식이 한숨을 쉬었다가 앞으로 불려 나가 엉덩이를 걷어채었다. 그날 집으로 돌아가는 길에 관식이 학교에 신고하자고 했다. 학칙에는 "학교의 허락을 받지 않고 불법단체를 만들거나 동맹 행위를 하는 자는 퇴학에 처한다."라고 적혀 있었다. 공연히 엉덩이나 얻어맞고 끌려다니다가 나중에 발각되어 퇴학을 당할지도 모를 일이었다. 문제는 누가 신고를 할지였다. 가위바위보를 해서 성제가 걸렸다. 이튿날 관식은 선배들에게 불려가 다시 1백 대를 맞았다. 그때 선배들에게 고자질한 사람이 성제라는 말이 있었다.

짜장면 한 그릇에 팔려 사자클럽에 들어가게 된 열두 명의 신입생은 엉덩이가 성할 날이 없었다. 유성반점으로 모이라는 전갈이 오면 엉덩이부터 어루만졌다. 맞은 엉덩이가 채 아물기도 전에 몽둥이질이 이어졌다. 이유는 주로 복장 불량이었다. 선배들은 신입생들의 교복 단추가 풀렸다느니, 학년 배지가 비틀렸다느니 하는 트집을 잡았다. 그때마다 양아치라는 말을 들어야 했다. 대개가 규율부원인 선배들의 복장은 사관생도만큼이나 단정하고 빈틈이 없었다. 복장이 불량하다며 점박이 형은 후배들에게 마주 보고 서로의 뺨을 치게 시켰다.

그것은 티라노 선생이 애용하던 체벌이었다. 날이 더워 아이들을 매질하기도 귀찮아지면 티라노 선생은 "자동!"이라고 외쳤다. 그러면 아이들은 마주 보고 서서 서로의 뺨을 쳤다. 인정을 봐주었다가는 티라노 선생에게 몇 배나 더 세게 얻어맞아야 했다. 처음에는 마지못해 뺨을 치던 아이들도 나중에는 입술이 터져 피가 나도록 후려쳤다. 강도가 더해지면서 상대의 눈빛이 살기를 띠는 걸 보는 것은 뺨에 와 닿는 고통보다 더 견디기 어려웠다.

마주 선 아이의 손이 올라갈 때마다 반쯤 감겨진 눈꺼풀이 애처롭게 떨렸다. 점박이 형이 그런 내 뺨을 호되게 치며 소리쳤다.

"떨지 마. 양아치들하고 싸우다 맞는 건 열 배 더 아프다. 어금니 꽉 깨물고 절대 떨지 마라. 양아치들한테 맞고 떨면 되겠니?"

볼이 부어오를 때까지 동기의 뺨을 친 아이들은 선배가 사주는 짜장면을 입 속에 우겨넣고 종묘공원으로 갔다. 선배들이 알고 있는 비밀 통로로 담을 넘어 인적이 드문 숲으로 들어갔다. 조선왕조의 사직을 모신 고궁에서 선배들은 덩치가 비슷한 아이들끼리 짝을 지어 싸움을 시켰다. 얼굴만 때리지 않고 모든 게 허용된 싸움이었다. 교복이 더러워질까 봐 가지런히 벗어놓고 셔츠 바람으로 아이들은 흙투성이가 되도록 뒹굴며 주먹질을 했다. 싸움에 졌다가는 선배들의 발에 무참히 걷어채고 짓밟혔다. 발로 가슴을 걷어채는 순간 나 자신도 모르게 눈에서 불이 일었다. "그래, 그 눈빛이야. 그렇게 싸우란 말이야." 눈에 푸르스름한 광채를 띤 채 관식과 나는 선배들이 뜯어말릴 때까지 서로를 쥐어박았다.

인왕산 중턱에 있는 약수터까지 뛰어갔다 오는 체력 훈련과 연일 이어지는 싸움 연습에 이골이 날 무렵, 유성반점 골목으로 모이라는 전갈이 왔다. 그동안 훈련을 받느라 고생했다고 한턱내려나 보다고 모처럼 안색이 밝아졌다. 기대하고 모인 후배들에게 선배들은 담력 훈련을 시키겠다고 했다.

"저기 짱께 집 유리창을 깨고 와라. 한 장도 남김없이."

물어봐야 알려줄 것 같지도 않아 아이들은 돌멩이와 몽둥이를 들고 발이 작아 뒤뚱거리는 화교 여자가 출입문 앞에 앉아 있는 유성반점으로 달려갔다. 왜 그걸 해야 하는지 궁금하지 않은 것도 아니고, 그러다 잡히면 어떻게 될까 걱정되지 않는 것도 아니었지만 골목에 숨어 지켜보고 있는 선배들의 눈총이 더 무서웠다.

주렴이 주렁주렁 늘어진 출입문의 커다란 유리창이 몽둥이에 요란스레 깨지는 소리를 신호로 길가 쪽의 유리창들이 와르르 부서져 내렸다. 안에서 식사하고 있던 손님들이 놀라 비명을 지르고, 전족을 한 여주인은 얼이 나가 감히 일어나 뒤뚱거릴 엄두도 내지 못했다. 여학생들 앞에서 밀린 외상값 갚으라고 망신을 준 앙갚음이라는 걸 나중에야 알게 되었다.

혹독한 싸움 연습이 끝나자 거리에서 실전 훈련도 했다. 복장이 불량해 뵈는 다른 학교 학생들을 상대로 싸움을 벌이는 것이었다. 막다른 골목에 몰아넣고 일대일로 주먹싸움을 벌이기도 했지만, 상대가 우세하면 여러 명이 달려들었다. 덩치가 큰 상대는 불알을 걷어차고, 칼을 꺼내든 상대는 돌로 쳐서 쓰러뜨렸다.

학교 부근은 예전에 양반들의 행차를 피해 서민들이 숨어 다니던 골목길이 미로처럼 얽어져 있었다. 그 골목을 샅샅이 외워서 어디로 가면 막다른 곳이고, 어느 골목이 인적이 드물다는 것까지 손바닥 들여다보듯 알아야 했다. 제갈공명의 팔괘팔진도처럼 복잡하게 얽힌 피맛골의 골목길로 몰아넣으면 어떤 상대도 쉽게 빠져나갈 수가 없었다.

그런 훈련에도 나는 여전히 남을 때리는 데 익숙해지지 않았다. 차라리 목을 조이거나, 팔을 꺾는 편이 나았다. 주먹에 닿는 턱뼈의 느낌이나 뭉글거리는 뱃살의 감촉은 생각만 해도 진저리가 났다. 그에 비해 버스정류장에 서서 담배꽁초를 아무 데나 버리는 대학생을 훈계하고 약간의 빵값을 찬조받거나, 학교 앞에서 음란서적을 파는 장사꾼의 손수레를 부수는 일은 한결 쉬웠다.

선배들은 담력을 키우기 위해서 평소 가깝게 지내던 산악부에

1학년들을 맡긴 적도 있었다. 등산이라고는 인왕산 자락을 오르내린 게 전부였던 나는 영문도 모른 채 도봉산으로 끌려갔다. 자일을 몸에 감는 법을 겨우 익힌 뒤 선인봉의 박쥐 코스라는 암벽에 올려졌다. 바위틈에 사는 박쥐들이 오줌을 싼다는 박쥐 코스의 깎아지른 암벽에 오르자 두 다리가 사정없이 후들거렸다. 아래서 도끼눈을 한 선배들이 시키는 대로 무작정 바위에 들러붙어 앞만 보고 기어오른 끝에 언더며, 침니의 코스들을 무사히 마치고 내려왔지만 어디를 어떻게 올라갔는지 아무 생각도 나지 않았다.

군용 A형 텐트에서 처음 맞이하는 산중의 밤은 비장하고 황홀했다. 어두운 산길을 뛰는 훈련을 마치고 반합 뚜껑에 따라주는 배갈은 아찔했고, 서늘한 밤하늘의 별들은 감미로웠다. 여기저기서 들려오는 우쿨렐레와 요들 소리는 까물거리는 천막 속의 불빛만큼이나 낭만적이었다.

학교가 끝나면 의정부행 시외버스를 타고 산으로 들어갔다. 에델바이스 무늬의 스웨터에 월남전에서 군인들이 신었던 정글화를 신고 달밤에 바위를 오르내렸다. 사직공원에서 서로 뺨을 때리던 열두 명의 소년은 코가 닿을 듯 좁은 군용천막 안에서 처음 배우는 술과 미군 닭털 침낭의 온기 속에서 끈끈한 점액질의 한 덩어리가 되어갔다.

도봉산 골짜기에서 야영하며 소란을 피우던 취객들에게 도끼를 들고 가서 스웨덴제 석유 버너와 먹을거리를 공출해온 뒤에 점박이 형은 대견하다는 표정으로 하산을 명령했다. 점박이 형은 이 모든 게 양아치들을 제압하기 위한 훈련이라고 했다. 사자클럽은 지난해 야간부의 세븐클럽과 일전을 벌여 쓰라린 패배를 겪었다고 했다. 세븐클럽은 말 그대로 일곱 명으로 구성되었는데, 학교 밖의 양아치들과 연결되어 있었다. 싸움이라면 오로지 주먹 쥐고 일대일로 붙는 것으로만 알던 사자클럽 선배들은 자전거 체인이며, 잭나이프를 든 양아치들에게 참패하고 말았다. 그것은 처음 겪는 패배였고 굴욕이었다. 절치부심한 선배들은 싸움은 주먹만으로 할 수 없다는 현실을 받아들이기로 했다. 그 때문에 올해 신입회원들에 대해서는 각별히 훈련을 세게 시켰다면서 뺏어온 술을 반합 뚜껑에 일일이 따라주며 위로했다.

"양아치하고 싸워 이기려면 양아치가 되는 수밖에 없다."

반합 뚜껑에 가득 채운 술을 한입에 털어 넣는 점박이 형의 얼굴에는 무언가 자조적인 기색이 얼핏 스쳤다. 점박이 형은 하산한 신입생들을 데리고 집창촌인 미아리 텍사스로 갔다. 진득거리며 흐르는 정릉천변에는 허름한 술집이 줄지어 서 있었다. 술집들 앞에는 요란하게 화장한 여자들이 의자에 앉아 담배를 피우며 지나가는 사람들에게 놀다 가라고 붙잡았다.

선배들은 그 여자들을 매미라고 불렀다. 난생처음 들어선 술집에서 할머니 같은 매미가 볼에 뽀뽀하는 바람에 나는 기겁을 했다. 술이 한 순배 돌고 선배들이 젓가락을 두드리며 〈삼팔선의 봄〉이니, 〈번지 없는 주막〉을 부르고 나서 응규가 답가로 〈러브 미 텐더〉를 불렀다. 노래가 '야리꾸리하다'고 응규는 매미 사타구니에 머리를 박고 '원산폭격'을 했다. 좀 덜 늙은 매미는 과일 안주를 하나 더 시키는 조건으로 물 풍선처럼 축 늘어진 젖통을 보여주었고, 술 취한 할머니 매미는 아이들에게 고추 좀 보자고 달려들었다. 응규는 선배들이 좋아하는 뽕짝을 부르지 않아서 기둥에 매달려 매미 흉내를 냈다. 나는 한동안 부르지 않았던 〈맨발의 청춘〉을 불러 선배들의 열광적인 박수를 받았다. 정말 알다가도 모를 일이었다.

워즈워스

열일곱 살의 나는 시인으로 불렸다.

짜장면 한 그릇과 바꾸는 내 연애편지는 날로 감미로워졌다. 미사여구로 엮은 연애편지를 아이들은 시라고 생각했다. 그들은 자신들이 느낄 수는 있어도 쓸 수는 없는 말들이 시라고 여겼다. 그래서 내게 시를 쓰게 했고, 그 시가 여자의 마음을 사로잡으리라고 믿었다. 그런 믿음에 답하여 내가 대신 써준 연애편지에 드물게 답장이 오는 경우도 있었다. 정규도 그랬다.

야간부에서 올라온 정규는 기타 하나는 잘 쳤다. 기타 하나라고 한 이유는 다른 것은 변변히 잘하는 것이 없다는 말이다. 기타만큼 잘하는 게 하나 있기는 했다. 입에서 나오는 지독한 욕이었다. 숨 쉴 때마다 튀어나오는 상소리는 타의추종을 불허했다.

욕쟁이 정규는 인근의 여고에서 열린 음악회에 초청되어 닐 다이아몬드의 〈솔리테리 맨〉을 불러 엄청난 박수를 받았다. 정규는 그날 앞자리에 앉아 있던 어느 여학생에게 마음을 빼앗겼다. 그 학교에 다니던 사촌 누나를 통해 그녀가 1학년 3반의 정보경이라는 것을 알아낸 정규는 내게 매달렸다.

나는 늘 하던 대로 하이네의 시를 적당히 버무린 연애편지 한 장을 써주었다. 그런데 그 편지에 대한 답장이 날아온 것이었다. 생각지도 않은 답장을 받은 정규는 당황했다.

"아, 씨발. 어떡하냐? 답장이 왔다고."

편지를 쓰려면 필요하다고 그 답장을 얻어 읽었다. 별 생각 없이 받아든 편지는 이내 내 가슴을 흔들어놓았다. 그것은 강렬한 폭죽 같기도 하고, 아득한 별빛 같기도 했다.

바람이 붑니다. 나뭇잎들이 기도처럼 대지에 엎드리는 시간에 문득 지나는 바람이 묻기에 부질없는 답을 적어봅니다. 밤이 빚은 이슬방울들이 이끼 덮인 샘을 깨우듯, 침강하는 이 가을에 이것은 또 무엇을 향해 떨어지는 물음인가요.

"씨발, 이게 무슨 소리냐?"

조바심에 턱을 내미는 정규를 밀쳐내고, 나는 이 만만찮은 상대에게 쓸 답장을 고심하였다. 여태껏 이리저리 써먹은 누더기들이 아니라 실로 순백의 지면에 처음 적는 붓끝처럼 생각을 벼르고 다듬어 적어나갔다.

답장은 기다렸다는 듯이 날아왔다. 그녀와 내 편지는 욕쟁이 정규를 사이에 두고 분주히 오고 갔다. 정말 바람결에 빙그르르 돌며 떨어지는 단풍잎 같은 사연들이건만 고즈넉한 밤에 온전히 한 사람만을 생각하며 선혈 같은 먹물로 적어나가는 글들은 고통스럽고 아름다웠다. 적어도 나는 그렇게 생각했다.

윌리엄 워즈워스의 시 〈초원의 빛〉을 적어 보낸 뒤에 그녀는 드디어 만나주리라는 승낙을 전해왔다. 함께 나가서 면면을 살펴야 어떻게 편지를 쓸지 감이 잡힌다는 말에 정규는 완강히 반대했다. 들통이 날까 봐 두려웠던 것이다. 그러면 앞으로 대필하지 않겠다는 위협 끝에 나는 정규를 따라 나갈 수 있었다. 모르는 사람처럼 떨어져 앉아 있겠다는 조건으로.

그리하여 나는 글로만 대하던 그녀를 만나게 되었다. 비록 먼발치에서 바라보는 것이었지만, 유난히 흰 얼굴과 웃을 때마다 볼에 패는 보조개, 은방울을 굴린 듯한 낭랑한 목소리는 손끝에 잡힐 것만 같았다. 나는 그녀가 정규에게 실망하기를 하나님과 부처님과 알라님에게 빌었다. 그동안 보내온 글과 너무 다르다며 자리를 털고 일어나기를 간절히 바랐다. 그리하면 나는 전말을 밝히는 편지를 쓰고 정중히 용서를 빌 생각이었다.

그러나 그녀는 말끝마다 욕을 섞는 정규의 이야기에 시종 생글생글 웃으며 귀를 기울였다. 정규는 이따금 뽐내기라도 하듯 내 쪽을 바라보며 히죽거렸다. 나는 당장이라도 달려가 진실을 밝히고 싶은 충동에 사로잡혔다.

"시를 좋아하시나 봐요."

그녀의 말에 내 가슴이 터질 듯 고동쳤다. "여기 적힌 이 먹빛이 희미해질수록, 그대를 사랑하는 마음이 희미해진다면……." 그녀는 꿈꾸는 듯 몽롱한 눈빛으로 내가 적어 보낸 워즈워스의 시구를 읊조렸다. 나는 그녀의 말들이 지금 내게 하는 것이라고 믿었다.

"아, 그 시 좋죠?"

내게 그 시를 지은 사람이 히 식스[●]냐고 묻던 정규가 뻔뻔스럽게도 아는 체를 했다. "초원에서 만나서 안녕하며 헤어진……." 쟁반을 두들기며 히 식스의 노래 〈초원의 빛〉을 흥얼거리던 녀석이 워즈워스를 어찌 알겠는가. 나는 그녀가 들을 정도로 크게 코웃음을 쳤다. 그 소리에 놀란 정규가 긴장한 얼굴로 돌아보았지만 막상 그녀는 빵을 어기적거리는 정규만을 홀린 듯 바라보고 있었다.

그녀를 만나고 난 뒤로 내 편지는 더욱 감미롭고 뜨거워졌다. 정규는 편지를 전달하는 메신저에 불과하다고 생각했다. 길거리에 서 있는 빨간 우체통 정도. 그녀가 보내온 편지의 사연들은 나를 향한 것이고, 정규에게 보였던 그녀의 해맑은 웃음과 수줍은 보조개도 사실은 나를 향한 것이라고 여겼다.

"야, 오늘 진도가 어디까지 나간 줄 아냐?"

정규를 통해 그녀의 소식을 전해 듣는 것은 괴로운 일이었다. 정규는 주변에 모인 아이들을 둘러보며 뽐내듯이 제가 서오릉 길

● He 6, 1969년에 김홍탁 등으로 결성된 6인조 남성 그룹사운드로 〈초원〉, 〈초원의 사랑〉, 〈초원의 빛〉 등으로 인기를 모았다.

을 걸으며 그녀와 처음 손을 잡은 순간이며, 중국요리점 골방에서 드디어 그녀와 입을 맞추었다는 소식을 전했다. 그 이야기를 듣는 순간 머리끝까지 피가 솟구치는 듯했다. 입가에 짜장을 뒤발한 욕쟁이 정규가 그녀의 입술을 덮치는 장면은 상상하는 것만으로도 끔찍하였다.

“키, 키, 키스는 무슨?”

펄쩍 뛰며 우기는 내게 정규는 언제고 사실을 확인시켜주겠다면서 큰소리를 쳤다. 그날 그녀에게 보내는 내 편지는 음울했다. 윌리엄 블레이크의 〈병든 장미〉 시구를 적는 내 가슴은 불에 덴 것처럼 고통스러웠다

그녀의 편지는 한동안 돌아오지 않았다. 정규도 내게 편지를 재촉하지 않았다. 아무래도 둘 사이에 내가 모르는 일들이 진행되고 있는 눈치였다. 나는 절망했다. 배운 지 얼마 되지 않은 기타를 튕기며 양희은의 〈이루어질 수 없는 사랑〉을 5천 번쯤 불러댔다. 듣다 못한 아버지가 하라는 공부는 않고 개 짖는 소리만 낸다며 기타를 부쉈다. 부러진 기타 목에 못질을 하며 나는 그녀와 정규의 사랑도 그렇게 댕강 부러지기를 간절히 기도했다.

내가 시와 멀어진 것은 그 무렵이었다.

어느 날 잘 모르는 선배가 호출을 했다. 선배들 교실로 불려 간다는 것은 호랑이 굴로 기어들어가는 것만큼이나 두려운 일이었다. 대개는 선배에게 경례를 안 했다거나, 머리가 규정보다 길어

선배들의 눈에 거슬려 불려 가는 일이 대부분이었다. 잔뜩 긴장한 채 2학년 교실 문을 열었다.

나를 부른 사람은 설인호라는 선배였는데 처음 보는 얼굴이었다. 자신이 문예부원이며 교지를 만드는 일을 하고 있다고 소개한 선배는 체구도 작고 유난히 하얗고 가느다란 손가락을 가졌다. 물이 빠진 교복의 소매 단을 꼼꼼히 시친 바느질 자국이 눈에 들어왔다. 어디서 들었는지 내가 글을 잘 쓴다는 걸 알고 있다며 선배는 내게 문예부에 들어오라고 권유하였다.

글이라면 자신이 있던 나는 싫은 내색은 하지 않았다. 연애편지와 반성문으로 익힌 글솜씨로 반공 글짓기대회에 나가 최우수상을 받아 한껏 어깨에 힘이 들어가 있던 때였다.

'가을 밤'이라는 제목으로 지어 오라는 시를 전한 날, 나는 점심도 거른 채 설인호 선배에게 붙들려 소월이며 영랑의 시에 대해 들어야 했다. 족구 하는 아이들이 일으킨 먼지 속에서도 설인호 선배는 내 손을 꼭 움켜쥔 채 〈돌담에 속삭이는 햇발〉 같은 시의 그윽한 감동을 전해주려고 애썼다. 그리고 헤어질 때 무언가 애처로운 눈으로 나를 바라보며 호소하듯 말하였다.

"네 길은 따로 있어."

그 후로 설인호 선배는 무시로 찾아와 내 주머니나 책갈피에 곱게 접은 편지를 넣고 돌아갔다. 친구들은 둘이 연애한다며 놀렸다. 선배의 편지에는 랭보나 발레리 같은 외국 시인들의 시나 "새는 알을 깨고 나온다." 같은 『데미안』의 소설 구절들이 적혀 있었다.

가을이 깊어갈 무렵, 나는 설 선배에게 이끌려 문예부실에 간 적이 있었다. 마침 그곳에 와 있던 지도교사가 두꺼운 뿔테 안경 너머로 노려보았다. 새로 들어온 부원이라는 말에 지도교사는 어이없다는 표정을 지었다.

"이 양아치께서 문예부?"

양아치라는 말에 당황한 것은 나보다 설인호 선배였다. 선배는 주머니에서 급히 무언가를 꺼내 '미친 개'라는 별명의 문예부 지도교사에게 내보였다. 그것은 예전에 내가 썼던 시였다. 시와 나를 번갈아 살펴보던 지도교사가 잔뜩 의심 어린 눈으로 나를 턱으로 가리켰다.

"저 양아치가 이 시를 지었다고?"

설 선배는 확신에 차 대답했지만 지도교사는 코웃음을 치며 나에게 다시 물었다. 나는 주눅이 잔뜩 든 목소리로 간신히 그렇다고 대답했다.

"도둑놈."

지도교사는 단호하게 잘라 말하며 내게 문을 가리켰다. 당장 나가지 않으면 한 대 후려갈길 듯한 기세에 눌려 나는 서둘러 밖으로 나왔다. 내 뒤를 쫓아 나온 설 선배는 미안해서 어쩔 줄을 몰라 했다. 나는 성질 더러운 '미친 개'에게 봉변당하지 않은 것만을 다행으로 여겼다.

그런 중에도 설인호 선배는 나를 포기하지 않았다. 방과 후마다 사자클럽 패거리들과 어울리지 못하도록 나를 붙잡고 놓아주지 않았다. 그런 선배가 귀찮기도 하고 부담이 되어 피해 다녔지만 선배는 구석진 창고 뒤나 변소에 숨어 담배를 피우는 나를 어떻게든 찾아냈다.

그해 연말 삼일당에서 열린 문학의 밤 행사에서 나는 시 〈눈 내리는 저녁〉을 낭송하게 되었다. 반주로 마신 술에 얼큰해진 미당(未堂)이 집안 이야기를 하는 동안 내 눈은 객석에 앉아 있는 여학생들에게만 박혀 있었다.

내가 문학의 밤 행사에 낀 것을 뒤늦게 안 '미친 개'는 심하게 화를 냈다. 그럼에도 불구하고 설 선배는 내가 새로 쓴 시 한 편을 교지에 밀어 넣었다. 편집회의를 한다고 억지로 불려가 필경실에 앉아 있는데, 입에 거품을 문 '미친 개'가 들어왔다. 이미 이성을 잃은 그는 책상다리로 앉아 있는 설 선배의 정강이를 들고 있던 몽둥이로 다짜고짜 내리쳤다.

딱 소리를 내며 뼈에 부딪히는 몽둥이에 내가 맞기라도 한 듯 몸이 부르르 떨렸다. 바람 소리를 내며 정강이를 내리치는 몽둥이질에도 설 선배는 자세를 흐트러뜨리지 않고 꼿꼿이 앉아 서너 대의 매질을 감수했다.

"양아치가 베껴온 시를 누구 맘대로 교지에다 실으랬어?"

설 선배가 매를 맞는 것은 안된 일이었지만, 나는 우선 내가 딱, 딱 소리가 나도록 정강이를 맞지 않은 것을 다행으로 여겼다. 내가 지은 시 〈바람의 노래〉는 그런 수난을 통해 교지 속에 수록될 수 있었다. 그 후로 나는 시를 쓰지 않았다. 시를 생각할 때마다 정강이에 부딪치던 박달나무 몽둥이 소리가 들리는 듯해 진저리가 쳐졌다. 나는 설 선배의 편지에도 답장을 하지 않은 채 이리저리 그늘진 구석으로 숨어 다녔다.

돌림빵

나는 기꺼이 괴물이 되려고 애썼다. 세상은 한숨처럼 무너졌다. 2만 5천 명과 섹스를 하고 싶다던 재니스 조플린●이 약물 과용으로 죽었고, 북극성 같은 비틀스가 돌연 해체를 선언했으며, 우드스톡의 전설 지미 헨드릭스●●도 세상을 떠났다. 그 뒤를 이어 짐 모리슨●●●도 죽었으니, 더 말해 무얼 하랴.

시절은 잔인했고, 내게 남은 것은 저주스러운 몸뚱이뿐이었다.

● Janis Joplin, 블루스에 기반을 둔 록을 노래한 백인 여성 가수로 히피풍의 삶과 무당과 같은 광적인 무대로 불꽃처럼 살다가 27세의 나이에 헤로인 과다 복용으로 할리우드의 랜드마크 모터호텔에서 사망하였다.

● Jimi Hendrix, 월남전으로 명예가 실추된 미국에서 당시 젊은이들의 심정을 격한 음악으로 담아낸 신화적인 흑인 기타리스트로 런던 순회공연 중에 진정제 과용으로 사망하였다.

●● Jim Morrison, 본명은 James Douglas Morrison이다. 도어스의 리드 싱어이며 시집을 낸 시인으로 재니스 조플린, 지미 헨드릭스와 함께 당대의 3J로 불린 그는 마약을 과다 복용하고 목욕하던 중 사망하였다.

교실 뒤편에서 질이며 클리토리스, 소음순, 대음순 같은 단어들을 주고받으며 킬킬거렸다. 그때 그런 성스러운 이야기를 주로 전한 랍비는 성제였다. 그에게는 '물개 거시기'라는 별호가 따라다녔다. 물개 거시기라는 별호답게 여자에 대한 이야기는 성제가 도맡아서 들려주었다. 성제는 제 코를 만져보라고 했다. 말랑말랑한 코끝은 신기하게도 두 쪽으로 나뉘어 있었다. 그는 그것이 여자와 잠을 잤다는 증거라고 했다. 자기는 밤마다 제 집의 식모 누나를 따먹어서 코끝이 갈라져 있다고 했다. 그는 기봉을 책상에 눕혀놓고 제가 어떻게 식모 누나를 따먹는지 재현해 보였다.

홍분제 만드는 법도 성제가 가르쳐주었다. 사이다에 미원이라는 조미료를 타 먹이면 여자가 홍분해서 옷을 찢으며 달려든다고 했다. 그런 말을 듣고 해보지 않을 소년이 어디 있겠는가. 알고 지내던 여학생을 빵집으로 불러내어 당장 실험에 착수했다. 곰보빵을 두 개나 뜯어먹은 여학생이 잠깐 화장실을 간 틈에 사이다 잔에 조미료를 타 넣었다. 그리고 그녀가 제 옷을 찢어 던지고 달려들기를 기다렸지만 그녀는 수녀처럼 경건하기만 하였다. 그 여학생이 전화를 걸러 간 사이에 가져온 조미료를 몽땅 사이다 잔에 타 넣었다. 몇 모금 마신 그녀는 사이다 맛이 늑늑하다고 투덜거릴 뿐 입고 있는 옷을 찢을 생각은 하질 않았다. 재미없다고 그녀가 집에 간 뒤에 사이다 잔 바닥에 수북하게 가라앉은 조미료를 손가락으로 찍어 먹어보았다. 홍분이 아니라 구토가 났다. 성제는 여자애가 닳고 닳은 '걸레'라서 감각이 무뎌져 약발이 듣지 않은 거라고 했다.

온종일 머릿속으로 여자만 생각하던 시절이었다. 수학시간에 배우는 공집합 기호도 여자들 젖가슴으로 보이고, 잠을 자고 나면 몽정으로 속옷이 축축하니 젖어 있었다.

그때 이상한 사건이 터졌다. 방탕한 여동생을 친오빠가 총으로 쏴 죽인 사건이었다. 그녀를 둘러싸고 벌어진 '돌림빵' 이야기가 전해지면서 아이들의 민감한 더듬이는 곧바로 그 이야기로 쏠렸다. 명동에서 미용실을 하던 관식의 어머니는 신문에 나지 않은 뒷이야기만 수집하는 취미를 가졌다. 미용실 손님들의 입에서 흘러나온 이야기들에 따르자면, 총 맞아 죽은 여자를 내로라하는 고관대작들이 돌려가며 놀았다는 것이다. 잉글버트 험퍼딩크의 〈릴리스 미(Release Me)〉를 즐겨 들었다는 그녀는 씨가 누구의 것인지도 모를 아이를 낳았는데, 그 아비를 놓고 의견이 분분하다고 했다. 그녀를 돌아가며 따먹은 어른들 중에는 아주 높은 사람도 끼었다는 설이 있다며 관식은 엄지를 곧추세웠다.

거기에 등장하는 고관대작이라면 대개 검은 안경을 쓰고, 제헌절이나 비료공장 준공식장에서 단상에 올라가 연설을 하는 어른들이었다. 그들은 393자에 달하는 국민교육헌장이라는 것을 만들어 아이들이 줄줄 외우지 못하면 종아리를 맞게 한 장본인이기도 했다. "성실한 마음과 튼튼한 몸으로, 학문과 기술을 배우고 익히며, 타고난 저마다의 소질을 계발하라."는 게 무슨 말인지는 모르겠지만, 그런 어른들이 '돌림빵'을 즐긴다는 사실이 그저 신기하기만 했다.

그러거나 말거나, 정작 나를 절망시킨 일은 따로 있었다.

정규가 드디어 보경이를 따먹었다고 선언한 것이다.

따. 먹. 다.

정규의 입에서 나온 그 세 음절의 단어를 접하는 순간, 나는 그만 구토를 일으킬 뻔했다. 그리고 얼마 전까지 나도 무심히 입에 오르내렸을 그 단어야말로 인간이 만들어낸 가장 혐오스럽고 야만스러운 것임을 뼈저리게 느꼈다. 관계했다던가, 성교했다, 교미했다, 교접했다, 간통했다, 배가 맞았다고 했어도 나의 정신적 충격은 덜했을 것이다. 무엇이든 쩝쩝 소리를 내며 먹어치우는 정규의 식탐과 초식동물 같은 보경의 유난히 희고 가는 목이 교착되며 내 상상력은 인육을 취하는 식인종의 참경을 눈앞에 떠올리곤 하였다.

끔찍한 일이었다. 나는 정규의 말을 믿을 수가 없었다. 더 이상 짜장면에 영혼을 팔지 않겠노라 마음을 다잡으며 나는 정규한테 그녀를 만나게 해달라고 간청했다. 싫다고 배짱을 부리던 정규는 허위 사실을 유포한다는 말에 격분하여 나를 데리고 나갔다. 교남동 어느 빵집에서 만난 보경은 물방울무늬의 원피스를 입고 나왔다. 올리비아 핫세를 닮은 그녀의 새치름한 옆모습을 훔쳐보며 나는 몸을 떨었다. 그런 나를 비웃듯 정규는 그녀에게 상스러운 말들을 함부로 내뱉었다. 그러지 말라고 눈짓을 하자 정규는 그걸 즐기는 듯 더 심하게 지껄였다.

"내가 널 왜 만나는 줄 알지?"

정규의 말에 그녀는 웃으며 고개를 가로저었다.

"니 맛이 좋거든."

정규의 말에 당황한 것은 그녀보다 나였다. 나는 미각이란 것이 그처럼 음란하고 저속하게 사용될 수 있다는 사실에 경악했다. 흐트러진 정신을 가까스로 수습한 나는 그녀가 정규의 뺨을 짝 소리가 나게 후려갈기는 장면을 기다렸다. 그러나 그녀는 이슬을 함초롬히 머금은 나팔꽃처럼 배실배실 웃고 있을 뿐이었다. 아, 그때 나는 왜 그 자리를 털고 일어서지 않았을까.

결국 그날 밤 그녀는 정규를 따라 여인숙으로 갔다. 잠깐 앉았다가 가야 한다던 그녀는 정규의 부릅뜬 눈을 어쩌지 못하고 한 방에 누웠다. 정규는 제 말을 입증이라도 하겠다는 기세로 내가 잠들지 않았는데도 거침없이 그녀를 희롱했다. 그녀가 내어놓는 신음소리를 나는 숨을 죽이고 고스란히 귓속으로 담아 들여야 했다. 전등을 끈 방에서 나는 정규가 그녀의 몸 위로 다족류처럼 기어 올라가는 걸 고통스럽게 지켜보았다. 거친 숨소리가 뒤섞이며 이불이 버스럭거리는 소리를 바로 곁에서 듣고 있던 나는 격렬한 모멸감과 함께 자신도 모르는 사이에 몸속에서 스멀스멀 피어오르는 열기를 주체할 수가 없었다. 거친 숨을 내뱉고 보경의 몸에서 떨어진 정규의 옆구리를 손가락으로 찔러댔다. 잠깐 나가 있으라는 말에 정규는 왜 그러느냐고 버티다가 마지못해 나갔다.

"잘해 봐라."

이불을 목덜미까지 올려 덮은 보경은 나를 빤히 바라보았다. 어둠에 얼굴을 숨긴 채 나는 그녀에게 사실을 털어놓았다. 그동안 보낸 편지는 모두 내가 쓴 것이라는 말에 그녀의 대답은 의외로 차분했다. 이미 알고 있었다고 했다. 크게 실망하여 당장이라도 자리에서 일어나 뛰쳐나갈 줄 알았던 그녀는 대수롭지 않은 목소리로 대답했다. 그녀와 한 이불을 덮고 누운 채 나는 손끝 하나 움직일 수가 없었다.

"야, 빨리 해."

방문 밖에서 헛기침을 해대며 재촉하는 정규에게 쫓기듯 나는 거미처럼 그녀에게 손을 뻗었다. 그녀의 흐트러진 웃옷에 손가락이 닿자 그녀는 매정하게 손을 뿌리쳤다. 나는 깊은 한숨을 내쉬며 그녀를 간절히 바라보았다.

"사, 사, 사랑합니다."

심하게 말을 더듬으며 내어놓은 나의 고백에 그녀는 방울 굴러가는 소리로 웃었다. 아그네스, 나는 그대를 사랑합니다.

"아무나 대주는 애가 아니라니깐."

그녀가 부르는 바람에 방 안으로 들어온 정규는 의기양양한 목소리로 말했다. 정규는 그녀가 자기에게만 '대준다'는 사실에 흐뭇해했다. 나는 때 묻은 이불을 뒤집어쓰고 키득거리는 두 짐승을 남겨놓은 채 밖으로 나왔다. 통금이 막 해제된 골목에는 외등의 쇠약한 불빛만이 바람에 까물거리고 있었다. 나는 그렇게 내 영혼의 동정을 잃고 말았다.

그러던 어느 날 허리우드극장에 〈초원의 빛〉●이라는 영화가 들어왔다. 수업을 빼먹고 혼자서 그 영화를 보러 갔다. 대낮의 극장은 썰렁하니 비어 있었다. 김치 국물과 달걀 프라이가 뒤섞인 도시락을 먹으며 나는 윌마가 워즈워스의 시를 읽다가 울먹이며 교실을 뛰쳐나가는 장면을 보았다. 버드가 물에 빠진 그녀를 건져낼 때쯤 극장의 옆자리에 워런 비티와는 전혀 다르게 생긴 아저씨가 와 앉았다. 윌마와 버드가 고뇌하던 영육 간의 사랑에 나와 보경을 이입하며 깊은 한숨을 내쉴 때 옆자리의 아저씨가 슬그머니 내 사타구니 사이로 손을 들이밀었다. 나는 순간적으로 정신착란 상태에 빠졌다. 찬밥을 들어 올리던 젓가락이 그 아저씨의 손등을 찔러 날카로운 비명이 터져 나온 것은 첫사랑을 찾아온 윌마가 기저귀를 너는 버드의 아내를 멀리서 바라보는 장면쯤이었다. "씨발, 손 치워요." 엔딩 크레디트가 올라가며 스크린 위로 워즈워스의 시구가 흘러내리고 있었다.

여기 적힌 먹빛이 희미해질수록
당신을 향한 마음이 희미해진다면
이 먹빛이 마름하는 날

● 1961년에 만들어진 엘리아 카잔 감독의 미국 영화로 부잣집 청년 버드(워런 비티)와 가난한 집 소녀 윌마(나탈리 우드) 사이의 사랑과 고뇌를 담아낸 작품이다.

난 당신을 잊겠습니다

초원의 빛이여

꽃의 영광이여

다시는 그것이 돌려지지 않는다 하더라도 서러워 말지니

차라리 그 속 깊이 간직한 오묘한 힘을 얻으소서●

● 윌리엄 워즈워스(William Wordsworth, 1770~1850)의 시 〈초원의 빛(Splendor in the Grass)〉이다.

공갈 반도

나는 유물론자가 되었다. 인간이란 몇 개의 크고 작은 뼈에 살점이 붙고 가죽을 입힌 내부에 혈액과 체액을 채운 유기체일 뿐이었다. 그런 근육과 뼈와 살로 할 수 있는 일은 주먹질과 주기적인 자위행위뿐이었다. 유물론자에게도 사랑의 아픔은 남아 있었다. 잃어버린 사랑의 고통을 견디다 못해 나는 양주동 박사에게 편지를 보내 호소하였다. 인간 국보 1호께서 보내주신 답장은 다음과 같았다. 그녀가 화장실에 앉아 있는 모습을 상상하라. 그러나 석학의 충고는 전혀 도움이 되지 않았다. 화장실에 앉은 게 아니라 빠졌다 해도 나는 그녀를 잊을 수가 없었다. 다시 편지를 보냈지만 국보 1호께서는 답장이 없었다.

나는 상처 입은 코끼리처럼 울며 거리를 돌아다녔다. 아무에게나 시비를 걸었고, 항상 가방에 도끼를 넣고 다녔다. 눈에서는 불이 나오고, 귀에서는 바람 소리가 들렸다. 싸울 일이라면 피하지 않고 싸웠고, 싸우지 않아도 될 일도 앞장서서 싸웠다. 만약 데카르트가 곁에 있었다면 "싸우므로 나는 존재한다"라고 방법서설의 명제를 바꾸었을 것이다.

나의 이런 변신은 사자클럽에서 내 위상을 높여주었다. 선배들은 환호했고, 동기들은 경악과 경의와 약간의 질시 어린 시선으로 바라보았다. 다만 응규는 그런 나의 변신을 힘들어했다.

곰이라는 별명답게 응규는 덩치가 크고 주먹이 셌다. 그러나 보기와 달리 그는 온종일 음악이나 들으며 호수처럼 조용히 지내기를 좋아했다. 시비가 붙어 주먹이 오가는 동안에도 그는 뒤편에서 지켜보기만 하였다. 그러다가 사태가 불리해져 도저히 방관할 수 없게 되면, 자신이 나서지 않을 수 없게 된 상황에 화라도 내듯 상대를 때려눕혀 싸움을 종식시켰다. 그의 싸움은 언제나 한 방으로 끝났다. 그가 주먹을 휘둘러 쓰러지지 않은 상대를 보지 못했다. 그러나 그는 주먹을 휘두르는 것을 귀찮게 여겼다. 쓰러진 상대를 일어나지 못하도록 발로 차거나 주먹질도 하지 않았다. 그러다가 등 뒤에서 칼로 찔리거나 돌로 뒤통수를 맞은 적도 적지 않았다.

십대에게 싸움은 청량제와 같았다. 약간의 긴장과 불확실한 승부가 주는 흡인력은 중독성이 있었다. 함께 싸우는 것만큼 십대들을 견고하게 결속시켜주는 것도 없었다. 노인들이 낚시나 바둑으로 벗을 사귄다면 십대들은 싸움으로 우정의 깊이를 나누었다. 적어도 싸우는 순간만큼은 어둠 속에서 들려오던 보경의 신음소리나 지붕을 뚫고 떨어진 무장공비의 다리를 잊을 수 있었다. 얼벙

어리가 되어 말을 더듬던 열네 살의 소년은 어느새 도끼를 손에 쥐고 있었다. 바람 소리를 내며 휘두르는 순간 상대들을 무릎 꿇게 하는 도끼의 힘이 마력처럼 느껴졌다.

나의 변신에 관식은 물 만난 고기처럼 환호했다. 관식은 타고난 싸움꾼이었다. 승패에 관계없이 그는 싸움을 즐겼다. 학교에서 그가 유일하게 잘한 과목은 교련이었다. 고추장 독에 빠진 무장공비 때문에 학교에선 총검술을 배워야 했다. 교련시간마다 관식은 앞으로 불려 나가 사람의 목을 찌르는 총검술 자세를 시범 보였다.

물론 학교에서 총검술만 배우는 게 아니었다. 체육대회의 종목도 바뀌었다. 1백 미터 달리기는 전시에 신속히 참호를 쌓는 연습을 위해 사낭 나르기로 바뀌었고, 공 던지기는 수류탄 던지기로 대체되었다. 관식의 말로는 전쟁이 나면 수류탄으로 야구를 한다고 했다. 스트라이크! 관식은 전쟁이 나기만 학수고대했다. 사자클럽은 종종 수업을 빼먹고 반공 궐기대회에 동원되었다. 광장에 모여 김일성 모양의 허수아비에 기름을 붓고 불태우거나, 누군가 연단에 올라가 손가락을 깨물어 반공이라고 혈서를 썼다.

해골이라는 별명을 가진 교련선생은 군복 차림에 군화까지 챙겨 신고 다녔다. 모자에 번쩍거리는 밥풀때기 세 개를 붙이고 다녔는데, 강원도 전방에서 중대장을 하다 왔다고 했다. 그이는 눈알이 보이지 않을 만큼 시커먼 색안경을 쓰고 박달나무로 만든 지휘봉으로 아이들의 배를 꾹꾹 찔러댔다. 엄폐니 사주경계니 하는 생경한 말들도 자주 썼지만, 엠원(M1) 소총의 사정거리 같은 것도 가르쳤다. 운동장 바닥에 기어 다니던 개미에게 침을 뱉느라 딴전을 부리던 성제는 엠원 소총의 사정거리가 얼마냐는 물음에 우물거리다가 107센티미터라고 대답했다. 앞으로 불려 나가 해골 교관에게 지휘봉으로 배를 찔리고 나자 그는 약간 자신 없는 소리로 말했다. "제일 많이 나갈 때가 그렇고요. 보통 90센티미터는 너끈히 나가요." 그에게 사정거리는 자위행위를 할 때 사정되는 최대 거리를 뜻할 뿐이었다. 대개 이런 수준의 학생들 가운데 관식만이 진지하게 교련 수업에 임했다.

모래를 채워 넣은 모형 엠원 소총으로 하는 총검술 훈련은 끔찍했다. 땡볕이 내리쬐는 운동장에서 무거운 엠원 소총을 팔이 휘도록 허공에 들어 올린 채 가랑이의 각도가 90도가 되어야 했다. 게다가 적의 목을 정확히 찌르는 동작을 반복하는 총검술은 지겹기 짝이 없었다. 얼마지 않아 학생들은 재생고무로 찍어낸 가짜 엠원 소총의 꽁무니에 구멍을 내서 그 안에 든 모래를 살금살금 빼냈다. 가을 무렵 해골 교관이 그걸 알아차렸을 때 무기고에 보관된 모형 엠원 소총들은 대부분 껍데기만 남아 있었다. 그때 유일하게 관식의 소총만이 모래가 온전히 들어 있었다.

어쨌든 얼룩덜룩한 가물치 문양의 교련복을 걸치고 온몸이 땀에 젖도록 허공에 가짜 고무총을 찔러대는 것만큼 싱겁고도 지겨운 일은 없었다. 엉거주춤 벌려진 후굴자세는 꼴사납고, 보이지도 않는 적의 목을 베고 심장을 찌르며 낭심을 걷어차는 짓도 우습기만 했다.

가끔은 실감이 날 때도 있었다. 의거 귀순한 무장간첩이 학교를 방문하여 반공 강연회를 하기도 했는데, 사열대 위에서 그가 시범으로 보여주던 북한의 창검술은 볼만했다. 총검보다 훨씬 기다란 북한의 창검은 가운데에 홈이 패여 있었다. 사람을 찔렀을 때 긴장된 근육이 칼날을 무는 것을 막기 위해 피가 빠져나오게 만든 구멍이라는 자상한 설명도 들었다.

총검술을 익힌 학생들은 허리에 '공갈 반도'라 불리는 군용 탄띠를 차고 다녔다. 언제 벌어질지 모르는 패싸움을 위해 무장하고 다니는 셈이었다. 유사시에 공갈 반도를 손아귀에 감아 휘저으면 적의 머리를 손쉽게 깨뜨릴 수 있었다. 여러 학교가 모이는 소풍 때는 아예 군용품으로 중무장을 했다. 검은 물을 들인 군복 바지에 군화를 신고, 허리에는 군용 탄띠를 두르는 걸로도 모자라 가방 속에는 대검이나 야전 삽 같은 것이 들어 있었다. 부모들이 보았다면 아마 아이가 군대에 입영하는 것으로 알았을 것이다. 말하자면 그 당시의 소풍은 일종의 군사 기동 훈련인 셈이었다.

주먹질에 익숙하지 않던 나는 가방 속에 손도끼를 넣고 다녔다. 등산 가서 텐트의 팩을 박거나, 나무를 자를 때 쓰는 야전용 도끼는 그 묵직한 무게만큼 믿음직했다. 사람을 주먹으로 치는 것보다는 그런 금속의 무감각함이 마음을 훨씬 편하게 해주었다. 도끼가 든 가방 속에는 하이네나 릴케의 시집도 들어 있었다. 낮에는 시를 읽고, 밤이면 거리에 나가 도끼를 휘두르던 시절이었다.

세운상가를 토벌하러 나간 것은 그 무렵이었다. 지난날에 당한 수모를 잊지 못하던 관식이 주도하여 선배들 모르게 4기생끼리 출정을 했다. 그리고 분식센터에서 교복을 풀어헤친 채 삐딱하니 앉아 있던 갈퀴눈의 머리를 향해 도끼를 날렸다. 가까스로 도끼를 피한 갈퀴눈의 크게 벌어진 동공이 우스웠다. 갈퀴눈은 겁먹은 표정으로 제 패거리들을 찾기 바빴지만 그들은 여기저기서 얻어맞느라 제 앞가림도 못 할 지경이었다. 갈퀴눈과 그의 패거리들은 화장실로 끌려가 무릎을 꿇었다. 꿇어앉은 그들은 곧 교련 시간에 배운 총검술의 낭심차기와 앞차기 자세의 실습 대상이 되었다. 갈퀴눈 패거리들은 북괴군처럼 피를 흘리며 화장실 바닥에 쓰러졌다. 관식은 갈퀴눈에게 엑스 카바를 시키고, 그의 어금니가 흔들리도록 볼따구니를 때렸다. 관식은 "언젠가는 무릎 꿇고 엑스 카바를 할 줄 아세요."라고 했던 자신의 말을 지킨 셈이다.

용팔이

학교 내에서도 양아치들과의 전쟁은 계속되었다. 선배들이 건네주는 명단에 따라 교내 정화 활동을 펼쳤다. 밤늦게 몰려다니면서 싸움을 하거나, 여학생들을 희롱한 학생들은 역도부실로 불려와 사자클럽 친구들 앞에서 무릎을 꿇고 매를 맞았다. 학생의 본분을 지켜 학교의 명예를 더럽히지 않겠다는 각서를 쓴 뒤에야 그들은 풀려날 수 있었다. 역도부실에서는 날마다 매질하는 소리와 비명 소리가 이어졌지만 선생들은 알면서도 모른 척했다.

'호프'라는 클럽을 만든 야간부 출신 여남은 명이 역도부실로 끌려와 철봉으로 맞은 것도 그런 일 중의 하나였다. 그런데 얻어맞은 아이들이 야간부의 세븐클럽과 힘을 합쳐 싸움을 걸어왔다.

세븐클럽이라면 연전에 선배들이 당한 빚도 있는 터라서 비록 1학년끼리의 싸움이긴 해도 어느 쪽도 물러서려고 하질 않았다. 우선 이름부터가 마음에 들지 않았다. 돼먹지 않은 것들이 '행운의 세븐'이라는 말을 내세운 것만 해도 얼마나 유치한 짓인가. 무슨 체인점도 아닌 세븐클럽이 어느 학교에 하나씩 있게 마련인 점도 저급했다. 그 저급함을 증명이라도 하듯 세븐클럽은 학교 밖의 양아치들과 연결되어 있었다. 한동안 교문 앞에는 세븐클럽이 불러들인 양아치들이 야구방망이와 톱을 들고 서 있었다.

학교 안에서는 때리고, 바깥에서는 맞는 일들이 계속되었다. 날마다 집에 돌아갈 일이 걱정이었다. 급기야 수업 중에 교실 문이 벌컥 열리며 관식의 뒤통수를 각목으로 치고 달아나는 일까지 벌어졌다. 그 뒤로는 부스럭 소리만 나도 목이 움츠러들며 뒤돌아보기에 바빴다. 학교 다니기가 끔찍했다. 그렇다고 여기서 무릎을 꿇을 수도 없었다. 선배들은 1학년끼리의 싸움이니 알아서 하라면서도 절대 밀려서는 안 된다고 토를 달았다.

피차 못 할 짓이니 양측 간에 깨끗이 일대일로 승부를 내기로 했다. 양측이 사직공원에 모여 상대 중의 한 명을 지명하여 주먹으로만 싸우기로 했다. 덩치가 작은 성제가 뽑혔고, 저쪽에서도 뚱뚱보 하나가 나서게 되었다. 먼저 코피를 터뜨리면서 잘나가던 성제가 시간이 지나면서 힘이 달리는지 밀리게 되었다. 결국 상대가 휘두른 주먹에 왼쪽 눈이 퉁퉁 부어오른 성제는 두 손을 들고 말았다.

치욕스러운 일이었다. 성제는 사자클럽의 명예를 더럽혔다는 비난을 듣고 쫓겨났다. 그때 가장 심하게 성제를 비난하고 나선 사람이 관식이었다. 친구는 친구이고, 클럽은 클럽이라고 했다.

그 일이 있고 나서 세븐클럽 아이들은 버젓이 학교 안을 활보하며 안하무인격으로 행동했다. 게다가 신입회원들을 뽑아 신성한 교정에 악의 뿌리를 늘려가고 있었다. 선배들은 하루가 멀다 하고 집합을 시켜 들볶았다. 나중에 안 일이지만 이 일로 점박이 형이 훈육부 티라노 선생에게 불려가 주의를 들었다고 했다. 세븐클럽을 그대로 내버려둘 것 같으면 학교가 나서서 해결할 것이고, 그렇게 되면 사자클럽도 함께 정리될 거라고 했다는 것이다.

중국요리점에서 선후배가 다 모인 자리는 비장감마저 돌았다. 여전히 얼룩진 태극기가 벽에 걸리고, 그 앞에 가부좌를 틀고 앉은 코끼리 형은 광화문 출정을 선포했다. 더 이상 신성한 교정이 악의 무리들에게 유린되는 것을 보고만 있을 수 없으며, 선량한 학우들이 방종과 타락에 물드는 것을 막기 위해 사자클럽이 나서지 않을 수 없게 되었노라. 이제 사자 정신을 지켜온 학교의 운명이 우리의 손에 달려 있음을 각별히 가슴에 새겨라. 그는 국민교육헌장 낭독하는 목소리로 말하였다.

"묵념!"

누구에 대한 묵념인지도 모른 채 일제히 머리를 숙이고 눈을 감은 채 삼 분간 묵념을 했다. 이제 묵념까지 올렸으니 물러설 수도 없는 일이었다. 신사협정 같은 건 필요 없었다. 세븐클럽과 끈을 대고 있던 양아치들을 정리하기 위해 선배들까지 총동원되어 광화문으로 출정했다. 관할구역 밖이었던 광화문을 넘어서자 육교 밑에 웅크리고 있던 구두닦이들이 대번에 쇠갈고리를 들고 달려

들었다. 소식을 듣고 몰려든 양아치들과 세종로 한복판에서 난투극이 벌어졌다. 충무공 동상이 내려다보는 차로 한가운데서 각목과 도끼를 들고 쫓고 쫓기는 혈투가 벌어졌다. 그야말로 '조상의 빛난 얼을 오늘에' 되살리는 일이 아닐 수 없었다.

군화를 신고 검게 물들인 전투복 바지에 군용 탄띠를 두른 채 적진을 누비는 관식의 활약은 실로 놀라웠다. 일기당천 도끼를 휘두르며 돌격하는 그의 모습은 실미도의 특수부대원을 방불케 했다. 그 무렵은 인천 앞바다의 실미도에서 비밀리에 훈련을 받던 684부대 북파 공작원들이 대방동 로터리 유한양행 앞에서 수류탄을 터뜨려 자폭한 사건으로 한창 시끄러울 때였다. 관식은 누구보다 이들을 존경했다.

"싹 쓸어버려."

한때 연장을 든 양아치들에게 쫓겨 피맛골까지 밀려났던 사자클럽은 예기치 않은 인물의 등장으로 전세를 일거에 뒤집었다. 적장 용팔이를 성제가 해치운 것이다. 광화문 일대의 양아치들을 거느리고 있던 용팔은 칼잡이로 유명했다. 주머니칼로 순식간에 다리 관절의 힘줄을 끊는다고 소문난 그는 진두에서 싸움을 이끌고 있었다. 그가 피맛골에 들어섰을 때 언제 나타났는지 골목에 몸을 숨기고 있던 성제가 분식집에서 집어온 포크로 용팔이의 허벅지를 찌른 것이다. 불의의 기습을 당한 그는 다리를 절룩거리며 달아나다 뒤통수에 돌까지 맞았다.

이 일로 성제는 경찰에 붙잡혀 가고 모든 잘못을 혼자 뒤집어썼다. 일이 커지는 것을 원치 않았던 학교는 무기정학을 시키는 선에서 일을 수습했다. 성제의 국민총화, 유비무환, 총력안보, 백의종군 정신에 힘입어 사자클럽은 온전히 살아남을 수 있었다. 그리고 성제도 곧 사자클럽에 복권되었다.

훈육부 선생들도 전말을 알고 있는 눈치였지만 덮기에 급급했다. 경찰에서 붙잡으러 오지 않는 이상 학교가 먼저 나서지 않는다는 게 오랜 전통이었다. 학교 입장에서 보자면 사자클럽의 아이들은 복장도 단정하고, 학교 규칙도 잘 지킬 뿐 아니라 교내에서는 말썽을 부리지 않는 모범생이었다. 나중에 안 사실이지만 사자클럽의 신입회원이 선발되면 선배들은 그 명단을 훈육부 선생에게 전하고, 훈육부에서는 웬만한 문제는 모른 척 봐주는 게 묵계였다. 그 대신에 학교는 골치 아픈 불량 클럽 문제를 사자클럽이 해결하도록 넌지시 떠넘겨 왔던 것이다.

코끼리 형에게 나중에 들은 이야기이지만 원래 사자클럽이 만들어진 것은 무장공비 때문이라고 했다. 1968년 1월 21일 무장공비 사건에 이어 11월 2일에 울진 · 삼척으로 침투한 무장공비가 이승복 어린이의 입을 찢어 죽이는 사건이 발생하자, 동대문운동장에서 학생 반공 결의대회가 열렸다고 한다. 서울 시내 모든 학교가 참여하는 그 대회에 학교는 부랴부랴 학생회장단과 규율부 학생들을 모아서 내보냈다고 한다. 거기서 코가 크다는 이유로 학생 대표로 뽑힌 코끼리 형이 단상 위에 올라가 일장 연설을 하게 되었는데, 나중에 영상으로 행사 장면을 지켜본 대통령이 "그놈

참 씩씩하군."이라고 한 마디를 했다고 한다. 그날로 청와대에서 교육용 텔레비전이 학교로 내려오고, 코끼리 형은 대한반공연합회에서 주는 대통령 표창을 받게 되었다. 그 후로 멸공 궐기대회, 비둘기 부대 파병 환송식, 뤼브케 서독 대통령 환영식 같은 외부 행사가 있을 때마다 단골로 불려 나가게 되었다. 이러던 차에 김두한을 흠모하던 티라노 선생이 새로 훈육부를 맡게 되면서 이들을 모아 호국학생회란 것을 만들었다고 한다. 사자클럽이라는 이름도 그이가 지어준 것이라고 하였다. 매년 정초에는 이사장과 교장을 찾아가 신년하례도 드리고 교사들 사이에서도 신임이 두터웠다고 한다. 그러다가 나중에는 티라노 선생의 지시로 반공 행사뿐 아니라 학교 안의 불량 학생들을 정화하는 일에도 앞장서게 되었다는 것이다. 이 호국학생회가 1975년에 등장하는 학도호국단의 효시가 되었다는 설도 있으나 확인되지 않은 사실이다.

어쨌든 오늘 때리면 내일 맞아가며 달포를 끌어오던 세븐클럽과의 싸움은 끝이 났다. 성제에게 허벅지를 찔린 용팔은 광화문 바닥에서 종적을 감추었다. 나이가 서른 가까이 된 청년이 고등학생들과 싸우다가 허벅지를 포크에 찔린 일은 조롱거리가 되고도 남았다. 바깥의 바람막이를 잃은 세븐클럽은 전의를 상실하고 두 손을 들었다. 성제는 보름 동안 화장실 청소를 하고, 그의 아버지에게 발가벗긴 채 혁대로 맞았지만 그의 무용담은 오래도록 칭송되었다.

어디서 들었는지 큰 싸움에 내가 끼었다는 사실을 알게 된 문예부 설인호 선배가 찾아왔다. 한동안 발을 끊고 지냈던 터라 나는 그를 만나는 게 어색했다.

“너는 그럴 애가 아니다.”

설 선배는 내게 전에 없이 집요하게 사자클럽에서 탈퇴하라고 종용했다. 교실로 돌아가려는 나를 붙들고 옥신각신하는 걸 지나가던 점박이 형이 보았다. 탈퇴하라는 말을 들은 그는 계단에 서 있던 설 선배에게 대뜸 주먹을 날렸다. 설 선배는 미처 붙들 새도 없이 계단 아래로 굴러떨어졌다. 정신을 잃고 병원에 실려간 뒤로 설 선배를 학교에서 다시 만날 수가 없었다. 들리는 소리로는 머리를 크게 다쳐 뇌수술을 하였다고 한다.

불행한 일이었다. 나는 한동안 설 선배를 걱정했지만 그리 오래 가지 않아 까맣게 잊어버렸다. 사람에게는 망각이라는 놀라운 능력이 있었다. 나는 사람이었다. 그래서 나는 그 일을 망각하게 되었다. 불행한 일을 오래도록 기억하는 것이야말로 불행한 일이었다.

이후락

여전히 말을 더듬었지만, 1972년에 나는 별로 한 것도 없이 2학년이 되었다. 그해의 7월 4일은 미국의 일백구십여섯 번째의 독립기념일이기도 하지만, 대한민국에도 특별한 날이었다. 오전 10시에 중앙정보부장이라는 이가 텔레비전에 나와서 "나, 이후락이 평양에 다녀왔습니다."라는 발언을 했다. 이후락 중앙정보부장이 비밀리에 평양으로 넘어가 조선인민공화국(빨갱이 나라에도 국호란 것이 있다는 것을 나는 그때 처음 알았다) 박성철 부수상을 만나 남북공동성명이라는 것을 발표한 것이다.

놀랍다기보다 황당했다. 산에서 주은 삐라만 봐도 거기에 독약이 묻어 있을 것 같아 손가락 끝으로 집어 파출소로 달려가던 시절, 빨갱이 잡는 게 본업인 중앙정보부의 우두머리가 북한 괴뢰들을 만나 악수까지 한 것을 어떻게 받아들여야 할지 난감했다. 툭하면 거리로 불려 나가 허수아비를 불태우고 손가락 깨물어 혈서를 쓰던 국민의 입장에서 보자면 이럴 때는 만세를 불러야 하는지, 아니면 늘 하던 대로 김일성을 찢어 죽이라고 외쳐야 하는지 감이 오지 않았다. 평양이 어디인가. 걸어서 16만 년이 걸린다는 명왕성보다 더 멀고, 영하 233도라던 밤의 달 표면보다 더 추운 동토의 왕국이 아니던가. 무장공비들이 떼를 지어 박 대통령 모가지를 따러 오던 산자락 바위에는 아직도 총알 자국이 선명히 남아 있는데, 북으로 넘어가 빨갱이들과 손을 맞잡고 민족대단결을 약속한 것을 어떻게 받아들여야 할지 나도 모르고, 먹을 때보다 싸울 때가 더 많은 웅규네 형들도 모르고, 아무에게나 반말을 하는 욕쟁이 해장국집 할머니도 모르는 일이었다.

그런 이야기를 들은 관식은 코웃음을 쳤다.

"개하고 소하고 붙어먹은 셈이지, 뭐."

"개하고 소가 되냐?"

민족사의 영원한 과업이라고 할 남북공동성명은 이렇게 개와 소가 교접이 되는지, 만약 된다면 거기서 태어나는 건 개라고 불러야 하는지 소라고 불러야 할지를 놓고 입씨름하느라 금세 잊혀졌다.

개와 소가 어떤 체위로 교미하는지는 몰라도, 어쨌든 학생회장 선거가 다가왔다. 그것은 사자클럽엔 남북공동성명보다 더 중요한 일이었다. 사자클럽이라면 반드시 지켜야 하는 민족 염원의 대사업이며, 한국적 민주주의의 실현인 셈이었다. 역대로 학생회장단을 장악해온 사자클럽 선배들은 무슨 수를 써서라도 이 숭엄한 전통을 지키라고 경고했다. 4기 회원들은 가슴에 독약을 품고 평양에 다녀왔다는 이후락 중앙정보부장보다 더 비장한 심경으로 선거를 준비해야 했다.

학생회장 선거가 다가오면서 모두들 머리를 맞대어보았지만 뾰족한 수가 나오지 않았다. 문예부 출신의 박성근이 가장 유력한 후보자로 떠올랐다. 언변이 좋은 데다 일 년을 묵은 터수만큼 행동이 점잖고 의젓했다. 교장과 독대하여 교내 매점의 불결한 환경을 개선하게 한 일로 그의 인기는 한껏 높아졌다. 사자클럽 4기에서는 규율부 출신의 변승오와 덩치가 큰 황병식을 내세웠다. 다른 학교와 싸움이 벌어질 때마다 앞장서서 진압한 공덕으로 규율부(교내에서는 사자클럽 회원들을 규율부로 알고 있었다) 출신의 두 후보는 유명세를 탔다. 부회장 후보로 나선 고릴라 황병식은 선거를 한 달 앞두고 큰일을 도모했다. 다른 학교 아이들에게 폭행을 당한 후배를 대신해 그 학교로 찾아가 아령 같은 주먹을 휘둘렀던 것이다. 문제는 교문 앞을 지키고 있다가 아무나 때려 무려 스물세 명이나 쓰러뜨렸다는 점이다. 어쨌든 그는 그 일로 인기 급상승 중이었다.

그런 추세라면 당선이 확실시 될 무렵 난데없는 유언비어가 돌았다. 그들이 양아치 출신이라는 말이 교내에 퍼져 나갔다. 출처를 추적해보니 문예부 지도교사인 '미친 개'가 수업 중에 신입생들에게 변승오와 황병식은 양아치 패거리라며 험담을 했다는 것이다. 교사가 한 말이니 무어라 할 수도 없는 처지이고 선거도 임박하여 대수롭지 않게 여겼는데 선거 결과는 패배였다. 운동장에 전교생이 모인 가운데 벌어진 선거유세에서 찬조연설로 나선 관식이 손가락을 깨물어 '사자 정신'이라고 혈서를 썼지만(피가 모자라 그때마다 관식은 손가락을 더 깨물어야 했다) 기울어진 판세를 돌이킬 수는 없었다. 손가락이 덧난 관식은 병원에서 항생제 주사를 맞아야 했고, 학생회장은 문예부장 출신의 박성근이 되었다.

회장 선거에서 패한 날, 졸업한 선배들까지 화급히 달려온 자리에서 4기 열두 명은 무릎을 꿇고 용서를 빌어야 했다. 학생회장 자리를 빼앗긴 전고미증유의 사건을 놓고 선배들은 기가 막혀 천장을 올려다보며 한숨만 내쉬었다. 전원 제명을 시킬 것이라는 말까지 나왔다.

그때 10월유신이라는 것이 터졌다.

시월은 알아듣겠는데, 유신이라는 말은 무엇인지 그 뜻도 몰랐다. 뭔지는 모르지만 여태껏 일반사회 시간에 배웠던 대통령 선출 방식이나 임기 등이 바뀌면서 헷갈리게 만든 것에 대해 아이들은 불평했다. 새로 바뀐 유신헌법을 가르치는 일반사회 선생의 표정도 묘했다.

한주길 선생의 수업은 명료하고 재미있었다. 타고난 화술로 그는 1차 세계대전 후에 등장한 공산주의 혁명이 어떻게 신흥대국인 미국과 소련의 냉전 구도로 변했는지, 그들이 한반도를 놓고 남북의 추종자들을 내세워 대리전을 벌인 일들을 깡패 두목과 똘마니에 빗대어 재미있게 설명했다.

"주뎅이로는 다덜 평화통일을 지지한다 하지만 눈꼽만치두 그것들이 그럴 맘이 없다 이거여. 한반도가 통일되면 당장 조선 포탄이 한무데기루 날아올 중 뻔히 아는 왜놈덜이 어쩌겠어? 앉은 채루 죽지 못허겄다구 군대를 만들 것이 뻔허구. 왜놈덜이 재무장을 허믄 왕년에 한 번씩 그것덜헌티 오지게 읃어터져 본 미국, 중국, 쏘련 것들이 그리 되기를 바라것느냐 말여. 그것들은 남북한이 이렇게 쪼개져서 마르고 닳도록 바람막이에 총알받이 노릇혀 가면서 서로 으르릉거려가며 보초 서 주기를 바라는 것이다 이거여. 그러면 어떡허야 통일이란 것이 되것냐?"

구수한 사투리를 섞어가며 옛날이야기 들려주듯 수업을 하던 한 선생도 대통령이 모든 걸 마음대로 할 수 있다는 '한국적 민주주의'를 설명하는 대목에서는 말을 더듬거렸다. 물끄러미 창밖을 내다보다가 교과서를 탁 덮고 수업 중간에 나가버린 적도 있었다.

유신이 뭔지는 모르지만 관식의 말에 따르자면 '히 식스'의 리더였던 김홍탁이 한국을 떠난 것도 그 유신이란 것 때문이라고 했다. 무언가 잘못되어 가고 있다는 느낌이 들었지만 그럴 때마다 신문에 대문짝만하게 보도되는 간첩단 일망타진 기사나 서해안 개펄에 기어든 무장공비가 아녀자의 젖가슴을 칼로 베어 죽였다는 보도를 접하면 그런 의구심은 아침 안개처럼 말끔히 가시고 말았다.

학생회장단을 빼앗긴 4기생들은 의기소침해졌다. 인왕산 기슭의 허름한 무덤가에서 됫병들이 막소주를 마시고, 야전에서 흘러나오는 시시알●의 노래에 맞춰 춤이나 추는 게 일과였다. 건너편 산기슭에 땅거미가 검푸르게 내려앉을 때면 막소주에 취한 아이들은 무덤을 빙글빙글 돌며 절규했다.

그런 날들에 생기를 불어넣은 것은 교련 사열이었다. 영관급 현직 군인들이 와서 평가하는 교련 점검에서 불합격하면 그 지겨운 훈련을 되풀이해야 했다. 무엇보다 대입을 눈앞에 둔 3학년생들에게는 대학 입시의 당락이 걸린 문제였다. 점검일이 가까워오면 수업을 전폐하고 운동장에 모여 총검술과 분열 연습을 했다. 사자클럽 회원들은 주로 연대참모를 맡았다. 연대장 뒤편에 뒷짐을 지고 서 있기만 하면 되는 것이었다.

미아리의 축구부 연습장에서 거행된 교련 점검은 개판이었다. 총검술은 뒤죽박죽 앞뒤가 뒤바뀌고, 제식훈련도 발이 맞지 않았다. 사열대에 오른 점검관은 어떻게든 칭찬거리를 찾으려 애쓰는 기색이 역력했다. 지난밤에 학교에서 요정으로 모시고 가 접대한 효험이 있는 모양이었다.

우왕좌왕하는 학생들의 행진을 지켜보던 점검관이 느닷없이 연대를 지휘해볼 사람이 없느냐고 물었다. 모두 눈치만 살피며 머뭇

● C.C.R., Creedence Clearwater Revival의 머리글자로 통칭되는 미국의 대중음악 밴드이다. 1967년에 결성되어 주로 남부의 로큰롤과 블루스의 영향을 받은 음악을 추구했다.

거릴 때 여기저기 박혀 있던 사자클럽 4기들이 우르르 손을 들고 악을 썼다.

학생회장 선거에 져서 선배들의 눈에 난 터라 이것으로라도 생색을 내보자는 생각이 말없이 통했던 것이다. 점검관은 의외라는 듯이 앞으로 나오라고 했다. 온종일 뻗정다리로 서 있다가 급히 달려 나가던 관식이 사열대 앞에서 개구리처럼 고꾸라졌다. 점검관은 얼굴에 왕모래가 박힌 채 달려 나온 관식을 감동스러운 눈으로 바라보았다.

"다른 학교에서는 아무도 나서려 하질 않는데, 이렇게 많은 학생들이 서로 지휘를 하겠다고 나서는 기개와 땅에 엎어지면서도 굴하지 않고 달려 나오는 감투 정신이야말로 백전백승의 기상이 아니겠습니까. 더 볼 것도 없이 합격입니다."

관식은 기회 있을 때마다 연대참모였던 자신이 학교를 구한 일을 자랑하였다.

카니발

그야말로 뒤죽박죽 1970년대였다. 죽고 무너지고 부서지는 세상에서, 눈부시게 태어나는 것들도 없지 않았다. 1972년은 7 · 4공동성명으로 시작하여 10월유신으로 마감했다. 유신에는 이유도 없고, 저항도 존재할 수 없었다. 유신이라는 데야 다른 말이 무슨 필요가 있겠는가. 심지어 유신이라는 이름을 내건 고등학교도 등장할 정도였다. 하기야 사관생도 같은 옷을 입고 다니던 고등학교도 있었으니 그게 대수겠는가. 그러나 10월에 이어 11월 유신이 있다고 해도 나는 눈 한 번 깜박이지 않았을 것이다. 그것이야 담수를 시작한 소양댐이나, 낙동강에 만들었다는 철새 보호구역처럼 나와는 아무런 관계가 없는 일이었다.

그때 누군가 내 옆구리를 손가락으로 쿡 찌르며, 왜 사냐고 묻는다면 나는 음악 때문이라고 대답했을 것이다. 만약 내가 국사편찬위원이었다면 나는 그해에 10월유신 대신에 존 레넌이 삼 년 동안 사용해오던 변기를 교환한 사건이나 신중현이 〈아름다운 강산〉을 세상에 내어놓은 일들을 기록으로 남겨두었을 것이다. 그것은 실로 역사책에 기록해둘 만큼 충격적인 사건이었다. 다른 사람도 아니고, 퇴폐풍조와 방송금지의 살아 있는 신화인 신중현이 난데없이 국민교육헌장 같은 노래를 내놓을 줄 누가 알았겠는가.

요즘의 시간이 태양을 중심으로 움직인다면 1970년대의 시간은 음악을 따라 움직였다. 음악이 없었다면 세상은 어찌 되었을까. 음악은 내게 소금에 찍어 먹는 토마토 맛 같았다. 〈이매진〉●을 불러 평화의 목소리를 높이던 존 레넌이 수시로 주먹을 휘두르는 성정을 지녔듯이, 도끼와 용팔이와 공갈 반도 곁에는 늘 감미로운 음악이 함께하고 있었다.

내 음악의 뿌리는 시레이션●● 같은 군용품과 잇닿아 인류 공영과 세계 평화를 지키는 유엔의 정신으로 이어졌다. 한반도에 유엔군의 자격으로 주둔한 미군들은 공산군과의 전쟁을 수행하는 틈틈이 '구락부'에서 술도 마시고 노래도 부르고 춤도 즐겼다. 당시 미군은 적군의 사기를 현저히 떨어뜨리기 위해 '놀면서 싸우세'라는 전술을 채택했다. 이 전술에 한국인 가수와 연주자들이 대거

● Imagine, 1971년 존 레넌이 발표한 노래로 반전과 평화의 메시지를 담았다. 그러나 존 레논의 사생활은 전처인 신시아, 애인 메이플을 비롯하여 오노 요코에게도 폭행을 일삼은 것으로 유명하다.

●● MRE(meal ready to eat), 미군 병사들에게 지급되던 조리하지 않고 즉석에서 먹을 수 있는 군사용 비상식량이다. 상당량이 시중에 유출되어 우리나라 사람들에게는 별식으로 여겨졌다.

참여해 활약하였다. 일본의 지바(千葉)에서 용산으로 이전한 미8군의 클럽에서 주로 불리던 미국 대중음악이 주둔지의 젊은이들에게도 널리 퍼져 나갔다. 흔히 '팝송'(일부 팝숑이라고 불리기도 했음)이라고 불리는 미국의 대중음악이 대학생들을 대상으로 전파되다가 〈별이 빛나는 밤에〉 등의 라디오 음악 프로그램에 소개되면서 중·고등학생 층에도 폭넓게 퍼져 나갔다. 팝송이 널리 퍼지면서 몇몇 밴드가 미8군의 클럽을 벗어나 시민회관 등지에서 음악회를 열기 시작했다. 그 가운데서도 민족정론지《선데이서울》이 개최한 플레이보이배 전국보컬 경연대회가 가장 큰 인기를 끌었다. 이에 자극받은 학생들이 음악회를 열었다. 주로 기독교회관이나 YMCA 같은 곳을 빌려서 개최한 음악회는 '카니발'이라고 불렀다.

사자클럽도 카니발을 준비해야 했다. 음악회는 사자클럽의 2대 의무사항 가운데 하나였다. 체육이라면 모를까, 사자와 음악회 사이에 무슨 연관이 있으랴. 거기에는 다음과 같은 나름의 사연이 숨어 있었다.

처음부터 사자클럽이 음악회를 연 것은 아니었다. 김신조가 등장하던 해에 시작된 사자클럽은 투철한 반공정신으로 나라를 지키기 위해 반공 웅변대회를 열었는데, 해가 지날수록 여학생들의 호응이 눈에 띄게 줄어든다는 이유로 음악회로 바뀌게 되었다고 한다. 틈이 날 때마다 학교 부근에 있던 음악감상실 '세시봉'을 얼쩡거리며 음악의 꿈을 키워오던 소년들에게 그것은 일생일대의 축제였다. 이따금 미성년자라고 출입을 가로막는 문지기와 티격태격하기는 했지만 사자클럽에 '세시봉'은 성지와 같았다. 부수수한 머리로 노래하는 트윈 폴리오며 조영남, 이장희는 국산 비틀스나 다름없었다. 소년들은 언젠가 세시봉 무대에 설 날을 꿈꾸며 교실 뒤편에서 걸레 자루를 가랑이에 낀 채 엘비스 프레슬리의 〈버닝 러브〉●를 맹렬히 연습하였다.

성제가 얻어온 정보에 따르면 세시봉 가수들 대부분이 교회에서 노래를 배웠다고 하는 바람에 학교에서 가까운 새문안교회에 단체로 입교한 적도 있었다. 성가대에 들어가 테너며 베이스며 파트별로 나뉜 악보를 붙들고 〈나 주를 멀리 떠났다〉며 〈예수 사랑하심은〉을 연습하다가 한 달도 채 못 되어 성가대에서 물러나고 말았다. 시시알이나 딥 퍼플●● 밴드의 창법으로 부르는 성가가 도무지 은혜가 되지 않는다는 성가대 집사님의 잦은 지적 때문이었다. 소리를 목에서 내지 말고 배에서 내라는 말이 도무지 이해되지가 않았다. 거위처럼 목에 핏대를 세우며 악을 쓰는 것을 보다 못해 성가대장이 설교단에 눕혀놓고 발로 배를 꽉꽉 밟는 바람에 더 이상 성가대를 할 수 없었다. 교회에서 레슬링도 가르친다는 사실을 미처 몰랐던 것이다.

● Burning love, 1973년 엘비스 프레슬리가 하와이 공연에서 불러 선풍적인 인기를 끈 노래이다.

●● Deep Purple, 1967년 리치 블랙모어 등이 결성한 영국의 록 밴드로 레드 제플린, 블랙 사바스와 함께 헤비메탈의 선구자라는 평을 들었다.

생각 끝에 음악학원을 찾아갔다. 라스트 찬스●라는 밴드를 자신이 키웠다는 할아버지가 원장이었다. 손이 떨릴 때마다 담배를 피어 물고 한참 쉬기는 했지만 지판을 현란하게 짚어가며 튕겨내는 기타 솜씨는 경이로웠다. 지미 헨드릭스가 환생한 듯한 노인에게 당장 제자가 되기를 간청했다. 절대공력을 지닌 백발의 원장은 집에 가서 석 달치 강습료부터 가져오라고 했다. 선불로 내라는 강습료는 한 번도 만져본 적이 없는 큰돈이었다. 참고서 산다고 뻥을 쳐서 감당할 수 있는 금액이 아니었다. 관식은 노상강도를 하자고 했지만 잭나이프를 살 돈이 없어 포기하고 말았다. 부엌칼로라도 하자고 관식이 우겼지만 폼이 나지 않는다는 반대 의견에 좌절되었다.

결국 학원에서 삼위일체 영어니 정통수학을 수강한다고 타낸 학원비를 모아 라스트찬스 음악학원에 다녔다. 술기운이 떨어질 때마다 손을 떨긴 했지만 원장 할아버지의 실력은 과연 출중했다. 몇 달 지나지 않아 제자들은 제법 그럴듯한 연주를 할 수 있었다. 사문의 맥을 살려 '라스트 존스(Last Jones)'라는 밴드 이름도 정하고, 카니발에서 부를 레퍼토리도 무려 두 달이나 싸우고 울고 다툰 끝에 가까스로 확정했다. 첫 곡은 밥 딜런●●의 〈바람만이 아는

● Last Chance, 1960년대 후반 경북 왜관 기지촌에서 시작한 밴드로 한국 하드록의 전설로 일컬어진다.

●● Bob Dylan, 1960년대의 저항적인 포크록을 주도한 가수이다. 본명은 로버트 앨런 치머만으로 미네소타대학 재학 중 시인 딜런 토머스의 이름을 따라 밥 딜런으로 바꿨다.

대답(Blowing in the wind)〉이었고, 이어서 시시알과 비틀스의 레퍼토리, 마지막 곡은 스팀의 〈나나 헤이 헤이 키스 힘 굿바이(Na na hey hey kiss him goodbye)〉였다.

카니발이 가까워지면서 모두 공황상태에 빠졌다. 보컬을 맡은 성제는 노래 가사를 반도 외우지 못했고, 다른 학교에 붙일 포스터도 준비되지 않았다. 카니발 포스터 인쇄는 내가 맡았다. 나는 먼지 덮인 납 활자들이 수북이 쌓여 있는 홍제천변의 인쇄소를 찾아가서 카니발이라는 말을 처음 들어본 기색이 역력한 주인아저씨에게 싸게 해준다는 이유만으로 덜컥 포스터를 맡겼다.

그런데 일일이 손으로 조판한 활자들로 백지에 박은 포스터는 현존하는 지구상의 인쇄물 가운데서 가장 촌스러웠고, 전봇대에 붙은 '임질이나 백납' 같은 광고 전단보다 더 조악했다. 만지면 잉크가 사정없이 번지고, 도안이라고는 오로지 다이아몬드와 하트 문양을 줄지어 찍어놓은 것뿐이었다. 더욱 참기 어려운 것은 거룩한 밴드 시시알의 알파벳을 'Ccp'라고 적어놓은 것이었다. 그렇게 적어놓고도 인쇄소 아저씨는 그게 '시시아르'라고 우겨댔다. '시시아르'는 'C.C.R.'이라고 점까지 찍어가며 설명했지만 러시아에서 영어를 배웠는지 아저씨는 끝까지 P를 '아르'라고 우겨댔다. 공연 날은 다가오고 다시 찍을 시간이 없어 'Ccp'라고 적힌 포스터를 건네받을 수밖에 없었다.

믿을 건 오로지 트윈 폴리오밖에 없었다. 성제가 아는 누나를 통해 섭외했는데 그 대답이 애매했다. 그날 봐서 다른 공연 일정이 없으면 오겠다는 것이었다. 일단 포스터에 이름을 넣기로 했다. 인쇄의 조악함에도 불구하고 트윈 폴리오가 온다는 말에 카니발 티켓은 불티나게 팔렸다. 졸업한 선배들은 여자 친구까지 데리고 구경 온다고 했다. 이제는 김신조의 후배들이 다시 대통령의 모가지를 따러 인왕산을 넘어와도 음악회를 미룰 수 없게 되었다. 공연 날이 코앞으로 닥쳐왔지만 어느 누구 하나 걱정하지 않았다.

"죽기 아니면 까무러치기야."

교련 사열 때 지나치게 고무된 탓이라고밖에 볼 수 없는 돌격정신으로 신촌의 어느 예식장에서 드디어 카니발이 열리게 되었다.

예식장 앞에는 한 시간 전부터 티켓을 든 학생들이 웅성거리며 모여들었다. 서둘러 식장으로 들어가려는데 난데없이 경관이 나타났다. 경관은 집회 허가가 나지 않았다며 당장 해산하라고 눈을 부라렸다. 선배들이 나서서 항의도 해보았지만 비상계엄령에 따라 모든 집회가 금지되었다는 말에 어쩔 수가 없었다. 해제된 날보다 조치된 날이 많던 계엄령이나 긴급조치는 유신의 이복동생 격이었다. 비상계엄이라는 데 무슨 잔말을 하겠는가. 티켓 값을 돌려달라고 항의하던 학생들도 불응하면 체포하겠다는 경관의 말에 비실비실 발길을 돌렸다. 트윈 폴리오가 그날 왔다 갔는지, 아예 오지 않았는지는 경황이 없어 확인할 수가 없었다.

비상계엄령은 반 년 동안 갈고 닦아온 '라스트 존스'의 역사적인 공연을 금지시켰다. 제자들의 공연을 보러 왔던 라스트 찬스 원장님은 경관과 말다툼을 벌이다가 홧김에 들고 있던 담배꽁초를 길에다 팽개치는 바람에 경범죄 딱지를 떼었다. 안타깝고도 슬픈 일이었다. 사자클럽 회원들은 티켓 판 돈을 들고 신촌 부근의 매미집으로 달려갔다. 매미들을 좌우 정렬시켜 방에 앉혀놓고 젓가락을 두드리며 카니발을 시작했다.

얼마나 긴 세월 흘러야 사람들은 자유 얻나
오 내 친구야 묻지를 마라 바람만이 아는 대답을

밥 딜런의 〈바람만이 아는 대답〉을 부른 응규는 부엌에 놓여 있던 빙초산병을 술병으로 알고 들이켰다가 입술이 탔다. 그는 허옇게 탄 입술로 김민기의 노래를 앙코르송으로 불렀다. 관식이 그만 부르라고 말려도 듣지를 않았다. 응규가 부른 노래는 태양이 묘지 위에 붉게 뜬다고 금지된 노래였다. 금지된 이유도 알지 못했고, 알려고 하는 것도 금지되던 때였다. 시월은 유신이었고, 긴급히 조치되던 시절이었다. '사자클럽 40년사'에서 성제가 청소년 선도를 위해 음악회를 열었다는 대목은 바로 이날 매미집에서 한 카니발을 두고 한 말이었다.

메추리

비상계엄령에도 불구하고 졸업은 찾아왔다. 대통령 선거에서 94만 표 차이로 근소하게 진 야당 후보가 바다에 던져질 뻔한 사건으로 시끄러웠지만 내게는 알 바가 아니었다. 관식은 장제스(蔣介石)가 대만의 깡패들을 그물에 담아 바다에 던진 사례를 들어 화끈한 결정이었다고 칭송했다. 그러자 응규는 관식에게 미친놈이라고 욕했다.

학생회장도 못 되고, 음악회도 못 연 4기들은 사자클럽에서도 의붓자식처럼 겉돌았다. 더욱 우울한 것은 23.5도로 기울어 돌던 지구축이 바뀐 사실이었다. 그동안의 세계는 사자클럽과 사자클럽이 아닌 것들로 나뉘어 있었다. 그런데 졸업과 함께 찾아온 대학 입시는 그 강고하던 세계에 균열을 일으키며 새로운 판을 만들었다. 서울대반, 고려대반, 연세대반이 상층부에 자리 잡고, 이류대를 가운데에 두고 가장 밑바닥에는 미진학이라는 불가촉천민 계급이 있었다. 거기에는 사자클럽도 예외가 될 수 없었다.

새로운 계급에 따라 사자클럽 회원들도 '정통종합영어'나 '수학의 정석'을 옆구리에 끼고 각 대학의 패찰이 붙은 교실들로 뿔뿔이 흩어졌다. 사자클럽은 이 새로운 지구의 기울기에 쉽게 적응하지 못한 채 마치 망국의 마지막 왕족처럼 초라한 삶을 이어나가야 했다. 그들은 도박장으로 변한 미진학반들에서 바치는 약간의 동전으로 기울어가는 왕조의 운명을 위로했다.

대학 진학을 포기한 불가촉천민이 우글거리는 미진학반의 풍경은 그야말로 무정부주의자들의 해방구 같았다. 수업 종이 울려도 선생이 들어오지 않는 빈 교실에서는 동전으로 할 수 있는 모든 도박이 벌어졌다. 고전적인 짤짤이부터 판치기와 책갈피의 숫자로 벌이는 도리짓고땡까지. 그것은 어느 도박장의 풍경보다 장엄했다. 한쪽에서는 책상을 탁탁 두들겨 동전을 뒤집는 패들이 이마를 맞대고, 그 곁에서는 책갈피를 넘기며 끝수를 헤아리고, 교실 뒤편에서는 책상을 밀어붙이고 바닥에 그린 삼각형 안에 동전을 던지고……. 각 반에서 분주히 오가는 동전을 모은다면 아마 서너 가마니는 될 것이었으며, 졸업 시즌을 맞아 시중에서 갑자기 동전 품귀 현상이 발생해 한국은행에선 비상회의가 열렸을 법도 했다. 한동안 훈육부의 지시에 따라 도박을 단속하러 나섰던 사자클럽도 담배 연기가 자욱한 변방에서 동전을 흔들며 눈이 벌게진 유랑 난민들을 제압할 수 없었다. 세상이 바뀐 것이다.

무력감에 빠져 지내던 사자클럽은 학교에서 가장 가까운 관식의 집으로 놀러 가 기타나 튕기며 노닥거리는 게 일이었다. 어느 날인가는 관식의 어머니가 몸이 불편하다고 방에 누워 계셨다.

"우리 관식이는 서울대 법대를 가겠다는데, 니들은 어딜 가니?"

거개가 공부라면 뒤에서 헤아리는 게 편한 처지였지만, 그 가운데서도 관식은 뒤돌아봐야 저 아니면 저 비슷한 것들 한둘이 남아 있으면 다행인 처지였다. 서울대라는 말에 모두 기가 막혀 웃지도 못한 채 입을 다물고 있자니, 관식의 어머니가 걱정스러운 눈빛으로 방 안을 들여다보았다.

"조금 낮춰 고려대루 가라는데두 통 말을 안 듣네."

그 뒤 관식은 예비고사에 떨어졌다. 대학 본고사에 응시할 자격을 주는 예비고사에 떨어진 사람은 사자클럽에서 성제와 관식뿐이었다. 매년 90퍼센트 이상 합격하던 예비고사에 선생들은 역대 최강의 돌대가리들이라 80퍼센트도 넘기기 어려울 것이라고 걱정했다. 예비고사 전날, 시험을 치를 고사장에 예비 소집되어 간 돌대가리들은 일제히 환호했다. 경기고와 서울고 학생들과 함께 시험을 치른다는 사실을 알게 되었기 때문이다. 돌대가리들은 주의사항을 전달받고 해산하자마자 뱅글뱅글 도는 안경을 낀 수재들을 으슥한 구석으로 끌고 가서 모종의 협상을 하느라 정신이 없었다. 그해 돌대가리들의 예비고사 합격률은 97퍼센트에 달했다. 사상 최고의 성적이었다.

합격자 발표 날, 관식은 송곳을 교복 소맷자락에 숨긴 채 누군가를 기다렸다. 예비고사에 불합격한 관식은 그 모든 불운을 앞자리에 앉았던 안경잡이 탓으로 돌렸다. 분명히 답을 그대로 베꼈는데 그놈은 붙고 자신은 떨어졌다며, 필시 이것이 엉터리 답을 보여준 탓이라고 이를 갈았다. 낌새를 차린 안경잡이가 제 부모가 몰고 온 자가용을 타고 달아나는 바람에 관식의 낙심은 이만저만 아니었다.

사자클럽은 쓸쓸히 한 세기를 접고 있었다. 새로 선발된 후배들의 명단을 훈육부에 넘기고, 도봉산에서 선후배가 야영을 하며 호국정신 교육을 시킨 것이 마지막 공식 행사였다. 누르스름한 태극기를 후배들에게 물려주면서 사자클럽 4기들은 파란만장한 전선에서 퇴역하게 된 것이다.

졸업하던 날, 응규를 제외한 열한 명의 사자클럽 4기생은 사자동상 앞에서 티라노 선생을 가운데 두고 기념사진을 찍었다.

응규는 그 시간에 경찰서에 있었다. 먹지 않으면 싸우고, 먹으면서도 싸우던 그의 형제들이 싸움을 벌였기 때문이다. 응규의 셋째 형이 동네 술집에서 옆자리의 손님과 시비 끝에 얻어맞았다. 먹고는 살아도 맞고는 못 사는 그의 셋째 형은 집으로 달려가 부엌칼을 집어들고 나갔다. 어디서 고기라도 끊어 혼자 구워 먹으려나 보다고 여긴 나머지 형제들이 우르르 쫓아나가고, 메추리에게 모이를 주던 응규의 아버지도 달려 나갔다. 그의 형제들이 현장에 도착해 무얼 했을까. 응규와 둘째 형이 두 건달의 팔을 붙들고 있는 동안 아버지와 첫째 형이 배를 걷어차고 동생이 눈을 때렸는데 그것으로도 분이 안 풀린 셋째 형이 들고 있던 부엌칼로 건달의 옆구리를 찔렀다는 것이다. 그 일로 응규는 친구들이 빛나는 졸업장을 받고 있을 때 아버지를 모시고 열혈 형제들과 구치소에 갇혀 있어야 했다.

기르던 메추리들을 헐값으로 팔아넘긴 돈으로 합의한 뒤에야 겨우 풀려난 응규는 자신이 정말 싸우는 일을 싫어하며, 어떻게든 싸움에 끼지 않으려 하였지만 어떤 개떡 같은 운명이 자꾸 자신을 싸움판에 밀어 넣는다며 한탄했다. 공부하며 싸우고, 싸우면서 일하던 시절이었다.

발본색원

'사자클럽 40년사'를 회장인 성제가 읽고 싶어 한다는 말에 나는 대강 정리된 초고를 들고 나갔다. 약속 장소인 한정식 집에 먼저 와 있던 패들과 나라 돌아가는 이야기를 나누고 있자니, 성제가 비서를 거느리고 들어선다. 깔끔한 양복 차림은 첫눈에도 성공한 사람이라는 걸 알게 하였다. 실세라는 말의 뜻은 몰라도 어떤 느낌인지는 그가 내미는 손을 맞잡는 순간 알 수 있었다. 자신감과 확신에 찬 손이었다. 학교 다닐 때부터 키신저●로 불릴 만큼 언변이 뛰어나고 지략이 출중했던 그가 무엇을 해도 성공하리라 내심 짐작하고 있었다.

● Henry Alfred Kissinger, 독일 바이에른 주 퓌르트 출신의 유대인 정치가로 1971년에는 미·중 정상회담, 1973년에는 미국과 월맹 간의 평화조약, 1973년에는 아랍·이스라엘 전쟁 조정 테이블에서 활약하는 등 주로 비밀 협상에 능하였다.

성제가 내민 명함 속에는 '민족하나되기 복음선교회'라는 단체 이름이 적혀 있었다. 기봉은 시종 그를 회장님이라고 불렀다. 검은 양복을 입은 비서를 밖에서 기다리라고 내보낸 뒤 성제는 예전의 소탈한 웃음을 터뜨리며 반가워했다.

"아이고, 우리 송 시인. 이게 몇 해 만이야."

성제가 강남에서도 잘나가는 교회의 목사를 하고 있다는 소식은 익히 들어 알고 있었다. 그가 목사가 되리라고는 하나님 빼고는 아무도 몰랐다.

입시를 코앞에 둔 여름방학까지도 여학생들과 놀러 다니던 성제는 대입은커녕 예비고사마저 떨어지고 말았다. 효성이 지극한 그는 부모가 상심하여 병이라도 얻을까 걱정하여 일류대의 정치학과에 붙었다고 거짓말을 했다. 재수하여 이듬해에 들어가겠다는 생각이었지만, 공부는 그의 뜻대로 되지 않았다. 다니지도 않는 대학의 등록금을 받아다가 삼 년 동안 유흥비로 탕진하던 그는 성령이 이끄는 대로 신학대로 옮기겠다고 부모를 설득했다. 독실한 기독교 신자였던 그의 부모는 안타까운 일이지만, 하나님의 부름에 따르겠다는 아들의 뜻을 막을 수 없었다. 그렇게 그는 예비고사도 없이 들어가는 신학대에 들어가게 되었다. 이따금 만나면 성경책을 찢어 대마초를 말아 피우던 그가 목사가 되었다는 소리를 들었을 때 놀란 건 나뿐이 아니었다. 밤하늘의 별들도 놀라 우수수 떨어지고, 바람벽에 붙은 빈대도 혼절하였다. 그야말로 하나님의 능력은 놀라웠다. 그의 배후에서는 늘 〈어메이징 그레이스

(Amazing grace)〉가 장엄하게 울려 퍼지는 듯했다.

대학을 졸업한 뒤에 어떻게 연줄이 닿았는지 성제는 어느 유명한 목사 밑으로 들어갔다. 그이는 게가 설설 기어 다니던 개펄을 개간하여 빈민자활운동을 벌인 일로 세간의 명성을 얻었던 목사였다. 성제가 강남 어디의 큰 교회에서 부목사 노릇을 한다는 소식을 들었을 때만 해도 강남이라고 모두 부자만 살겠는가, 거기서도 빈민들을 돌보는 일을 하는가 보다 여겼을 뿐이다. "공중의 새를 보라. …… 들의 백합화가 어떻게 자라는가 생각하여 보라. 수고도 아니 하고 길쌈도 아니 하느니라." 고 적혀 있지 않던가. 하나님은 증여세도 내지 않는 성제를 그렇게 거저 먹이고 입혀주었던 것이다.

초고를 읽어본 성제는 몇 가지 미진한 점을 이야기했다. 말로는 몇 가지였지만, 근 한 시간 동안 이어진 이야기는 고구마 넝쿨처럼 잡아당기면 새로운 뿌리를 내뻗으며 이리저리 이어졌다. 나중에는 어디가 뿌리이고 어디가 줄기인지 가늠이 안 될 정도로 끝이 없었다. 대충 추려서 말하자면, 세상의 모든 일이 음과 양의 이치로 이뤄지는데, 초고에 담긴 사자클럽의 이야기들은 너무 한쪽으로 치우쳐 그늘진 모습만 그려내고 있어 소년들이 지닌 특유의 낭만적 분위기와 정서를 고려하지 않아 자칫 독자들에게 소년들의 일탈행위에 대해 혼란과 오해를 불러일으킬 수 있다고 하였다. 또한 전후 상황이라는 한반도의 지정학적 특수성과 그 안에 몸담고 살아가던 소년들의 극한 상황의 강박감을 이해시키려는 면이 다소 미흡하다고 하였다. 특히 중심인물들의 에피소드가 너무 방만하게 펼쳐져 사자클럽의 정체성이 모호하고, 그를 통해 전달하려는 메시지가 여관방 간유리 창에 비친 그림자처럼 추상적으로 다가온다는……. 좌우지간 누군가 멱살을 움켜쥐고 이십 자 이내로 줄여서 말하라고 한다면 '사자클럽 40년사'의 주인공을 자신으로 하라는 주문이었다.

수고했다고 말한 뒤 성제가 방을 나가자, 기봉이 들어와 봉투 두 개를 내어놓았다. 하나에는 100만 원짜리 수표 석 장이 담겨 있었다. 책을 만드는 수고비라고 했다. 또 다른 봉투에는 원고를 쓰는 데 참고하라는 자료가 들어 있었다. 성제가 폭력과 탈선으로 황폐화된 학교를 애국애족의 정신을 발휘하여 면학의 터전으로 정화하는 데 혼신의 힘을 다한 구체적인 활동들이 적혀 있었다. 예를 들자면 연말연시에 명동 거리에서 청소년 선도 음악회를 열었다든가, 패싸움을 벌이려는 친구들을 설득하여 참극을 미연에 방지하였다는 내용들이 연도별로 가지런히 정리되어 있었다.

그 미담들은 당연히 내가 기억해낼 수 없는 것들이었다. 그러나 나는 굳이 그런 걸 캐물을 만큼 어리석지도 않았다. 그 자료에 맞춰 다시 쓰면 될 일이었다. 역사란 국민교육헌장처럼 누군가가 짓고, 달달 외우면 되는 기록들이었다. 그것은 내가 아는 기억들을 기술하는 것보다 훨씬 수월한 일이었다. 나는 '당초월'이라는 필명으로 하룻밤에 무협소설을 서너 권씩 긁어대던 실력을 여전히 지니고 있었다.

졸업만 하면 가슴이 풍만한 로빈슨 부인●이 달려와 품에 안기리라 기대했지만, 세상은 누구 하나 거들떠보지 않았다. 이 나라의 학생들이 강당에 모여 졸업식 예행연습을 하는 동안 전국의 어른들이 여의도광장에 모여 무슨 일이 있어도 눈썹 하나 깜빡이지 말자고 결의대회라도 연 듯했다. 얼굴에 구두약을 칠하고, 밀가루를 뒤집어쓰고, 교복을 갈기갈기 찢은 채 악을 쓰며 지랄용천을 해도 세상은 아무런 반응이 없었다. 졸업식이 끝나기가 무섭게 자식들을 중국요리점으로 나포하여 부랴부랴 입에다 짜장면을 처넣기에 바빴다. 그리고 끝이었다.

사자클럽 회원들이 받았던 충격은 더욱 극심했다. 바바리코트를 걸치고 온 선배들 앞에서 위아래로 주먹을 오르내리며 사자가를 부르고, 그동안 음지에서 양지를 지향해온 훈육부 선생들과 사관생도의 자세로 기념사진을 찍는 것으로 졸업식은 끝났다. '반공민주 정신에 투철한 애국애족'을 당연한 삶의 길로 여기고, 1백대의 빳다와 무자비한 훈련들을 감내해온 사자클럽 회원들은 당겨졌던 고무줄이 탁 소리를 내며 끊어지는 듯한 허망감에 빠져들었다. 적어도 군사혁명이나 학생의거 같은 장엄한 거사가 있어야 했다. 그게 아니라면 국화주라도 한 잔씩 마시고, 편도분의 연료만 채운 폭격기에 오르는 비장한 결말이라도 있어야 했다.

● 1967년 마이크 니컬스가 감독한 영화 〈졸업(The Graduate)〉에서 대학을 졸업하는 벤저민 브래독을 유혹한 여인이다.

졸업생들이 빠져나간 뒤 여기저기 나뒹구는 국화꽃들과 밀가루 흔적을 돌아보며 썰렁한 교정을 빠져나오는 기분은 참혹하였다. 설마 이것으로 끝이겠는가. 무언가 눈이 번쩍 뜨일 만한 이벤트가 기다리고 있을 것이라고 믿었다.

그러나 하루가 지나고, 이틀이 지나고 일주일이 지나도 이벤트는 벌어지지 않았다. 무엇보다 늘 붙어 다니던 열두 명의 사자클럽 회원은 아무런 예고도 없이 뿔뿔이 흩어져 혼자가 되어 지내야 했다. 화살을 하나씩은 부러뜨리기 쉬우나 여러 개의 화살은 쉽게 부러뜨릴 수 없다는 감동적인 일화를 늘 가슴에 새겨온 내게 그것은 큰 충격이었다. 느닷없이 나는 나로 돌아왔고, 온종일 혼자 지내야 했으며, 아무도 내게 길을 비켜주거나 내 시선을 피하려고 하지 않았다. 버스정류장 앞의 줄 틈에 끼어 있는 나는 초라하기 짝이 없었다. 취객이 술병을 집어던지고, 카지노에 모여 도박을 즐기고, 환락가에서는 짧은 치마를 입은 여자들이 허벅지를 드러낸 채 호객하고 있었다. 세상은 나 없이도 잘만 돌아갔다. 나는 투명인간이나 다름없었다. 나는 깊은 무력감에 빠졌다. 그것은 베트남전에서 귀환한 병사들이 앓았다는 외상후스트레스증후군과 비슷했다.

열흘 만에 사자클럽은 다시 모였다. 무슨 용무가 있어 만난 게 아니라 만나는 게 용무였다. 만나서 할 일이 별달리 있는 것도 아니었다. 망명정부의 정객들처럼 다방에 들어앉아 온종일 담배만 피웠다. 딥 퍼플의 〈솔저 오브 포천〉을 들으며 담배를 1백 개비쯤

피워댔다. 다방 안은 금세 연기로 가득 찼지만 아무도 입에서 담배를 떼려 하지 않았다. "난 아무래도 운명적으로 군인일 수밖에 없나 봐." ● 알아듣지 못할 노랫말을 흥얼거리며, 담배꽁초로 우려낸 커피를 마셨다. 성인이 된 소년들은 나이로 보나 덩치로 보나 이모나 고모뻘이 되고도 남을 여종업원들한테 "어이, 미쓰 김." 이라고 부르면서 어디서 찾는 전화 없었냐고 하루에도 대여섯 번씩 물었다. 하는 일이라고는 온종일 탁자에 놓인 성냥 모가지를 똑똑 분질러 놓거나, 바닥에 질펀하니 가래침을 뱉어대는 것뿐이었다. 미성년을 졸업하고 이 세상의 어엿한 성인으로 살아가기 위한 길이었다.

가진 건 시간밖에 없고 못 가진 건 돈밖에 없던 성인의 하루는 길고 궁했다. 응규는 직업훈련원에 들어가 용접 기술을 익혔다. 관식은 용접 기술을 익힌 응규가 프라자호텔 공사장에 나가 '노가다'를 뛰는 것을 대놓고 빈정거렸다. 관식의 말에 따르자면 사회생활은 첫 단추를 잘 꿰어야 한다고 했다. 당장 아쉽다고 아무 일이나 했다가는 평생 그 바닥에서 헤어나지 못한다는 것이었다.

나는 엉겁결에 대학생이 되었지만 캠퍼스의 낭만에 젖어 지낼 처지가 못 되었다. 군납업을 하던 아버지가 위문품에 넣은 《선데이서울》이 과월호라는 게 들통이 나서 검찰청에 불려 다니는 바람

● 딥 퍼플이 부른 〈솔저 오브 포천(Soldier of fortune)〉의 마지막 구절이다.

에 집안이 뒤숭숭했다. 검사들의 입을 막고 변호사에게 뜯기는 바람에 집은 순식간에 거덜이 나고 말았다.

친척들의 도움으로 겨우 입학금을 끌어다가 시작한 대학은 듬성듬성 나가다가 한 학기 만에 걷어치우고 말았다. 등록금을 꼬박꼬박 댈 형편도 못 되었지만, 원고지 맞춤법이나 가르치는 수업에 정나미가 떨어졌다. 차라리 그 돈으로 책이나 사서 읽는 편이 나을 성싶었다. 그래서 학교를 때려치우고 전집류 영업사원이 되었다. 온종일 『김찬삼의 세계 여행』이나 『세계사상총서』 등 전집을 팔러 다녔다. 서너 달 동안 이모와 오촌 당숙에게 두 질을 떠넘긴 것이 유일한 판매 실적이었다. 결국 보증금만 떼이고 두 손을 털고 나왔다.

학교를 그만둔 나는 거동수상자가 되었다. 길에서 인상을 쓰며 지나다니는 사람들을 살피던 경관들은 수시로 불심 검문을 했다. 그때마다 학생증의 뒷면에 등록도장이 없어 궁색한 변명을 늘어놓아야 했다. 버스를 탈 때도 차장의 눈치를 살피며 대학생 표를 내밀어야 했고, 툭하면 쭈그러진 모자를 쓰고 민방위 훈련에 불려 나가는 것도 맥빠지는 일이었다. 지린내 나는 변두리 극장에 모여(극장과 화장실이 거의 동일어로 쓰이던 시절이었다) 한때 전방 사단에서 정훈참모를 지냈다는 강사가 '한국적 민주주의'니 '유신의 주체사상'을 거품 물며 지껄여대는 걸 졸면서 듣는 것도 따분한 일이었다.

동해물과 백두산이 마르고 닳도록 무궁한 시간은 무한한 고통이었다. 자고, 또 자고, 깨었다가 다시 자고 일어나도 여전히 시간은 남아돌았다. 보험회사에 다니는 어머니가 머리맡에 놓고 가는 지전 한 장으로 개비 담배나 사 피우고, 방 한구석에 신문지로 덮여 있는 식은 밥을 퍼먹고, 《선데이서울》이나 뒤적거려 수음이나 하는 게 일과였다. 내 말더듬증은 더욱 심해졌고, 아예 입을 다물고 지냈다. 그저 세상에 대해 할 수 있는 것은 밥 먹고 절로 자라나는 머리털을 더부룩하니 기르는 것뿐이었다. 내가 처음으로 옥살이를 한 것도 그 머리 때문이었다.

성인이 된 걸 입증이라도 하듯 나는 끝없이 담배를 피우고, 끝없이 머리를 길렀다. 일 년이 지나자 머리는 음악책에 나오는 바흐나 헨델처럼 되었으며, 타고난 고수머리는 한껏 부풀어 경외해 마지않는 리치 블랙모어●를 방불케 하였다.

머리를 길게 기르는 것은 밥 먹고 할 일 없는 내가 할 수 있는 유일한 저항이었다. 이 빠진 바리캉으로 '고속도로'를 내던 선생들에게서 벗어나자 가위를 든 경관들이 나타났다. 나는 본능적으로 저항하였다. 임종하는 자리에서도 "머리 좀 깎으라."는 유언을 남긴 친조부의 당부에도 불구하고 나는 머리를 깎을 생각이 전혀 없었다. 어느 군인 출신의 지도자가 불철주야 나라를 다스리느라 골이 빠질 지경에도 국민들의 용의복장까지 일일이 챙기던 시절에

● Richie Blackmore, 딥 퍼플의 전설적인 기타리스트로 후에 로니 제임스 디오와 '레인보(Rainbow)'를 결성하였다.

장발족은 빨갱이 다음가는 국가의 적당이었다. 경관들은 자와 가위를 들고 골목마다 매복해서 퇴폐풍조에 물든 국가의 기생충, 장발족과 미니스커트들을 잡기 바빴다. 청진동의 어느 해장국집은 '장발족 출입금지'라고 써 붙이기도 했다.

그러던 어느 날, 좁은 골목에서 방범대원 하나를 개처럼 앞세운 경관과 마주치게 되었다. 어깨까지 덮는 장발에 충격을 받은 경관은 입을 벌린 채 망연히 바라볼 뿐이었다. 간신히 정신을 수습한 경관이 혹시나 하는 마음에 "여보시오!"라고 불러 세웠다. 나도 모르게 뒤를 돌아다보았고, 경관은 경악했다. 어딘가에 숨어 반역의 털을 끔찍이 길게 기른 자가 바로 저와 같은 언어를 사용하는 한국인이라는 사실에 경관은 비명을 질렀다.

"한국놈이잖아."

중국 화교나 일본 관광객으로 여겼던 경관은 득의양양하여 그날의 사냥감을 포박하여 제 굴로 끌고 갔다. 나는 머리털을 국가가 정한 길이 이상으로 길러 건전한 의식을 지닌 국민들에게 혐오감을 주고 민심을 동요케 하여 국가안보를 위협하였은즉, 국민총화를 저해하는 불순분자의 혐의로 체포된 것이다.

국가의 안위를 지키기 위해 난롯가에서 불철주야 손톱을 깎고, 커피 배달을 온 다방 여종업원과 시시덕거리던 경관들은 장발의 나를 보고는 아연실색하여 몰려와 한 마디씩 했다. "대학생이란 놈들이 하라는 공부는 안 하고 대가리만 기르고 다닌다."며 혀를 차는 그들의 머리는 하나같이 벽에 걸린 국가지도자의 머리 스타

일을 닮았다. 멀리서 보면 누가 누군지 몰라볼 지경이었다. 무장공비나 불순분자가 헷갈리도록 위장하기 위해 모든 공무원이 눈이 째진 지도자와 똑같은 머리 스타일을 해야 한다는 법이 비밀리에 제정되어 있었는지도 몰랐다. 유일하게 다른 머리 스타일을 한 늙은 경관 하나가 내 구불거리는 머리카락을 잡아당기며 훈계했다.

"대가리가 그게 뭐냐? 혐오스럽게……."

늙은 경관의 머리는 내 할머니가 자주 쓰던 비유로 표현하자면, 소가 혓바닥으로 싹싹 핥아놓은 쇠불알처럼 머리카락이 한 올도 없는 대머리였다. 나는 장발 머리와 땀방울이 송알송알 맺힌 대머리 중 어느 것이 더 혐오감을 주냐고 물었다. 그는 대답하지 않고 털이 없는 머리가 빨개지도록 화를 냈다.

"깎고 나갈래, 살래?"

나를 끌고 온 경관이 볼펜을 돌리며 물었다.

"살겠습니다."

그 순간 빨간 대머리 경관이 의자에서 몸을 솟구치더니 버럭 소리를 질렀다.

"저 놈은 깎고 살게 해."

예기치 않은 사태에 나는 당황했다. 뭐, 이런 법이 있단 말인가. 둘 중의 하나면 하나지, 둘을 하나로 합치는 법도 있단 말인가. 그 당시의 법은 그렇게 넣었다가 빼기도 하고, 뺐다가 넣기도 했다. 삼권분립이며, 탄핵소추권 같은 법은 수시로 사회 교과서에서 들어갔다가 빠졌다. 일반사회를 가르치던 한주길 선생 말에 따르자면 "뭔 놈의 법이 홍어좆 같냐."던 법이었다. 한국적 민주주의의 우월성과 새로 바뀐 유신헌법을 달달 외우면서도, 장발족은 머리를 깎인 채 감옥살이까지 하는 법이 있을 줄은 미처 몰랐다.

"까, 까, 깎고 나가겠습니다."

대머리 경관은 몸소 구내이발소까지 안내했다. 그러더니 이발사에게 "이놈은 특별히 잘 깎아주라."는 주문을 건넸다. 이발사는 모태부터 이 순간을 기다려왔다는 표정으로 바리캉을 절거덕거리며 다가왔다. 그의 눈은 적개심으로 번쩍거렸다. 당시의 이발사들은 장발족들을 제 아버지를 죽인 원수보다 더 미워했다. 이발사는 대뜸 내 앞이마에 바리캉을 들이대었다. 혼절할 지경에 처한 나는 간신히 정신을 수습하여 소리쳤다.

"귀, 귀만 나오면 되지 않나요?"

당시 장발족의 단속 기준은 귀였다. 나라에서 하는 말들을 잘 주워 담으라는 뜻에서 귀가 내보이는지의 여부를 가지고 양민과 장발족을 판별하였다. 숲에서 벌을 치느라 미처 이발소에 들르지 못한 양봉업자든, 시골에서 메줏덩이를 싸들고 올라와 두리번거리며 딸네 집을 찾는 촌로든 귀가 보이지 않으면 경찰서로 끌려가야 했다.

나는 법이 정한 규정대로 깎기를 주장했다. 이발사는 자존심에 심대한 상처를 받은 얼굴로 노려보았다. 그러고는 자신이 할 수 있는 최대한의 힘을 다해 내 뒤통수에 바리캉을 누르고 밀어대기 시작했다. 바리캉에 모근까지 뽑혀 나갈 지경이었다. 신문에 자주 등장하던 퇴폐풍조 발본색원(拔本塞源)이라는 말이 바로 이를 두고 하는 말임을 깨치게 되었다.

잠시 후 오랫동안 햇빛을 보지 않아 유난히 흰 귀가 시퍼런 두피 위로 창백하게 그 모습을 드러냈다. 옆과 뒤를 거의 대머리 수준으로 밀어놓은 이발사는 회심의 미소를 지으며 수북하게 남은 앞머리를 어찌하겠냐고 물었다. 그동안 머리털을 기른 경험으로 나는 옆보다 앞머리가 더디 자란다는 사실을 익히 알고 있었다. 나는 그것을 지키기로 결심했다.

"그, 그냥 놔두세요."

나는 옆머리는 파랗게 깎인 채 앞머리만 수북하니 덮인 머리 스타일로 경찰서에서 풀려났다. 경관들은 배를 움켜쥐고 웃느라 숨도 제대로 못 쉬며 괴로워했다. 사진기가 없어 함께 기념촬영을 못한 것을 몹시 아쉬워하며 그들은 나를 훈방 조치했다.

내 머리 스타일은 동사무소에서도 소동을 일으켰다. 새로 바뀐 주민등록증에 필요한 증명사진을 제출하자 규정에 어긋난다고 접수를 거부한 것이다. 동사무소 직원은 내 증명사진이 귀는 보이지만, 웃머리가 치솟아 주민등록증에 붙일 범위를 넘는다고 트집을 잡았다. 나는 엄연히 귀가 드러났는데 왜 안 되냐고 대들었다. 한참을 옥신각신 다툰 끝에 간신히 얻어낸 그 '쯩'은 많은 사람에게 혐오감을 주었다. 불심검문을 하던 경찰들은 내 '쯩'을 보면 불결한 물건이라도 만진 듯 서둘러 돌려주었다. 모든 사람에게 혐오감을 주고 살자는 게 당시 내 철학이었다.

그런 어느 날이었다. 구체적으로 말하자면, 텔레비전마다 "흙 다시 만져보자 바닷물도 춤을 춘다"는 노래가 흘러나오는 광복절 아침이었다. 커다란 태극기를 매단 국립극장 무대 위에는 대통령과 영부인이 앉아 있었다. 나는 황급히 장롱을 뒤져 좀약 냄새가 밴 태극기를 꺼내들고 밖으로 나가 녹슨 철문에 걸었다. 국경일에 국기를 게양하지 않았다간 어디선가 총알이 날아올지도 몰랐다.

총알은 엉뚱한 데서 날아왔다. 대통령이 장례식을 하는 목소리로 경축사를 읽는 중이었다. 재미가 없어 주한미군방송(AFKN)으로 돌리려는데, 갑자기 총소리가 들려왔다. 탕, 타앙! 단신의 대통령은 인간이 취할 수 있는 가장 빠른 동작으로 단상 밑에 몸을 숨겼고, 인간이 취할 수 있는 가장 침착한 자세로 앉아 있던 영부인은 쓰러졌다. 당시 이 장면은 고스란히 생중계되었다.

내 눈으로 생생히 보았지만 도무지 믿어지지 않는 일이었다. 모든 방송은 밤낮으로 바이올린 켜는 음악이나 아아아아 하는 소리만 되풀이하는 합창곡을 틀어댔다. 전국에 설치된 분향소에는 어디서 구했는지 철 이른 국화꽃을 든 사람들이 끝없이 줄지어 서 있었다. 이런 일이 일어날 줄 어떻게 알고, 그렇게 많은 국화를 준비해두었는지 경이로울 지경이었다. 목련을 좋아하던 영부인은 국화에 묻혀 떠났다.

관식은 앞으로 장발 단속이 더 심해질 것이라고 걱정했다. 총을 쏜 범인이 일본에서 잠입해 들어온 외국인 신분이니, 대마초나 히피처럼 퇴폐적인 외국 문화를 미워하는 대통령이 장발족들을 더

엄중히 단속할 것이라는 분석이었다.

"씨발놈이 왜 총을 쏘고 지랄이야. 머리도 못 기르게."

관식의 말에 따르자면 범인이 속한 조총련은 아랍의 지령을 받는 특수테러단체라고 했다.

거짓말이야

월남이 패망하던 해에 관식은 서류 석 장을 들고 찾아왔다.

보안하사관 지원 신청서였다. 생사를 함께하자며 그는 응규와 내가 자신을 따라 보안하사관이 되기를 요구했다.

"다음은 여기라고."

관식은 월남이 베트콩에게 점령된 뒤에 다음 차례로 전쟁이 벌어질 곳이 한반도라고 했다. 전쟁이 일어나면 가장 빛을 보는 것이 군인이라며, 그는 여순반란 사건으로 목숨이 위태롭던 박정희가 재기의 기회를 잡은 것도 전쟁 덕이라고 했다. 전쟁의 꽃은 군인이며, 사나이라면 자신의 인생을 걸어볼 만한 일이라고 했다.

월남이 망한 것은 충격적인 일이었다. 망한 게 아니라 통일된 거라고 말하는 사람도 있었지만 사상이 불순한 자들이나 하는 소리라고 했다. 여하튼 월남이라는 나라는 삼엽충이나 암몬조개처럼 지구상에서 완전히 사라졌다. 지금은 월남쌈 먹을 때나 잠시 입에 올리지만 불과 사십 년 전만 해도 월남을 모르는 사람이 없었다. 노란 바탕에 붉은 줄 세 개가 가로 그려져 있던 국기를 가진 나라, 삿갓을 쓴 베트콩들이 낮에 한가로이 농사를 짓고 밤이면 밀림 속에 숨어들어 총을 쏜다는 나라. 흰 아오자이를 입은 꽁까이●들과 무능한 티우 대통령과 데모만 하다가 공산당에게 나라를 빼앗긴 한심한 국민들이 살던 나라.

월남이 망하던 날, 신문과 방송은 우리나라가 망한 것처럼 안타까워했다. 망하지 않기 위해서는 무엇보다 데모하지 말아야 하고, 데모하는 인간들은 패 죽여야 할 분위기였다.

월남으로 떠난 국군장병 아저씨들에게 편지를 쓴 적이 있었다. 수업도 거르고 거리에 도열한 채 종이로 만든 태극기와 월남 국기를 흔들며 "이기고 돌아오라."는 노래를 목이 터져라 불렀다. 월남이라는 나라가 어디 있는지는 몰라도, 거기만 가면 큰돈을 벌어온다고 믿었다. 정글 속에 새카만 베트콩이 숨어 있는데, 베트콩 한 놈을 잡으면 몇 달러를 받는다고 했다. 그 시절에 가장 치욕적인 욕은 베트콩이었다. 얼굴이 까만 아이들을 베트콩이라고 불렀고, 베트콩이라고 불린 아이는 돌멩이를 들고 울면서 집까지 쫓아왔다.

월남을 이야기할 때 빠져서는 안 되는 가수가 있다. 김추자라는

● 한국 군인들이 베트남의 여자들을 부르던 말로, 원래 베트남어로 꽁까이(con cái)는 조류를 제외한 동물의 암컷을 뜻한다.

여자 가수다. 그녀는 온몸에 스프링 장치를 하고 다녔다. '준비하시고, 쏘세요!'라는 주택복권 추첨 방송 사이에 그녀가 느닷없이 튀어나왔다. 온몸을 통통 튕기며 그녀는 〈월남에서 돌아온 김 상사〉라는 노래를 불렀다. 그녀는 눈 깜짝할 사이에 인기가수가 되었다. 그 노래가 인기를 끌면서 사람들은 동네의 말썽쟁이들은 월남에 한번 가봐야 하고, 월남에만 가면 누구나 의젓한 사람이 되어 돌아온다고 믿었다. 동네 양아치들은 자신도 월남으로 달려가 베트콩을 무찌르고 상사 계급장을 달고 돌아오면 김추자처럼 요염한 여자가 온몸을 통통 튕기며 달려와 품에 안길 것이라고 생각했다.

김추자는 여세를 몰아 새로운 인기곡을 내놓았다. 손을 비틀며 흘리듯 부르던 〈거짓말이야〉라는 노래였다. 그 노래는 이수근 사건이 일어난 지 얼마 되지 않았을 때 등장했다. 북한 조선중앙통신사 부사장이었던 이수근은 밥 굶기를 먹기처럼 하고, 천 삽 뜨고 허리 한 번 펴는 천리마운동이며 새벽별 보기 운동에 시달리다 못해 동토의 왕국 북한에서 탈출하여 자유 대한의 품으로 의거 귀순한 사람이었다. 그이가 판문점을 넘어 귀순하였을 때 대한민국의 국민들은 자유를 찾아 목숨을 건 그에게 열렬한 환영을 아끼지 않았다. 국민들은 그를 보며 목숨보다 자유가 귀한 것이며, 그런 자유 대한에 살고 있다는 사실에 가슴 뿌듯한 긍지를 느꼈다.

그런데 이 싸가지가 바가지로 없는 작자가 갚을 재간이 없을 정도로 큰 은혜를 베푼 자유 대한을 배신하고 캄보디아인가 어딘가로 콧수염을 붙인 채 탈출하려다가 붙잡혔다. 그러자 국민들은 거의 공황상태에 빠졌다. 몸이 고되고 살기 어려울 때마다 이수근을 보면서 "저 봐라, 자유를 찾아 목숨을 걸고 사선을 넘어온 사람도 있잖냐."라며 힘을 얻었다. 통행금지니 장발 단속이니 예비군 훈련이니 반상회로 몰아칠 때도 그를 생각하며 그래도 북쪽보다는 행복한 줄 알자며 입 꾹 다물고 삼선개헌에 도장을 눌러주고, 야간 등화관제 훈련 날이면 대문을 걷어차며 불 끄라는 욕설에도 먹던 밥 덮어놓고 군말 없이 전등 스위치를 내리지 않았던가.

그런데 그 이수근이 탈출을 한 것이다. 이 사실을 어떻게 받아들여야 할지 모르는 국민들은 믿을 게 하나도 없다며 서로를 의심의 눈초리로 바라보기 시작했다. 혹시 아침마다 '사리마다' 바람으로 조간신문을 집으러 나오는 이웃집 아저씨도 간첩이 아닐까. 번듯한 집을 주고 결혼까지 시켜준 자유 대한을 배신하고 어금니에 무전장치를 심어 따다닥, 따다닥 북쪽에다 무전을 쳤다는 이수근의 소식을 접하면서 국민들은 정체 모를 간첩이 도처에 널려 있다는 사실에 불안해했다. "삼선개헌 반대!"라고 악을 쓰며 거리로 나선 대학생들이며 목사와 신부 떨거지들은 말할 것도 없이 간첩 끄나풀이 틀림없었다. 믿을 건 아무도 없었다. 손을 이리저리 비틀며 "사랑도 거짓말, 눈물도 거짓말……."이라고 노래 부르던 김추자도 믿을 수가 없었다. 그녀의 요사스러운 손짓이 북쪽에 전달하는 간첩 신호라는 소문이 퍼진 것도 그 무렵이었다. 그녀는 어느 날, 깨진 술병에 얼굴을 찔려 무대에서 영영 사라지고 말았다.

응규는 김추자의 노래를 별로 좋아하지 않았다. 오히려 곡을 만든 신중현과 그 밴드에 관심이 많았고, 김추자의 첫 번째 앨범에서도 뒷면에 담긴 김선의 〈떠나야 할 그 사람〉을 더 좋아했다. 그는 일찌감치 김추자의 정체를 알고 있었는지도 몰랐다.

하여간 월남은 망했다. 대한민국은 월남보다 더 깊은 슬픔에 빠졌다. 월남에 파병되어 싱거 미싱과 코티 분, 초콜릿을 보내오던 사촌형은 태극기 덮인 유골함으로 돌아왔다. 동네방네 돌아다니며 아들 자랑을 취미로 삼던 고모는 비가 내리는 마당에 뒹굴며 짐승처럼 울었다. 월남이 망하면서 서울에는 금화터널이 뚫렸다. 관식의 말로는 겁먹은 대통령이 여차하면 김포공항으로 튀려고 직통 길을 뚫은 것이라고 했다. 독립문까지 옆으로 밀쳐내고 도망갈 길을 뚫었다는 게 믿어지지 않았다.

"토끼는 데 독립이 무슨 소용이 있냐? 튀고 볼 일이지."

대통령이 하룻밤에 담배를 네 갑이나 태우며 고민한 끝에 월남으로 파병된 병사들은 거머리가 들러붙는 정글에서 미군이 보내준 군견으로 개장국을 끓여 먹어가며, 여자 속옷을 뒤집어 입고 무사히 조국으로 돌아갈 날만 고대했다. 여자 속옷을 뒤집어 입으면 총알이 피해간다고 믿었지만 비둘기, 십자성, 백마, 청룡부대의 병사들 가운데 5,066명은 돌아오지 못했다. 월남은 망하고 최신형 엠십육(M16) 소총을 얻은 개선장병들은 서울운동장에서 아현동 로터리까지 시가행진을 했다.

나도 한때 월남전에 반대했다. 그렇다고 해서 노먼 메일러의 소설 『밤의 군대들』이나 마이클 치미노 감독의 영화 〈디어 헌터〉나 하다못해 어느 잡지에 실린 에디 애덤스의 〈사이공의 즉결처분〉 같은 사진을 들여다보았던 것은 아니다. 그보다는 내가 신처럼 떠받들던 밥 딜런이나 재니스 조플린, 주디 콜린스 같은 가수들이 월남전에 대해 가운데손가락을 치켜들고 "퍽큐!"라고 외쳤기 때문이다.

한때 나는 히피●가 되고 싶었다. 그렇다고 내가 반문명적이고 자연귀의적인 철학을 지닌 것은 아니었다. 그저 히피들처럼 마음껏 머리를 기르고 싶었을 뿐이다. 머리를 기르지 못하게 하는 나라에서 살던 스무 살의 나는 치렁치렁 흘러내리도록 머리를 기른 히피들이 그 누구보다 부러웠다. 나는 한국의 히피가 되기로 마음먹었다. 남대문시장에 가서 웃옷에다가 ☮라는 문양을 새겼다. 영국의 밴드 '레드 제플린'을 상징하던 그 마크는 '사랑과 평화와 자유'라는 히피의 정신을 뜻했다. 남녀가 정상위로 섹스를 하는 형상이라는 설도 있었다. 섹스! 말로만 들어도 얼마나 가슴 설레는 단어였던가. 막상 내가 할 수 있는 일은 히피 마크를 붙이고 다니면서 골방에 처박혀 관식에게 얻은 대마초를 영어사전 종이에

● Hippy 혹은 Hippie, 1960년대 미국 샌프란시스코를 중심으로 문명과 자본화된 삶을 거부하고 자연귀의적인 삶을 추구하는 사람들로 당시 베트남전에 반대하며 평화와 공동체적 삶을 가치로 내걸었다. '꽃의 아이들(flower child)'이라고도 불렸다.

말아 피우는 것이 전부였다. 쑥 냄새가 짙은 대마초에 취하면 세상의 모든 젊은이가 히피가 되어 햇빛 눈부신 5 · 16광장에서 집단으로 섹스하는 환상에 빠졌다.

나라에서는 히피를 빨갱이와 동급으로 미워했다. 남에게 혐오감을 주는 더부룩한 머리를 하고, 새마을운동에는 전혀 관심이 없으며, 반상회나 민방위 훈련에도 나오지 않으면서 온종일 빈둥거리며 대마초나 피운다는 것이 그 이유였다.

한국형 히피를 자처하던 나는 벽에 형광 페인트로 재니스 조플린이나 로버트 플랜트가 그려진 무교동 막걸리집을 자주 들락거렸다. 한국형 히피들은 막걸리를 마시며 딥 퍼플이나 블랙 사바스● 의 하드록을 즐겼다. 그들은 고막이 터질 듯한 음악에 취해 의자에 앉은 채로 고고춤을 추었다. 서서 춤을 추면 안 되는 법 때문에 그곳에선 누구도 일어나서 춤을 출 수가 없었다. 문 앞에는 인상이 더럽게 생긴 문지기가 지키고 서서 감시를 하고 있었다. 낙지를 팔던 골목은 시큼한 막걸리 냄새 속에서 번쩍거리는 사이키델릭 조명에 맞춰 온몸을 흔드는 청춘들로 물결쳤다.

얼마 지나지 않아 나는 그곳에서 기타를 들고 밥벌이에 나섰다. 이름부터 한국적인 '원두막'이라는 막걸리 주점에 통기타 가수로 고용된 것이다. 그것은 순전히 낭만적인 시절의 덕이었다. 기타를

● Black Sabbath, 1968년에 결성된 영국 버밍엄 출신의 하드록 밴드로, 재즈나 헤비 블루스를 기반으로 음울한 느낌의 음악을 추구하였다.

못 치면 간첩이라는 말이 대한민국에 널리 퍼지면서 남파되던 간첩도 기타를 배우고 내려올 만큼 기타가 필수품이던 시절이었다. 나라 안의 모든 젊은이가 세광 기타 교본을 펼치고 전석환의 〈사모하는 마음〉을 부르는 장면은 상상만 해도 소름이 돋을 만치 장엄했다. 심지어 싸움할 때도 기타를 사용하던 시절이었으니 더 말해 무얼 하겠는가. 생각해보라. 상대의 머리통에 부딪치며 울리는 기타의 낭만적인 반향을.

트윈 폴리오가 기타를 들고 나오면서 '세시봉'은 젊은이들의 성지가 되었다. 거의 독극물에 가까울 정도로 매운 낙지를 팔던 무교동 골목의 낙지집들도 온종일 로보나 카펜터스의 노래를 틀어대는 디제이와 이따금 무대에 올라와 포크송을 부르는 통기타 가수들을 다투어 채용하게 되었다.

가수를 뽑는다는 전단지를 보자마자 나는 한쪽 귀퉁이가 깨진 세고비아 기타를 들고 찾아갔다. 믿어지지 않겠지만 나는 노래를 부를 때는 전혀 더듬지를 않았다. 중년의 지배인 앞에서 나는 김민기의 노래를 불렀고, 다른 가수 지망생이 없던 터라 지배인은 마지못해 나를 고용했다. 손님이라고는 실연당한 사람을 빼고는 거의 오지 않는 초저녁의 첫 무대와 통금이 임박하여 손님이 썰물처럼 다 빠져나간 마지막 무대가 맡겨졌다. 한 무대에 십 분씩, 하루에 이십 분을 노래하기 위해 나는 초저녁부터 자정까지 꼼짝도 하지 않고 그 안에 갇혀 있어야 했다. 먹다 남은 쉰 막걸리 한 잔 거저 주는 법이 없어 맨송맨송한 정신으로 술 취한 사람들을 지켜보다가 시간이 되면 나가서 김민기의 〈친구〉를 불렀으니 노래가 처연해질 수밖에 없었다.

한 달이 못 되어 나는 해고되었다. 내가 부르는 노래가 건전하지 못하다는 신고가 들어왔다는 이유였다. 지배인은 가수인 나에게 홀 서빙을 하라고 했다. 이따금 들러서 담뱃값을 뜯어가던 관할 파출소의 보안계 형사가 내가 금지곡을 부르는 것을 듣고는 당장 내보내라는 걸 사정해서 서빙이라도 하게 했다는 것이다. 나는 "5번 탁자에 막(걸리) 둘, 낙(지볶음) 하나!"를 외치면서 지배인의 마음이 바뀌어 다시 무대에 서게 될 날만 학수고대했다. 지배인은 곧 마음이 바뀌었다. 홀 서빙에다가 한술 더 떠 일어나서 춤을 추는 사람들을 진압하는 일까지 떠맡겼다. 일반음식점으로 허가가 된 무교동 낙지집에서는 춤을 추지 못하게 되어 있었다. 당시 정권을 장악하고 있던 군인 출신의 정치인들은 춤이라는 것을 상당히 불건전하고 퇴폐적인 것으로 여겼다. 중대장으로 전방에 근무할 무렵, 후방에 남아 있던 부인이 춤바람이 나서 집을 나가는 일들을 종종 겪은 탓이었다.

당시의 법에 따르자면 춤은 외화 획득을 위한 외국인 전용 나이트클럽이나 무도장으로 허가가 된 곳에서만 건전하게 추도록 되어 있었다. 정부에선 두 발로 일어서서 음악에 맞추어 일정한 스텝을 밟으며 정해진 동작으로 몸을 흔드는 것을 춤으로 허가하였다. 따라서 의자에 앉은 채 흔들어대는 어깨춤은 춤이 아니었다. 무교동의 주점을 찾은 손님들은 남녀노소를 막론하고 의자에 앉아서 몸을 흔들어댈 수밖에 없었다. 대형 스피커에서 시시알이나 아이언 버터플라이●의 노래가 흘러나오면 의자에 엉덩이를 걸친 채 가능한 한 요염하고 신나게 상반신을 흔들어댔다. 수많은 사람이 앉은뱅이처럼 주저앉아 팔과 어깨만을 이용해 추는 춤은 세계 어디서도 볼 수 없는 희귀한 장관을 이루었다. 간혹 술에 취한 나머지 흥에 겨워 자리를 박차고 일어나 춤을 추는 사람은 즉각 문지기에게 화장실이나 내실로 끌려가 두들겨 맞았다. 국회의원도 남산에 끌려가 수염을 뽑히던 시절이라 맞아도 불평하는 사람이 없었다.

무대에 다시 복귀할 날을 기다리며 술심부름을 하던 나는 휴가를 나온 군인이 화장실에서 제 여자 친구의 치마를 걷어올린 채 벽치기를 하던 날 그곳을 그만두었다. 내일이면 귀대할 군인의 조바심 나는 욕망의 배설행위 탓은 아니었다. 더 이상 자존심이 상하여 그만둔 것도 아니었다. 그것은 내 의지가 아니었다.

친구가 가수가 되었다는 말을 듣고 제 여자 친구들을 거느리고 몰려왔던 사자클럽 회원들은 막걸리 뚝배기를 나르는 내 모습을 보고 크게 상심했다. 그들은 자신들이 모욕을 당한 것처럼 분노하면서도 곧 내가 무대에 올라가 노래 부를 것으로 믿었다. 기다리다 못해 성미 급한 관식이 지배인을 손가락으로 불러, 내 노래를

● Iron Butterfly, 1960년대 후반에 결성된 미국의 헤비메탈 밴드로 사이키델릭한 〈In-A·Gadda·Da-Vida〉라는 곡으로 유명하다.

듣고 싶다고 청했다. 지배인은 내가 가수가 아니라서 노래할 수가 없다고 대답했다. "하라면 하지, 뭔 잔말이 많냐"로 시작된 공수방위 관식과 영원한 해병 출신 지배인의 싸움은 가게 안의 깨질 수 있는 그릇들을 다 깨뜨리고, 쫓아낼 수 있는 손님들을 말끔히 사라지게 한 뒤에야 끝났다. 신고를 받고 달려온 경찰들을 밀치고 달아나는 것으로 내 가수 생활도 끝이 나고 말았다.

다찌

무교동에서 쫓겨난 뒤 나는 청계천의 삼류호텔 지하 커피숍에서 빈대떡 장사(디제이)를 했다. 그 커피숍은 커피보다 주로 일본 관광객들이 '다찌'*를 만나 매춘 금액을 흥정하는 곳으로 유명했다. 당시 정부에서는 기생관광을 외화 획득의 애국사업으로 적극 장려하고 있었다. 이를 위해 문교부장관은 기생관광에 나선 여성들이야말로 진정한 애국자이며 산업 역군이라고 칭송하였고, 자신의 일에 자부심을 가지고 최대의 서비스를 제공하라고 격려했다.

그런 점에서 일본인 관광객을 기다리는 다찌들이 지루해하지 않도록 음악을 틀어주는 나도 애국자였고, 산업 역군인 셈이었다. 그 밖에도 내게 부여된 애국적 임무는 지배인이 손짓을 하면 커피숍에 북적거리는 일본 관광객들이 귀를 막고 뛰쳐나가 어서 엔화를 쓰도록 시끄러운 음악을 트는 것이었다. 딥 퍼플의 〈하이웨이 스타〉나 블랙 사바스의 〈헤드레스 크로스〉 앨범을 최대 음량으로 엎어놓고는 재빨리 몸을 숨겨야 했다. 모든 손님이 벌떡 일어나 디제이 박스를 향해 욕하며 손가락질을 했기 때문이다.

별로 힘든 일은 아니었지만, 그것은 음악을 모욕하는 일 같아 괴로웠다. 이따금 다찌들이 신청하는 〈블루 라이트 요코하마〉••나 틀어주고, 철자법도 틀리게 적은 〈헤이 미스터 디제이〉 같은 노래를 날마다 수십 번씩 틀어대는 것도 지겨운 일이었다. 어쨌든 거기서 받은 돈을 모아 나는 다시 학교로 돌아갈 수 있었다. 딱히 배울 게 있어서라기보다는 소속을 얻는 게 중요했기 때문이다. 불심 검문이나 버스를 탈 때 내밀 수 있는 학생증이라도 있는 것이 어디인가. 지린내 나는 모래내극장에 쭈그리고 앉아 "데모하는 대학생 놈들 때문에 월남처럼 나라가 망할 것이다."라는 민방위 훈련 강사의 핀잔을 듣지 않게 되는 것만으로도 가치 있는 일이었다.

학교로 돌아온 나는 집주인이 알코올중독자인 자취방을 거저나 다름없는 싼값에 얻었다. 학생이 되어서도 내가 할 수 있는 일은 별로 없었다. 온종일 볕에 달궈진 슬레이트 지붕 밑에서 해면처럼 축 늘어져 핑크 플로이드•••와 퀸의 노래를 듣거나, 최대한 남에게 혐오감을 주도록 머리를 지저분하게 기르는 것이 전부였다. 이

• 일본인들의 기생관광에 동원된 현지처나 매음 여성을 지칭하는 은어이다.

•• Blue light Yokohama, 1968년에 이시다 아유미가 부른 엔카로 당시 한국에는 금지된 노래였으나 일본인 관광객이 늘면서 암암리에 불렸다.

••• Pink Floyd, 1965년경 결성된 영국의 록 밴드로 초반에 사이키델릭록으로 시작하다가 점차 프로그레시브록으로 발전하게 된다.

따금 누군가 복도를 달리며 "의혈의 학우들이여, 밖으로 나오라!" 고 외치는 소리가 들려오면 재빨리 강의실을 뛰쳐나갔다. 그렇다고 내가 시위에 참여한 것은 아니었다. 학교 앞 왕대폿집에서 막걸리 한 통에 노가리 두 마리를 시켜놓고 창밖으로 자욱하게 퍼지는 최루탄 연기 속에서 돌을 던지는 학우들의 시위 장면을 몽롱한 눈으로 바라볼 뿐이었다.

그날도 몇몇 비스름한 인생과 술집에 앉아 있을 때였다. 왈칵 문이 열리더니 웃옷이 형편없이 찢겨진 학생 하나가 술집 안으로 뛰어 들어왔다. 어디선가 눈에 익은 얼굴이었는데, 무어라 물어볼 틈도 없이 그는 주방 안으로 들어가더니 숨겨달라고 했다. 행여 술상이라도 뒤엎을까 싶어 술집 아줌마가 파리채로 때리며 그를 밖으로 내몰았다. 뒤늦게 그가 회화과에 다니는 이의현이라는 게 생각났다. 언젠가 사자클럽 모임에서 같은 대학에 입학했다며 인사하던 그의 얼굴이 어렴풋이 기억났다. 나는 파리채를 든 아줌마에게 그의 몫으로 술을 더 주문하겠다고 회유하여 그를 안채로 피하게 해주었다.

잠시 후 사복 차림의 형사 두 명이 진압 경찰대원들을 거느린 채 들이닥쳤다. 면도날로 쪽 째놓은 듯한 눈으로 술집 안을 살피던 형사는 누가 이곳에 들어오지 않았냐고 물었다. 나는 없다는 말은 차마 못 하고 모른다고만 대답했다. 형사는 학생증을 내놓으라고 한 뒤 그것을 일일이 수첩에다 적었다. 이리저리 주방 안과 쉰 막걸리가 담긴 독까지 들여다보았지만 그는 아무것도 찾아내지 못했다. 대낮부터 술에 취해 흐릿한 눈으로 앉아 있는 나야말로 그들이 보기에는 아주 건전한 대한민국의 청년상이었다.

형사들이 골목에서 완전히 사라진 걸 확인한 뒤에야 밖으로 불려 나온 의현은 고맙다며 연신 고개를 숙였다. 시위 중에 방패로 찍힌 듯 그의 뒤통수는 쩍 벌어져 피가 연신 흐르고 있었다. 경찰의 눈이 있다며 병원에 가는 것을 꺼리는 바람에 약국에서 소독약을 사다가 발랐다. 벌어진 상처는 돌팔이 의무병 출신이던 복학생이 아줌마에게 빌린 이불 시치는 바늘로 듬성듬성 꿰맸다.

썩 내키지는 않지만 몸을 숨길 데가 없다는 의현을 자취방으로 데려갔다. 봉천동 산비탈에 쓰러질 듯 매달린 자취방은 눈이 마주칠 때마다 침을 뱉고 욕을 해대는 주인아저씨 탓에 이웃 간에도 드나드는 사람이 없이 한갓졌다.

의현은 자세한 내막은 말하지 않았지만, 자신이 데모 문제로 경찰에 수배되어 쫓기는 처지라고 했다. 며칠만 신세를 지게 해달라고 통사정을 했다. 나는 무엇보다 군납을 하던 아버지가 틈 날 때마다 "너는 무슨 일이 있어도 데모에 끼면 안 된다."고 세뇌시킨 탓에 그를 숨겨주는 일이 꺼림칙했다.

"사자클럽 형을 만난 게 정말 다행이에요."

사자클럽이라는 말이 화근이었다. 의현은 자신이 사자클럽 6기라고 했다. 그는 학생회장 선거에 대비해 구색 맞추기로 끼워넣은 얼굴 마담일 것으로 짐작되었다. 4기가 학생회장 선거에서 참패한 뒤로 선배들은 신입회원들을 뽑을 때 공부 잘하는 학생회장 감을 양념처럼 섞어 뽑도록 했다. 그런 모범생들을 '얼굴 마담'이라고 불렀다.

의현은 내 자취방에서 일주일이 넘도록 숨어 지냈다. 내가 학교에 가면 방문을 안으로 걸어 잠그고 숨어 있다가 해가 지면 약수터로 나가 맨손체조를 하는 게 일과였다.

그가 고향 선배가 일하는 공장으로 거처를 옮기겠다고 했을 때 나는 안도의 한숨을 내쉬었다. 경찰이 있을지도 모른다며 동행해 달라는 부탁에 기꺼이 따라나선 것은 걱정스러운 혹을 한시라도 빨리 떠넘기겠다는 생각 때문이었다. 버스를 세 번이나 갈아타고 도착한 곳은 북한산성 가는 길에 우묵하니 들어앉은 셔터 공장이었다. 머리가 지끈거릴 만큼 망치 소리가 요란하고 비릿한 쇳내가 코를 찌르는 공장 뒤에 창고 같은 방이 붙어 있었다. 의현은 그곳에서 일하며 여름을 날 거라고 했다.

고맙다면서 손을 내민 의현은 서둘러 돌아서는 내 뒤에다 대고 이렇게 말했다.

"형, 사자는 싸움에서 절대 물러서면 안 되는 거죠."

경찰이 자취방으로 들이닥친 것은 며칠 지나지 않아서였다. 학교에서 돌아오니 사복형사들이 신발을 신은 채 자취방을 이 잡듯 털어대고 있었다. 그들은 비닐장판 밑에 숨겨놓았던 도색잡지도 찾아냈고, 벽에 적어놓은 중국집 전화번호까지 적어갔다. 아침부터 소주에 밥을 말아 먹고 해롱거리던 주인아저씨는 몇 마디 따지다가 옆구리를 걷어차이고는 마루에 개구리처럼 엎어졌다.

나는 검은 지프차에 실려 끌려갔다. 가랑이 사이로 고개를 꺾고 검은 천에 덮여 어디로 가는 줄도 몰랐다. 나중에야 그곳이 영등포경찰서 부근의 어느 지하실이라는 것만 알게 되었다.

침침한 알전구가 매달린 방에 나는 혼자 내팽개쳐져 있었다. 몇 시간이 지났을 때쯤 철문이 덜커덩 열리더니 대머리가 벗겨진 사내가 들어왔다. 코 밖으로 삐져나온 코털을 집게손가락으로 배배 꼬던 그 사내는 양복 웃옷을 벗으며 손목에 걸친 시계도 풀었다.

"너도 운동권이지?"

나는 아니라고 대답했다. 그럼 뭐냐고 물었다. 그냥 학생이라고 하자 대머리는 피식 웃었다. 그는 내 책꽂이에 꽂혀 있던 책을 집어들었다. 김지하의 시집 『황토』였다. 그것은 설인호 선배가 동문인 시인이 쓴 시집이라고 선물한 것이었다. 재미가 없어 몇 번 읽다가 팽개쳐둔 책이었다.

"죽고 싶냐?"

번질거리는 코털 한 가닥을 잡아 뽑아 손가락으로 만지작거리던 대머리가 제 얼굴을 내 면전에 바짝 들이밀었다. 금니가 번쩍거리는 그의 입에선 견디기 힘든 구취가 간간이 새어나왔다.

"이의현이 어딨어?"

당장이라도 불광동에 있다고 말하고 싶었지만 무언가가 내 입을 틀어막고 있었다. 사자클럽이었다. 나는 어금니를 질끈 깨물었다. 우악스러운 주먹이 힘껏 턱을 내질렀다. 눈앞에 별이 번쩍거리고 머리가 부서질 것 같았다. 비명을 지를 틈도 없이 이어지는 매질에 미처 사실을 털어놓을 틈도 없었다. 여태껏 싸움하며 얻어맞은 적도 많았지만, 혼자서 맞아보는 것은 처음이었다.

시멘트 바닥에 무릎을 꿇은 채 어떻게 이의현을 만났으며, 그와 어떤 사이인가를 열아홉 번도 넘게 종이에 적어야 했다. 왕대폿집에서 그를 처음 만나 열흘 동안 자취방에 묵게 했으며, 밤마다 그가 약수터 부근에서 체조를 했다는 사실을 숨김없이 적었다.

"이게 전부야?"

그렇다고 대답하기 전에 주먹이 날아왔다. 오금패기에 각목을 찔러 넣은 채 대머리는 내 무릎을 내리밟았다. 티라노 선생이 조기교육을 잘 시킨 덕에 그나마 정신을 잃지 않고 견딜 수 있었다.

나는 대머리가 그다음에 무엇을 물을지 알고 있었다. 보나마나 의현의 행방을 물을 것이었다. 그러나 대머리는 라디오에서 흘러나오는 노래를 따라 부를 뿐 아무것도 묻지 않았다.

"당신은 모르실 거야, 얼마나 사랑했는지."

나는 대머리가 대들보에 줄을 매다는 걸 보며 사시나무 떨듯 몸을 떨었다. 의현이 하던 말이 동강난 채로 자꾸 내 입을 틀어막았다. "형, 사자는 싸움에서 절대 물러서면 안 되는 거죠."

나는 어금니가 부서지도록 악물었다. "우리는 세상을 주름잡는, 우리는 정의의 사자들." 죽는 순간까지도 불러야 한다던 '사자가'를 마음속으로 불렀다. 굶어 죽어도 풀을 뜯어먹지 않는 사자라는 사실을 잊지 않으려고 애썼다. 납북된 모교의 설립자와 4·19혁명에 나섰다가 목숨을 잃은 선배들을 생각했다.

온몸을 고무 호스로 칭칭 동여맨 채 대들보에 매달렸다. "의리와 주먹에 죽고 사는 우리는 정의의 사자들." 둔중한 충격이 온몸으로 파고들었다. 대머리가 휘두른 야구방망이에 두 대를 맞자마자 나는 있는 힘을 다해 소리쳤다.

"부, 부, 불광동요. 셔터 공장에 있어요."

묻기도 전에 답을 얻은 대머리는 멋쩍은 듯이 한 대를 더 갈겼다.

"저, 저, 정말예요. 공장 뒷방에 있어요."

나는 내가 입을 다물고 있던 두어 시간 사이에 의현이 어디론가 달아났으리라고 믿어 마지않았다.

라이라이라이

의현이 여수 앞바다에서 변사체로 발견된 것은 가을이 깊어갈 무렵이었다. 그가 아무런 연고도 없는 여수의 철 지난 해수욕장을 왜 찾아갔는지, 거기서 무엇을 했는지, 파도 소리가 쓸쓸한 모랫바닥에 왜 혼자 누워 있었는지 알 수 없었다. 의현의 죽음은 신문 귀퉁이에 '실족사로 추정되는 변사체 한 구'라는 일단 기사로 간단히 기술되었다. 나는 가슴이 철렁 내려앉았으나, 그때 셔터 공장에 숨어 있던 의현은 미리 몸을 피했을 것이라고 생각했다. 도망 다니다가 여수까지 갔고, 방파제에서 실족이라도 했을 것이다.

대머리를 다시 만난 것은 의현의 죽음이 까무룩 잊힐 무렵이었다. 주인도 없는 자취방에 들어와 책들을 뒤적거리던 그는 뒤늦게 들어온 내게 밥이나 먹으러 가자고 했다. 식당에서 그는 내가 도서관에서 빌린 책들의 목록을 꺼내놓았다. 의현이 집에 머무는 동안 읽어보라고 권하던 책들을 호기심에 이끌려 몇 권 빌려 뒤적거리고 있었다.

"운동이라도 해보시려고?"

대머리는 반쯤 접은 종이로 잇새를 쑤시며 빈정거리듯 물었다. 그는 고리키의 『어머니』부터 읽고 『자본론』 복사본을 구해 읽으라고 말했다. 나는 고개를 숙인 채 아무런 대꾸도 하지 못했다.

"다음 학기 등록금이 또 오른다고 하던데……."

대머리는 내 집안 형편이 어떠하고, 등록금을 제때 마련하지 못해 한 학기 다니다 한 학기 쉬기를 취미로 삼는다는 사실까지 소상히 꿰고 있었다. 학교에서 보였다 안 보였다 해서 붙은 '따오기'라는 별명도 알고 있었다.

의현이가 어떻게 죽었는지 알고 있냐고 물었다. 나는 고개를 저었다. 대머리는 길게 한숨을 쉰 뒤 옆집 아저씨처럼 친근하게 속삭였다.

"넌 운동할 체질이 아냐. 좋은 글 있잖아? 별이나 달, 뭐 새가 비배쫑 비배쫑 운다느니 그런 시나 쓰면 되는 거야."

나는 대머리의 말에 고개를 끄덕였다. 그는 학교에다 장학금을 작은 걸로 주선해놨으니까 공부나 열심히 하라고 했다. 나는 느닷없는 그의 호의에 어리둥절했다.

이따금 만나서 밥이나 같이 먹자며 대머리는 불쑥 손을 내밀었다. 나는 선뜻 그의 손을 잡지 못하고 머뭇거렸다. 그러자 그는 안색이 일변하더니 나를 노려보았다.

"니가 의현이 숨은 데 코푼 거 아이들이 알고 있니?"

나는 아무런 대꾸도 하지 못했다. 두 발이 진득거리며 더러운 수렁 속으로 쑥 빨려 들어가는 느낌이었다.

대머리는 얼마 지나지 않아 다시 찾아와서 의정부 부대찌개를 사주었다.

"요즘 아이들 어떻대? 민족문화연구회가 뭐하는 덴지 알아봐 줄래?"

나는 그런 일을 할 깜냥도 못 되고, 그런 쪽에 관심도 없다고 징징댔다. 그는 알았다고 돌아갔다. 그 뒤에 다시 찾아와 이번엔 부대찌개 대신에 삼계탕을 사주었다. 남자들은 가끔 닭고기로 원기를 보충해줘야 한다며 그는 대머리에 맺힌 땀을 연신 닦아냈다. 땀에 젖은 손수건을 코에 대고 슬쩍 냄새를 맡고 나서 그는 몇몇 학생의 출석 여부를 체크해달라고 부탁했다.

"그냥 출석만 체크해주면 안 돼?"

나는 차마 그것마저 못 한다고 거절할 수가 없었다. 대머리가 주선해준 장학금이 어깨에 무지근하게 매달렸다. 그 뒤로 그는 한 달에 한 번씩 정기적으로 찾아와 삼계탕이나 사철탕을 사주었다. 그의 부탁은 점점 치밀해졌다. 학생회 문화부장이 누구를 자주 만나는지, 회화과 복학생들이 무슨 이야기를 나누는지 알려달라고 했다. 나는 손쉽게 할 수 있는 것은 해주었지만 일부러 애를 써서 하지는 않았다.

그러던 어느 날 대머리가 내게 기타 동호회인 '쌍투스'에 들어가라고 요구했다. 거절하고 싶었지만 기타라는 말에 마음이 동했고, 동정을 살피라는 여학생이 내 관심을 끌었다. 청바지와 통기타가 어떻다면서 난데없는 청년문화 논쟁이 이는가 싶더니 그것은 이내 서양 문화를 맹목적으로 추종한다는 비난에 부딪쳐 그슬리다 만 개 꼴이 되고 말았다. 잔디밭에 모여 튕겨대던 기타는 졸지에 양키들의 노리개 취급을 받으며 내처지고, 그 자리에 꽹과리와 탈춤이 밀고 들어왔다. 급기야 삿갓을 쓰고 도포를 걸친 가수가 징을 치며 텔레비전에 등장하는 일까지 일어났다.

덥수룩하니 머리만 기르던 나도 도매금에 양키 시늉이나 내는 추종자로 몰려 시르죽어 지낼 무렵이었다. 대학 강당에서 열린 신입생 환영회에 춘향이 삼단 같은 생머리를 늘어뜨린 여학생이 통기타를 들고 올라왔다. 전미연이라고 자신의 이름을 소개한 그녀는 티 하나 없이 맑은 목소리로 금지곡인 〈아침 이슬〉을 거침없이 불렀다. 구석진 그늘만 찾아다니던 나와는 전혀 다른 세상에서 튀어나온 듯 그녀는 눈부신 웃음을 지으며 "태양은 묘지 위에……."를 열창했다. 나는 전미연이라는 여학생에게 관심이 생겨 대머리가 시키기 전부터 은근히 그녀의 언저리를 맴돌고 있던 터였다.

나는 대머리가 시킨 대로 부서진 기타를 메고 '쌍투스'에 들어갔다. 구석에서 음이 맞지 않는 기타 줄이나 조이면서 미연의 옆모습만 훔쳐보다 오는 게 일이었다.

"전미연이를 잘 지켜보라고. 무슨 종이 뭉치 같은 거 들고 다니면 바로 연락해."

대머리의 당부에도 불구하고 나는 미연이 남학생 선배들의 어깨를 툭 치며 "형!"이라 부르는 모습을 넋 놓고 바라볼 뿐이었다. 한 달쯤 되었을까. 그녀가 처음으로 "영탁이 형"이라고 불러주던 날이었다. 나는 미연이 학생신문사 쪽에서 무슨 종이 뭉치를 한 아름 들고 가는 걸 보았다. 지독한 근시였던 나는 내가 본 장면이 확실하지 않아 대머리에게 연락하지 않았다. 그날 학교 옥상에서 미연은 "유신 철폐, 군부독재 타도!"라는 전단을 수백 장이나 뿌렸다. 얼굴이 붉게 물든 대머리가 득달같이 달려와 내 정강이를 걷어차며 병신 새끼라고 욕을 퍼부어댔다. 분이 풀릴 만치 걷어찬 뒤에야 그는 앞으로 똑바로 하라고 을러댔다. 나는 그런 일을 할 능력도 없고, 할 마음도 없다고 용기내어 말했다. 다시 그가 정강이를 찼지만 나는 굽히지 않았다.

얼마 지나지 않아 나는 느닷없이 날아든 입영 영장을 받고 사흘 만에 군대로 끌려갔다.

군대의 기억은 끔찍했다.

신병 훈련을 마치고 "인제 가면 언제 오나 원통해서 못 살겠다."는 강원도 골짜기로 트럭에 실려갔다. 거기에서 키가 크다는 이유로 부대 정문을 지키는 위병이 되었다. 말뚝처럼 우두커니 서 있는 것이 지루하기는 했지만 견딜 만했다. 그럭저럭 군대 짬밥에 살이 오를 무렵이었다. 난데없이 시피 보안대에서 호출이 왔다. 보안대로 불려 간 나는 사상이 불온한 사병이라는 이유로 교육을 받아야 했다. 썩어빠진 의식을 뜯어고친다는 교육은 아주 단순한 것으로 시작되었다. 앉아, 일어서, 뒤로 돌아, 좌로 굴러. 보안대장 하사의 말 한 마디에 따라 나는 앉고 일어서고 돌고 구르며 한 마리의 군견처럼 길들여졌다. 나중에는 말도 필요 없이 손가락이 가리키는 대로 앉고 일어서고, 눈빛만으로도 돌고 굴렀다.

그렇게 시작된 교육은 점점 복잡하고 힘든 과정으로 접어들었다. 코를 잡고 맴돌다가 벽의 점을 손가락으로 찍어야 하는 '김일성 눈깔 찌르기', 철창에 매달려 오르내리는 '원숭이 줄타기', 도색잡지의 벌거벗은 여자 사진을 보며 자위행위를 하되 사정은 금지된 '동작 그만', 총구를 입에 물고 토끼뜀 뛰는 '이빨 까기', 치약 뚜껑에 이마를 박는 '원산폭격', 깍지 낀 손으로 마룻바닥을 문질러 광내는 '인간 청소기'. 나는 열흘 만의 정신교육으로 완전히 새 사람이 되었다. 안보 의식이 투철하게 주입된 새 사람답게 나는 새로운 임무를 부여받았다.

처음에는 아주 간단한 일이었다. 휴가나 출장을 가서 다니던 대학 도서관의 대출 순위 목록을 작성해오라든가, 학생회 임원들의 명단이나 교내 동아리들을 조사해오는 일들이었다. 나는 사냥개처럼 주인이 시킨 것들을 충실하게 물어왔다. 잘해내면 풀어줄 거라고 기대했다. 그러나 시간이 지나면서 나는 더 어려운 일들을 해내야 했다. 학교의 운동권 학생들에게 접근하여 그 안에서 무슨 일이 일어나는지를 알아내야 했다. 남들은 집에 자주 간다며 부러워했지만 나는 죽을 맛이었다. 술집에 앉아 몽롱하게 취해 이상이나 이중섭 흉내를 내던 내가 국가의 신성한 프락치 노릇을 잘해낼 턱이 없었다. 나는 마장동 버스터미널에서 고량주 서너 병을 들이

켠 뒤에야 간신히 귀대할 수 있었고, 이튿날이면 보안대로 불려가 며칠을 시달려야 했다.

휴가 중에 만난 관식은 내 군대 생활에 대해 몹시 궁금해했다. 그러나 군대 이야기는 할 만한 것도 없었고, 하고 싶지도 않았다. 관식이 계속해서 졸라 각개전투 훈련 받던 이야기를 해주었다. 각개전투장 꼭대기에는 눈에 익은 그림판이 놓여 있었다. 미대 다니던 병사가 그린 인민군이나 김일성 그림판이었다. 그걸 총검으로 찌르고 발로 걷어차는 훈련을 했다. 그것은 학창 시절에 소풍 가서 많이 본 그림들이라서 낯설지 않았다. 1백 원에 열 개씩 주는 야구공을 김일성 입에다 던져 아홉 개 이상이 들어가면 인형이나 청자 담배 세 갑을 주던 놀이와는 차원이 달랐다. 숨이 턱에 차고 교관의 마음에 안 들면 산꼭대기에서 굴러 내려갔다가 다시 기어올라와야 했다.

관식은 입을 벌리고 있는 김일성 그림판 이야기에는 관심이 없었다. 나는 그가 흡족할 때까지 다른 이야기를 해주어야 했다.

'로즈 강'이라는 여자가 있었다. 문화선전대가 순회공연을 왔는데, 그녀의 스트립쇼는 단연 인기였다. 군용 모포를 깔아놓은 무대 위에서 반라의 몸으로 등장한 그녀는 개가 흘레붙는 동작을 취하며, 허리를 이리저리 뒤틀고 엉덩이를 망측스럽게 흔들어 군바리들을 열광시켰다. 스트립쇼의 절정은 그녀가 반짝거리는 구슬이 매달린 브래지어를 벗어 던지고, 마지막에는 손바닥만 한 구슬 팬티마저 살짝 벗어 보이는 순간이었다. 어찌나 빠른지 섬광처럼 스친 그 순간은 눈으로 보았다기보다는 상상했다는 표현이 옳을 정도였다. 그래도 병사들은 '날아가는 새 보지를 본 것처럼' 괴성을 질렀다. 성욕 감퇴제가 들어 있다는 별사탕의 약효도 소용이 없었고, 엄정한 정신교육도 로즈 강 앞에서는 맥을 쓰지 못했다. 뇌에서 아드레날린이 과다하게 분비된 몇몇 사병이 무대 위로 뛰어 올라갔다가 헌병에게 끌려 내려왔다. 이층 객석 가운데선 별을 셋이나 붙인 군단장이 간호장교들 틈에 끼어 앉아 관람하고 있었다. 공연이 끝나면 로즈 강은 1호 차에 실려 군단장 관사로 운반된다고 했다.

"니 보직이 뭐냐?"

내가 경비중대에서 보초를 선다고 하자 관식은 크게 실망하는 눈치였다. 이따금 보안부대에도 간다고 하자 비로소 환한 웃음을 지으며 흡족해했다.

"군대는 보안이나 정보가 특과야."

박정희가 수두룩한 별들을 누르고 군사혁명에 성공한 것은 작은 고추처럼 키가 작기 때문도 아니고, 만주군관학교에 혈서를 제출했기 때문도 아니라고 했다. 그것은 다름 아니라 그가 정보 계통의 보직에 있었기 때문이라고 하였다.

관식은 자신이 군인이 되지 못한 걸 통탄스러워했다. 이빨만 가지런했다면 그는 보안하사관이 되었을 것이다. 치아 부정교합으로 보안하사관이 되지 못한 그는 해병이 되려고 했다. 바짓가랑이에 쇠구슬을 차고 시가행진을 하는 해병대를 보고 마음을 굳혔다고 한다. 관식은 해병이야말로 진짜 군인이라고 했다. 6·25전쟁 때 부산까지 밀려난 대한민국을 구한 것도 '알오케이에무씨' 해병의 상륙작전 덕이라고 했다. 그의 형도 해병 하사관이었고, 사자클럽 선배들은 대부분 해병이 되었다.

"흘러가는 물결 그늘 아래 편지를 띄우고 흘러가는 물결 그늘 아래 춤을 춥니다. 처녀 열아홉 살 아름다운 꿈속에 아이 러브 유라이라이라이라이라이 차차차 당신만이 그리워서 키스를 하고요 당신만이 그리워서 핸드플레이를 합니다."

관식은 술자리에서 한동안 그 노래만 했지만 불행하게도 해병대 신검에서 떨어졌다. 이번에도 이빨이 말썽이었다. 그렇다고 포기할 관식이 아니었다. 치과에서 수술을 하고 몇 달 동안 프랑켄슈타인처럼 턱에 쇠를 달고 다닌 끝에 간신히 해병대에 합격이 되었다. 관식은 환호하며 머리부터 박박 밀고는 송별식을 일곱 번이나 했다. 그런데 곧 해병이 될 그에게 방위소집 명령서가 날아들었다. 관식은 고민할 필요도 없이 그걸 쓰레기통에 던져 넣었다. 문제는 엉뚱한 데서 불거져 나왔다. 해병 하사관으로 의무복무 기간인 7년을 채우고도 제대가 되지 않아서 심기가 사납던 그의 형이 이 소식을 듣고 집으로 득달같이 달려왔다. 그의 형은 동생에게 동사무소 방위가 되라고 했다. 관식은 죽으면 죽었지 '똥방우'는 되지 않겠으며, 형처럼 진짜 군인인 해병이 되겠다고 버텼다. "미친 새끼, 지랄하고 자빠졌네." 그의 형은 방문에 못을 박고 사흘 동안 미친 동생을 두들겨 팼다. 귀신 잡는 해병에게 귀신이 되도록 얻어맞은 관식은 울면서 '똥방우'가 되었다.

'똥방우'가 되기 전날 관식은 팔뚝에 문신을 새겼다. 해병대 마크를 새기려 했지만 그림이 복잡해 포기하고, 그냥 '무적해병 ROKMC'라고 새기기로 했다. 응규에게 펜촉에 먹을 묻혀서 찌르게 했는데, 아픔을 참지 못하고 팔뚝을 비트는 바람에 마지막 C가 O처럼 보였다. 그 뒤로 관식은 소매 없는 옷을 즐겨 입고 다녔다.

관식은 내가 보안부대에서 무슨 임무를 수행하는지 몹시 궁금해했다. 나는 여러 정보를 수집한다는 말만 했다. 그 속에는 그와 나눈 이야기도 포함된다는 사실은 말하지 않았다. 관식은 몹시 부러워하며 방위소집 해제된 사람도 다시 보안부대에 갈 수 있는지 알아봐달라고 부탁했다. 알겠다고 했지만 나는 누구에게도 그런 걸 물어보지 않았다. 해봐야 미친놈이라는 소리만 들을 게 뻔했기 때문이다.

몇 차례 정신교육을 받은 끝에 나는 시피 보안대 강 준위가 흡족할 만한 건수들을 물어다주었다. 요즘도 가끔 강 준위가 등장하는 꿈을 꾸었다. 뭐가 잘못되었다며 다시 군대에 가야 한다고 데리러 오는 꿈에 너무 놀라 깬 적이 한두 번이 아니었다.

제대하는 날 보안대 강 준위가 그동안 수고했다며 메모지 한 장을 건네주었다. 대학의 비상기획단실에 전하면 알아서 할 것이라고 했다. 메모지에는 '잔디 씨앗 한 봉지 보내니 선처 바란다.'는 간단한 내용과 동해공사 강 과장이라는 서명이 적혀 있었다. 복학만 순조롭게 되었어도 그 메모를 전하러 가지 않았을 것이다. 학교는 등록하지 않고 휴학했다고 이미 제적되어 있었다. 그간 다닌 것이 아까워서라도 마저 다녀보려고 이리저리 알아보다가 지푸라기라도 잡는 심정으로 비상기획단실을 찾아갔다. 군복 입은 남자는 메모지를 전해 받고 나서 교무처에 전화를 걸어 간단히 내 문제를 해결해주었다. 복학 서류를 가지고 찾아가자 교무처장은 부엉이 같은 눈을 껌벅이고는 서랍에서 장학증서 한 장을 내어주었다.

"보안부대에서 근무했나?"

나는 생각지도 않았던 메모의 위력에 놀라며 약간 힘을 주어 고개를 끄덕였다.

대머리가 제대를 축하한다며 찾아온 것은 얼마 지나지 않아서였다. 정보계장으로 승진했다는 그는 보신탕 전골을 사주며, 내가 군에서 활약한 사실들을 잘 알고 있다고 칭찬했다. 입가심으로 복분자 술을 한 병 나눠 마시고 나서 그는 몸이나 풀러 가자며 영등포시장 부근의 '애마부인'이라는 술집으로 데려갔다. 자신의 관할 업소라는 그곳에서 대머리는 가슴이 얼굴보다 큰 여자를 불러 서비스를 잘하라고 내 옆에 앉혔다.

"군대서 제대한 내 막냇동생이야."

대머리는 그리 말하고는 진짜 형처럼 내 어깨를 끌어안았다. 군대 독을 빼야 한다며 그는 술에 취한 동생을 더 취한 여자와 함께 인근 여관방에 밀어 넣었다.

"앞으로 잘해보자고."

여전히 심한 구취를 풍기며 대머리는 한쪽 눈을 찡긋거려 보이곤 밖으로 나갔다. 따라 나간 여자가 여관 복도에서 그와 화대를 놓고 승강이 벌이는 소리를 듣다가 나는 까무룩 잠이 들어버렸다.

며칠 지나지 않아 대머리가 다시 찾아왔다. '두레'라는 스터디 그룹에 들어가라고 종용했다. 못 하겠다고 버티자 그는 빈정거리는 웃음을 지었다.

"군대선 열심히 하고 왜 이래?"

더 이상 군인이 아닌 민간인 신분임을 내세우며 버텨보았지만 소용이 없었다.

"난 니가 한 일을 니 부모보다 더 잘 알고 있는 사람이야."

'두레'는 이의현이 만든 엔엘(NL) 계열의 운동 조직이었다. 그 모임에 들어가 읽는 책의 목록과 토론 내용을 알아봐달라고 했다. 떳떳하지 못한 일이었지만 그런 일들은 누군가의 입을 통해 얼마든지 알아낼 수 있는 것이라고 생각했다. 의현의 일이나 군대에서의 일들을 들추는 것도 거북했지만, 우선 대머리에게 시달리는 것이 성가셨다. 학생들의 동태를 살피는 대머리나 그의 눈을 피해 일들을 도모하는 학생들이나 내게는 귀찮고 성가시기만 한 존재들이었다. 나는 사람이 얼마나 고통에 약한 존재이며, 사람의 신념이 얼마나 무기력한 것인가를 보안부대 철창에 매달리며 뼈저리게 깨달은 바 있었다.

내 관심은 아침 이슬이나 저녁 연기처럼 무상하게 명멸하는 한 시대의 일보다는 시대를 초월한 영구불변의 진리에 쏠려 있었다. 내가 보기에 독재자가 손에 쥐고 흔드는 권력은 풀의 꽃처럼 무상한 것이며, 그것에 대항해 싸우는 일도 그처럼 허망하게만 느껴졌다. 예술은 최루탄 가스 위로 떠오르는 만월이었고, 적어도 문학이란 것은 '군부독재 타도'가 아니라 '돌담에 속삭이는 햇발' 같은 것이었다. 라이라이라이라이 차차차.

시바스 리갈

응규 식대로 하자면, 비지스●가 타락하기 시작한 해였다. 그해의 10월이었고, 마지막 밤이었다. 제대한 지 얼마 되지 않아 거리에서 헌병들과 마주치면 여전히 자라목처럼 오그라들던 무렵이었다. 그 시간에 나는 복학생들을 환영해준다고 재학생들이 마련한 피 보기 미팅에 나가 라이터를 고른 생면부지의 여학생을 만나고 있었다. 취미가 음악 감상이라는 여학생은 쉴 새 없이 손톱을 물어뜯었다. 트윈 폴리오에서 누가 노래를 더 잘하냐를 놓고 입씨름하는 동안 탁자 위에는 손톱 조각이 하얗게 떨어져 있었다.

오비스케빈에서 흑맥주를 마신 뒤 다음에 다시 만날 약속을 하

● Bee Gees, 배리 깁과 로빈 깁, 모리스 깁 삼형제가 만든 호주의 3인조 그룹이다. 1960년대 서정적이며 감미로운 소프트록의 레퍼토리로 인기를 모으다가 1970년대 후반에는 경쾌한 디스코 리듬의 댄스곡들을 선도하였다.

고 여학생과 헤어졌다. 밤 10시쯤의 일이었다. 평소처럼 거리에는 차선을 안 지키는 차들이 매연을 내뿜으며 붐비고 있었다. 별다른 일은 없었다. 그리고 아무런 예고도 없이 하늘이 무너졌다.

눈뜨기 무섭게 그 소식을 전해준 것은 관식이었다. 빨리 텔레비전을 틀어보라고 악을 썼다. 텔레비전에서는 “정부는 ○○시를 기해 제주도를 제외한 전국에 국가비상계엄령을 선포한다.”는 긴급 뉴스를 전하고 있었다. 밥맛이 없으면 물을 말아 먹던 것처럼 번갈아 내려지던 계엄령과 긴급조치이니 별로 놀랄 일도 아니었다. 고추장 독에 무장공비가 빠지고, 남한의 밀사가 김일성을 만나고 돌아오는 세상에 새로이 놀랄 게 뭐가 남아 있겠는가.

“박통이 죽었어.”

관식이 라디오 뉴스보다 빠르게 전해준 소식은 긴급조치쯤과는 비교가 되지 않았다. 충격이라는 말로도 제대로 설명되지 않고, 그냥 숨이 턱 막히고 눈앞이 캄캄해졌다. 그야말로 하늘이 무너진 것이다. 그것이 어떤 일인지, 그렇게 되면 이 나라와 강과 산과 인민과 배추흰나비와 까막딱따구리들은 어떻게 되는 것인지 순간적으로 머릿속이 진공상태로 변했다.

다방에서 만나 듣게 된 관식의 이야기는 긴급 뉴스보다 훨씬 더 구체적이었다. 명동에서 미용실을 하고 있는 그의 어머니에게서 들었다는 말은 에이피(AP)나 시엔엔(CNN)이 안다면 당장 특종으로 보도할 내용들이었다. 나는 관식의 어머니가 중앙정보부의 비밀요원일지도 모른다고 생각했다.

텔레비전에서는 이따금 대통령의 신변에 이상이 있다는 속보가 전해졌다. 그때까지도 박통이 사망했다는 사실은 어떤 방송에서도 언급하지 않았다. 미심쩍어하는 내게 관식은 제 손바닥을 펼쳐 보이며 거짓말이면 장을 지지라고 했다.

거리에 호외가 가랑잎처럼 뿌려졌다. 검고 굵은 고딕체로 '박 대통령 서거'라는 헤드라인 기사에 국민들은 민관 합동으로 공황 상태에 빠지고 말았다. 서거라는 단어는 예전에 한 번 들어본 바가 있어 누구나 그 뜻을 알고 있었다.

나는 마징가 제트나 태권 브이처럼 전신이 금속체의 느낌을 주던 박 대통령이 사망했다는 사실에 당황했고, 대통령을 천년쯤 할 줄 알았던 그가 총알 몇 발에 맥없이 죽었다는 사실이 도무지 믿어지지 않았다. 호외 속에는 삽교천을 둘러보고 온 대통령이 궁정동의 안가에서 시해당했다는 기사가 적혀 있었다. 나는 안가라는 말의 뜻을 몰라 국어사전을 뒤져보았다.

안가(安家)[명사] 집안사람들이 모두 편안함.

집안사람이 모두 편안한데 왜 대통령이 총을 맞았는지 영문을 알 수 없었다. 더욱 기가 막힌 것은 총을 쏜 사람이 대통령의 오른팔인 중앙정보부장이라는 사실이었다.

"시아이에이 짓이야."

관식은 주변을 살피며 귓속말로 이 천인공노할 국가원수 시해 사건의 배후가 미국이라고 했다. 김재규가 아무런 '빽'도 없이 그런 큰일을 저지를 리가 없으며, 부마사태 때 이미 민심이 돌아선 걸 파악한 그가 미국의 사주를 받아 거사를 일으켰다는 것이다. 김대중을 바다에 던지려던 일로 카터와 사이가 벌어지자, 박 대통령은 한국적 민주주의니 주체사상이니 하는 걸 내세워 미국 손에서 벗어나려고 했다. 강화도에 미국 군함을 격퇴한 지 107년 만에 신미양요 순국무명용사비를 세운 것도 이 무렵이었고, 밀사를 주고받으며 남북 비밀회담을 열고 핵개발도 하려 했다는 것이다.

생각하면 이상한 구석이 전혀 없던 건 아니었다. 이 시기에 방송에서는 느닷없는 국산말 애용이 벌어졌다. 아무런 설명이나 예고도 없이 펄 시스터스는 진주자매로 이름을 바꾼 채 "커피 한잔을 시켜놓고……."를 불렀다. 그건 그나마 귀엽기나 하지 패티 김이 김혜자라는 본명으로 등장하고, 동네 쌀집 아저씨 같은 블루벨스 남성 중창단이 청종이라는 괴상망측한 이름을 달고 나오는 건 난감하기 그지없었다. 뜬금없는 국산말은 급기야 축구 중계방송에도 등장하였다. "구석차기한 공을 문지기가 달려 나와 잡는 순간, 아, 밀치기 반칙이군요." 이런 중계방송을 듣는 국민들은 이후락 중앙정보부장이 평양을 다녀왔을 때보다 더 큰 충격을 받았다.

축구 용어를 바꾸는 것은 국호를 바꾸는 것보다 어려운 일이었다. 축구는 애국심의 발로이며, 총력안보의 정수였기 때문이다. 국민들은 삼선개헌은 참아도 한일전에서 지는 축구는 견디지 못했다. 국가대표 청룡팀이 국제경기를 벌이는 날이면 온 국민은 텔레비전 앞에 모여 애국가를 제창했다. 당시의 국가 구호가 '싸우면서 축구하자'였다고 우겨도 별로 의심받지 않을 시절이었다. 수중전에 약한 한국 팀과의 경기를 앞두고 말레이시아는 축구장에 빗물이 빠지지 못하도록 하수구를 막았다. 원정경기에 나섰던 한국 대표팀은 당연히 패했다. 그때 국민들은 말레이시아 군대가 쳐들어온 것처럼 격분했다. 1976년 9월, 박스컵(일부 불순분자는 이 대회를 '박나랏님 사발 따먹기 공차기'라고 부르기도 했던) 개막전에서 말레이시아에게 4대 1로 뒤지다가(아마 이대로 끝났다면 감독과 선수들은 남산의 어딘가로 끌려가 총살을 당할지도 모른다고 믿는 국민들과 총살시켜야 한다고 외치는 국민들이 살던 시절이었다) 칠 분을 남겨놓고 차범근이 눈 깜박할 사이에 세 골을 넣어 4대 4 무승부를 기록하던 날, 온 국민은 눈물을 흘리며 감격했다. 그야말로 차범근은 조국 근대화의 기수였으며, 유신의 아들이었다. 경기를 앞두고 서울운동장에 며칠 전부터 내리는 비를 막기 위해 거대한 비닐을 덮었다. 이길 수만 있다면 전 국토를 비닐로 덮었을지도 모를 일이었다. 한국적 주체 축구의 승리였고, 카터가 뭐라고 해도 우리는 우리 식으로 살아가리라 다짐했던 날이다.

그런 굳은 다짐에도 불구하고 하늘이 무너진 것이다.

이 무렵의 국민들은 축구에만 정통한 게 아니었다. 국민들은 모두 007 영화에 나오는 비밀요원이나 다름없었다. 거리에는 온갖 첩보들이 떠다녔고, 국민들은 신문을 펼쳐놓고 행간을 손가락으로 짚어가며 온갖 추리를 했다. 안가에 함께 있었다는 여자들이며, 박통이 마지막으로 마신 양주와 병풍 뒤에서 기저귀를 찬 채로 연주를 한다는 악사들에 관한 별의별 이야기들이 흘러넘쳤다. 모내기철이면 발목을 걷고 논에 들어가 막걸리만 마시는 줄 알았던 박통이 저녁이면 안가에서 양주를 즐겼다는 사실도 처음 알게 되었다. 국민들은 안가에서 여대생을 끼고 소연회를 즐기던 박통을 추모하며, 아늑한 골방에서 젊은 여자들을 옆에 끼고 시바스 리갈을 미친 듯이 마셨다. 주로 지하에 들어선 국민보급형 안가를 룸살롱이라 불렀다. 그마저 갈 형편이 못 되는 서민들은 구멍가게에서 쥐포를 뜯어가며 '캡틴큐'●나 '하야비치'●●를 마시고 엄청난 숙취에 시달려야 하였다. 관식의 말로는, 박통이 최후의 만찬에서 마신 양주가 시바스 리갈이 아니라 그 회사에서 나오는 로열 살루트라는 고가의 양주라고 했다. 그러나 그런 걸 꼬치꼬치 따지면 불순분자거나 빨갱이 사촌쯤으로 몰렸다.

그리고 그분이 등장하였다. 텔레비전에 자주 나타나는 대머리 벗겨진 군인을 관식은 손가락으로 가리키며 잘 지켜보라고 했다. 박 대통령 시해 사건을 수사하는 보안사령관의 직책을 맡은 그는

● 한국형 럼주를 표방하였으나 그 성분을 전혀 알 수 없는 유사 양주로 가격에 비해 취기가 엄청나며 그 후유증 역시 오래갔다. 표지에 애꾸눈 선장이 그려져 있다.
●● 한국형 보드카를 표방한 기타재제주로 "세 번쯤 마신 후엔 아무리 고집스러운 분이라도 만족하십니다."라고 광고하였지만 세 번까지 마셔본 사람은 별로 없었던 듯하다.

공명정대하게 벗겨진 머리를 번쩍이며 텔레비전에 자주 등장했다. 처음에는 시각적으로 이상하더니 자주 보니까 익숙해졌다. 그의 코에 잔뜩 힘이 들어가고 된똥 누는 소리를 내더니 급기야 서울 시내에 총소리가 울렸다.

전두환 보안사령관은 하나회(육군사관학교에도 사자클럽 같은 것이 있을 줄이야 누가 알았으랴)라는 군내 조직을 동원하여 육군참모총장 공관의 경비병들을 사살한 뒤 자신의 상관인 정승화 육군참모총장을 체포하였다. 같은 패인 장세동, 김진영 수경사 경비단장들은 직속상관인 장태완 수경사령관을 압송하였다. 박희도, 최세창 공수여단장들은 그들의 직속상관인 정병주 특전사령관을 체포하였다. 나와 응규가 관식이네 집에서 포르노 잡지를 보며 낄낄거리던 밤에 전방을 지키던 군대들이 장갑차를 몰고 서울 시내로 들어와 총격전을 벌였다.

"한 마디로 개판이 된 거지, 뭐."

그런 소식을 전해 듣고 관식은 간단하게 논평했다. 그런데 그 개판이 사자클럽에도 일어날 줄 누가 알았겠는가.

사자클럽에 긴급히 소집령이 내려진 것은 연말이 가까워질 무렵이었다. 사자클럽 후배들이 사고를 쳤다는 것이다.

유성반점 다다미방에는 1기 선배들부터 줄줄이 앉아 있었다. 태극기도 내걸지 않은 이날의 분위기는 침통하기 짝이 없었다.

"애들이 사고를 쳤나 본데, 좀 거시기하네."

점박이 형이 전한 속보는 다음과 같았다. 사자클럽 9기생 열 명이 백주에 무단히 수업을 결하고, 무교동 낙지골목 소재의 '양산박' 주점에서 음주를 하다가 주점의 종업원과 언쟁이 벌어져 집기를 다량 파손하고 행패를 부렸다. 주인의 신고를 받고 인근 파출소의 경관이 출동하였으나 이에 저항하며 폭력을 행사해 기동대가 긴급 투입되었다. 교복 차림의 난동자들은 주점의 옥상으로 이동하여 상당량의 와석(기와장)을 수회 투척하며 저항하다가 연락을 받고 내왕한 교사들의 설득으로 자진 투항하였다.

"야, 쉽게 말해봐."

코끼리 형의 주의를 들은 뒤 점박이 형은 알아듣기 쉬운 말로 이후 사태를 전달했다.

짭새깐으로 달려간 아이들은 조사받고 피아노까지 찍고 나서 일단 학교로 넘겨졌다. 야마가 이빠이 돈 훈육부 선생들이 지도를 하려는데 구석에서 강냉이를 까던 아이들이 갑자기 꼰대들한테 개개고 나선 것이다.

훈육부의 지도가 어떤 것인지 모를 사람은 없었다.

훈육부에 불려 가면 일단 머리부터 깎였다. 바리캉을 들고 훈육부 선생들은 아이들의 머리를 서로 깎겠다고 승강이를 벌였다. 깎는다기보다 뜯는다는 표현이 더 옳을 바리캉으로 밀어낸 자리는 이발소에 가서 박박 깎아도 흔적이 남았다. 이렇게 깎인 머리를 전문용어로 '고속도로'라고 칭했다. 경부고속도로가 세계에서 가장 빠르게 완공될 무렵의 일이었다. 아이들 머리에 고속도로를 내고 나서 선생들은 벽에 걸린 매를 골랐다. 당구장의 큐대함 같은 곳에 즐비하니 걸린 몽둥이들 앞에서 심각한 표정으로 자신의 손에 맞는 무기를 골랐다. 벽에는 우둘투둘 옹이가 박힌 박달나무 몽둥이부터 각목, 당구장 큐대, 아이스하키 채, 심지어 쇠파이프까지 골고루 갖춰져 있었다. 몽둥이를 고른 선생들은 맞기도 전에 이미 사색이 되어 있는 아이들에게 팬티까지 벗게 하였다. 팬티를 벗은 뒤에 물을 바른 몽둥이를 휘두르면 엉덩이는 서너 대를 견디지 못하고 피가 터져 나왔다.

훈육부로 오라는 호출은 수업 중에도 무시로 들이닥쳤다. 호출받은 아이는 얼굴에 핏기를 잃은 채 비틀거리며 불려 갔고, 다른 아이들은 동정 어린 시선으로 바라보았다. 나중에 훈육부에서 데려가라는 연락이 오면 반장이 덩치 큰 애들을 데리고 가서 아이를 운구해 왔다. 교실로 후송된 아이는 쉬는 시간에 화장실로 옮겨져 피가 엉겨붙은 팬티를 뜯어내야 했다. 그대로 들러붙어 마르면 나중에 떼어낼 때 더 끔찍한 고통을 겪어야 했다. 살점이 터진 엉덩이에 친구들이 안티푸라민●을 발라주면 아이는 수세식 수조관이 휘어지도록 움켜쥐고 비명을 질렀다.

교실로 돌아오지 못하고 며칠째 훈육부에 투옥되는 경우도 있

● 빨간약('아까징끼'는 일본어로 통용되다가 세상이 바뀌자 재빨리 머큐로크롬이라 부르는 사람들이 생겨남)과 함께 1960, 1970년대 서민들의 만병통치 비상구급약으로 쓰였다. 두통, 복통, 치통, 근육통, 타박상, 동상을 비롯해 모기 물린 데, 손 트는 데, 심지어 수험생들이 잠을 쫓으러 눈두덩에 바르는 데도 쓰인 다목적 다용도 약용 크림이다.

었다. 시험 중에 부정행위를 했다거나, 중국요리점에서 옆방에 든 여학생 신발을 훔쳐왔다는 이유로 일주일이나 열흘 동안 그 안에 갇혀 온갖 종류의 고문을 당하기도 하였다.

선생들은 전날 밤에 무교동 술집에서 싸움을 벌여 우산으로 누구의 머리를 찔렀다는 이야기를 나누며 즐거워하였다. 담배만 피우다 걸려도 개 패듯 하는 선생들이 뜻밖에도 싸움질에는 관대했다. 백주에 도끼를 휘두르며 패싸움을 벌이다가 다른 학교 선생까지 두들겨 패는 일이 발생해도 모른 척하거나, 마지못해 야단을 치는 시늉을 할 뿐이었다. 그러나 어디서 얻어맞고 오면 '병신'이라 욕하고 돌아가면서 매질하고 무기정학을 시켰다.

그날 훈육부로 끌려간 9기 후배들도 티라노 선생 앞에서 팬티를 벗게 되었다. 민망해서 자리를 피하려는 여자 급사를 못 나가게 했다는 말까지 있었다. 아이들은 팬티를 벗지 않았고, 화가 난 티라노 선생이 몽둥이로 한 대 후려갈기는 순간 일이 벌어졌다고 하였다. 돌연히 몽둥이를 빼앗은 아이들이 유리창을 깨기 시작했다고 한다. 창이란 창은 다 박살내고, 더 이상 깰 유리창이 남아 있지 않자 아이들은 선생들을 두들겨 패기 시작했다고 한다. 책상 밑에 숨은 티라노 선생은 엉덩이를 걷어채면서도 그 속에서 나오려 하질 않았고, 의연한 자세로 "차려!"라는 구령을 지르던 교련 선생은 불거진 배를 몽둥이로 호되게 찔리고 바닥에 나동그라졌다고 하였다. 훈육부 선생들은 박달나무 몽둥이로 머리를 맞거나 못 박힌 각목으로 허벅지를 맞고는 비명을 지르며 달아났고, 교무실의 선생들은 문을 걸어 잠그기 바빴다고 하였다.

긴급히 사자클럽의 기수 대표들이 학교로 찾아가 교장 앞에 무릎을 꿇고 용서를 빌었지만, 그렇게 유야무야될 일이 아니었다. 그동안 은밀히 이어져 오던 학교와 사자클럽 사이의 밀계는 이로써 단절되고, 훈육부 티라노 선생은 손을 벌벌 떨며 사자클럽의 즉각 해체를 명령하였다. 9기 아이들은 퇴학처분을 받았다. 집안이 좋은 몇몇은 다른 학교로 적을 옮겼지만 나머지는 학교 주변의 뒷골목을 어정거리며 양아치 노릇을 했다. 그 가운데는 명동의 무슨 상사파라는 조직에 들어가 아예 깡패가 된 아이도 있었다. 10월의 마지막 밤이 지나고, 이등병으로 강등된 육군참모총장이 포승줄에 묶여 법정에 설 무렵의 일이었다.

국풍 81

몸에 불을 붙인 청년들이 고층건물에서 뛰어내렸다. 신문에는 일부 불순분자의 과격시위라는 제목의 사설이 실렸다. 텔레비전에선 매캐한 최루가스에 덮인 거리에서 보도블록을 깨뜨려 던지는 대학생들의 모습이 십 분마다 비쳐지고, 곧이어 '수출에 적신호', '경제위기 우려'라는 뉴스들이 등장했다. 어른들은 개탄스럽다는 듯이 "빨갱이들 때문에 나라가 망한다."라고 하면서 곁에 앉아 있는 내게 딴짓거리 할 생각 말고 죽어라 공부만 하라고 타일렀다. 텔레비전 뉴스 시간마다 대학생들이 진압경찰에게 각목을 휘두르는 장면이 나왔다. 진압경찰이 대학생 머리를 방패로 찍는 장면은 한 번도 비춰진 적이 없었다. 머리가 깨진 채 거리에 버려진 대학생들은 심심해서 스스로 머리를 벽에 박았거나, 외계인이 잡아다 생체실험을 한 것이었다.

그때 내가 무엇을 했는지 기억이 나지 않았다. 기억할 만한 것이 아닌지도 몰랐다. 애써 아득한 기억들을 더듬어보았다. 레너드 코헨●의 노래처럼 음울한 시절이었다. 포장마차에선 참새 대신 메추리를 구워 팔고, 그로 말미암아 응규네 집은 약간 소득이 늘었다. 고층빌딩 옥상에선 학생들이 몸에 불을 붙이고 숯이 되어 뛰어내렸다. 그런 소식들을 접할 때마다 잠깐씩이기는 했지만 의현의 죽음이 생각났다. 프락치의 악몽과 더불어 그것은 내 낭만적인 삶에 돼지표 본드처럼 들러붙어 끈적거렸다.

나는 정치나 세상과는 담을 쌓고 지냈다. 머릿속을 하얗게 표백하여 한 방울의 H_2O가 되고 싶었다. 의현이든 대머리든 내 자신의 세계 밖에서 아우성치는 먼지 알갱이들이라고 믿었다. 그런 세상에 할 수 있는 일은 고장 난 카세트플레이어를 손으로 탁탁 두들겨 가며 온종일 조동진●●의 노래들을 듣는 것뿐이었다. "겨울비 내리던 밤, 그대 떠나갔네." 세월은 그렇게 겨울비처럼 추적거리며 떠나갈 뿐이었다. 그러나 세상은 한 방울의 H_2O마저 그냥 내버려두지를 않았다.

방학을 맞아 나는 전주로 내려갔다. 덕진공원 부근의 아파트 공사장에서 '함바'를 하던 부모를 도우러 내려갔던 것이다. 거기에

● Leonard Norman Cohen, 캐나다의 싱어 송 라이터이며 시인이자 소설가이기도 하다. 〈Suzanne〉, 〈I'm your man〉, 〈Hallelujah〉, 〈Famous blue raincoat〉 등 음유풍의 노래들이 있다.

●● 한국의 레오나르도 코헨이라 불리는 대중가수로, 1979년에 내어놓은 1집 음반 '행복한 사람'이 '한국음악 100대 명반'에 선정되었다.

서 파리똥이 새카맣게 들러붙은 식대장부를 정리하고, 간조 때 밥값을 떼어먹고 달아나는 인부들을 감시하느라 눈코 뜰 새가 없었다. 세상 밖의 소식이라곤 구덩이 하나 파서 널빤지를 길게 이어 얹은 공동화장실에 참새처럼 줄줄이 앉아 용변을 보던 인부들이 주고받는 이야기를 훔쳐 듣는 게 전부였다.

얼추 철근공들이 빠지고 공구리 인부들이 시멘트가 들러붙은 얼굴로 시도 때도 없이 라면을 끓여달라며 함바를 드나들 무렵이었다. 공동화장실에 쭈그리고 앉아 신문을 뒤적거리던 공구리 세와(반장)가 광주 소식을 전했다. 광주에 불순분자들이 잠입하여 무기고를 탈취하고, 아무 데나 총질을 하는 바람에 난장판이 되었다는 것이었다.

"빨갱이 소굴이 되었구마."

고향이 대구 어름이라는 공구리 세와가 보여준 신문 속에는 얼굴을 두건으로 가린 폭도들이 카빈 소총을 들고 트럭에 올라탄 사진이 대문짝만하게 실려 있었다. 자욱한 최루가스며, 도로 한판에서 불타는 경찰차쯤이야 밥상에 김치 오르듯 자주 접한 풍경이지만, 얼굴에 복면을 두른 폭도들이 총을 쏘아대는 것은 예사롭지 않았다. 외신에서 본 필리핀이나 남미 쪽 이야기인 줄로만 알았던 장면이 우리나라에서 벌어지다니 말이다. 신문 속에 등장한 폭도들은 여느 동네 중국요리점에서 철가방을 들고 돌아다니는 배달원이나 철공소에서 일하는 공원과 영락없이 닮았다. 아무리 '일하며 싸우자'는 시대라고 해도 철가방이나 공돌이들이 총을 들고 나설 줄 누가 알았겠는가. 북에서 내려와 잠입했다는 불순분자가 많고 많은 직업 중에 하필이면 그런 허술한 공돌이 차림으로 변장하였다는 것이 의아하기만 하였다.

전라도 쪽에서는 대학생 차림이거나, 그 비스름한 연배면 군인들이 죄다 잡아간다는 공구리 세와의 말에 서둘러 서울로 올라왔다. 그리고 그날 저녁에 전주 문화방송국이 불에 탔다는 속보가 방송되었다.

제대한 지가 얼마 되지 않았던 나는 후배들이 어깨를 걸머메고 "독재 타도, 유신 철폐!"를 외칠 때마다 목덜미가 움찔거려졌다. 보안부대에 끌려가 받던 사상교육 탓인지, 한 자라도 틀리면 매를 맞던 국민교육헌장 탓인지, 아니면 고추장 독에 빠진 무장공비 때문인지는 몰라도 그런 자리 언저리에 서 있는 것조차 불안했다. 휴강이 본업이 된 내가 할 수 있는 일은 군대서 거저 배운 족구나 건전하게 하다가 학교 앞 왕대폿집에 쭈그리고 앉아 뿌연 눈으로 최루가스가 자욱한 거리를 구경하는 것뿐이었다.

그 당시에는 모이기만 하면 화제가 광주였다.

떠돌아다니는 이야기들은 험악하였지만, 신문방송에서는 불순분자들이 사회를 혼란시키려 퍼뜨리는 유언비어라고 했다. 영등포경찰서 대머리도 그 비슷한 이야기를 하면서 교내에서 그런 소리를 퍼뜨리거나, 전단을 뿌리려는 정보가 있는지 알아보라고 닦달했다.

그러던 차에 응규가 제대를 했다. 오랜만에 만난 응규의 코는 비틀어져 있었다. 코에 대해 물어보았지만 별것 아니라고만 하였다. 관식이 군대 생활에 대해 끈덕지게 묻자 마지못해 몇 마디만 건성으로 내놓았다.

"몇 달 동안 잠도 못 자고 충정 훈련을 받았어. 눈들이 번질번질해지더라."

응규는 많은 사람이 총에 맞아 쓰러졌으며, 대검에 찔린 시체도 많이 보았다고 하였다. 나는 광주폭동을 진압하러 갔다가 돌에라도 맞아 응규의 코가 비틀어진 모양이라고 생각하였다.

"아, 내가 거기 갔어야 하는데."

관식은 아쉽다는 듯 입맛을 다셨다.

"씨발. 전두환, 박정희가 별거냐. 죽기 아니면 까무러치기지. 빠빠빵 쏘고 한판 엎어버리는 거지, 뭐."

관식은 자신이 보안하사관이나 해병이 되지 못한 걸 땅을 치며 후회하였다. 시골 바닥에서 개구리나 잡던 촌놈들이 군복 입고 나서서 한 번도 아니고 두 번씩이나 세상을 손아귀에 넣었는데, 명동 1번지 출신인 자신이 '똥방우'나 한 사실에 분개하였다.

"오케이 목장의 결투라니깐. 먼저 총 뽑는 놈이 이기는 거야."

부대찌개를 떠먹던 숟가락을 옆구리에서 뽑아 들고 관식이 총 쏘는 시늉을 했다. 응규는 비틀어진 코를 쓰다듬을 뿐 아무 말도 하지 않았다. 관식은 자신이 광주에 진압군으로 출동하지 못한 것을 못내 아쉬워했다.

그러나 관식은 자신이 원하던 곳과는 엉뚱한 곳으로 가게 되었다. 광주가 어느 정도 정리될 무렵, 나라에서는 불량배들을 소탕하기 위해 삼청교육●이란 것을 만들었다. 계엄령이 내려진 거리에는 총을 멘 공수부대원들이 검문을 했다. 팔뚝에 문신을 새긴 택시 운전사는 거리에 차를 버려둔 채 끌려갔고, 지나가는 아가씨들에게 휘파람을 불던 청년도 주민의 신고로 트럭에 실려갔다.

관식이 술집에서 해병대원들과 싸움을 벌여 삼청교육대로 끌려간 것도 그 무렵이었다. 휴가 나온 해병들에게 선배 행세를 하다가 들통이 나서 쌈질을 한 것이다. 관식은 파출소에 끌려가 사기와 폭력 B급 판정을 받고 곧바로 공수부대원들에게 넘겨져 강원도 어느 군부대로 끌려갔다. 다행히 발 넓은 그의 어머니가 이리저리 수배하고 손을 쓴 끝에 일주일 만에 집으로 돌아올 수 있었다. 그러나 관식의 몰골은 처참하였다.

"야, 정말 죽고 싶더라."

그러면서도 관식은 삼청교육대에 잠깐 다녀온 것을 자랑스러워했다. 그 뒤로 그는 공수부대 출신 행세를 하고 다녔다.

한주길 선생이 할복했다는 소문이 나돈 것은 광주에서 일어난 일이 어느 정도 차분해질 무렵이었다. 광주에서 폭동이 있은 직후

● 三淸敎育, 전두환 보안사령관이 설치한 국가보위비상대책위원회에서 1980년 8월 4일 사회악일소특별조치 및 계엄포고령 제19호에 의한 삼청계획 5호에 따라 설치된 군대식 사회정화 교육이다. 폭력배들은 폭력적인 교육을 받고서 조직력과 전투력이 더욱 강해졌다.

학교 안에서 한주길 선생이 빨갱이라는 말이 나돌았다고 하였다. 수업시간에 아이들에게 불순한 이야기를 하는 등 사상적으로 문제가 있다는 소리가 돌았는데, 이런 이야기를 들은 한 선생이 그 소문의 진원이라 여긴 티라노 선생을 찾아가 항의했다는 것이다.

"티라노가 한 선생을 삼청교육대에 보내려고 했답니다. 그러니까 한 선생이 머리에 태극기를 두르고 교무회의 시간에 면도칼로 배를 그었대요."

후배들에게 들은 이야기였다. 평소 두 사람의 사이가 좋지 않다는 것은 익히 알려진 사실이었다. 고려대 학생회장 출신이며 이사장의 신임을 얻고 있던 티라노 선생은 서울대 출신인 한주길 선생을 노골적으로 싫어했다. 모교 출신의 동기간이면서도 티라노 선생은 아이들 앞에서 한 선생의 험담을 늘어놓았다.

"한 선생은 양아치야. 학교 다닐 때도 딱새들하고 놀았다니까."

언젠가는 두 사람이 교무회의 시간에 언성을 높이다가 급기야 재떨이가 날아간 적도 있었다. 달아나는 한 선생을 티라노 선생이 좇아가 복도에서 깔고 앉아 주먹으로 내리치는 걸 아이들이 고스란히 보았다.

전라도 벽촌의 가난한 집안 출신인 한 선생을 티라노 선생은 기회 있을 때마다 깎아내렸고, 학교를 제 손에 넣고 마음대로 휘저으려는 티라노 선생에 대해 한 선생은 사사건건 바른말을 했다. 그러던 중에 사자클럽 아이들이 교사를 폭행한 사건이 일어난 것이다. 한 선생은 이 일이 사자클럽을 배후에서 조종하던 티라노 선생의 책임이라고 추궁하였다 한다.

다행히 병원으로 옮겨진 한 선생은 생명을 건졌지만 그 일로 학교를 그만두었고, 티라노 선생은 얼마 지나지 않아 교감이 되었다. 풍문으로는 학교를 그만둔 한 선생이 할복한 상처가 잘못되어 오랫동안 병원 신세를 졌다는 말도 있었고, 삼청교육대에 끌려갔다 왔다는 말도 있었다. 어찌됐든 그이가 배를 가르게 된 일에 사자클럽이 한 끄트머리가 되었다는 건 사실이었다.

그런 일이 벌어지는 동안 나는 기타를 퉁기고 있었다. 광주가 조용해지고, 깡패들도 말끔히 정화된 나라에서는 '국풍 81'이라는 잔치를 벌였다. 광주 폭도들의 난동을 진압하여 국태민안의 성세를 맞이하게 된 것을 축하하는 큰잔치였다. 나는 이 잔치에 기타를 둘러메고 나가 닐 영의 〈하트 오브 골드〉●를 불렀다. 안타깝게도 잠깐 박자를 놓치는 바람에 예선에서 탈락하고 말았다. 이 대회에서 금테 안경을 쓴 이용이라는 대학생이 〈바람이려오〉라는 노래로 대상을 받았다.

광주에 숨어든 불순분자들의 폭동을 진압한 군인들은 충무무공훈장이나 화랑무공훈장을 받았다. 심지어 광주에서 죽은 사람들의 지문을 채취한 경찰관도 피 묻은 손가락을 닦고 잉크 칠하느라 고생했다고 국무총리 표창을 받았다. 내가 받은 것은 '국풍 81'이

● Heart of gold, 캐나다 출신의 포크록 가수 닐 영의 대표곡으로, 1972년 빌보드 차트 1위에 올랐다.

라는 로고가 새겨진 수건뿐이었다.

학교에 뿌려지는 전단에는 군인들이 대검으로 찔러 죽였다는 시신들의 끔찍한 사진이 실려 있었다. 있을 수 있는 일이었다. 한창 피 끓는 나이의 군인들이 마냥 당하고만 있었겠는가. 축구 경기하다가 전쟁을 일으킨 나라도 있지 않은가. 패싸움을 하다가 돌로 사람의 머리를 치는 것이야 다반사로 일어나는 일 아닌가. 사람이 흥분하여 싸움을 벌이다 보면 끔찍한 일도 일어날 수 있는 법이다.

미연이 찾아온 것은 그 무렵이었다. 그녀는 내게 고맙다고 하였다. 나는 당혹스러워 아무 말도 하지 못하였다. 전단을 뿌리자마자 그녀는 순식간에 경찰서로 끌려갔다고 하였다. 그곳에서 이루 말할 수 없는 고초를 겪은 뒤에 검찰로 넘겨지기 전날, 담당 형사가 송영탁의 덕을 본 줄이나 알라고 하였다는 것이다.

미연은 나도 경찰에 끌려간 줄 알고 있었다. 혹독한 고문에도 내가 입을 열지 않아서 그나마 다른 사람들이 무사할 수 있었다고 고마워하였다. 그녀는 감사하다고 하면서 내가 어떤 운동 조직에 속해 있는지를 궁금해했다. 나는 당황스러워 무어라 둘러대려고 하였지만 말을 더듬는 바람에 헛입만 벙긋거릴 뿐이었다.

"그런 걸 묻는 게 잘못이지요. 어쨌든 고마웠어요."

미연은 기타 동호회가 해체되어 새로 만든 노래패에 들었다고 하였다. '민들레'라는 이름의 노래패라며 내게도 들어오라고 권했다. 나는 생각해보겠다고 대답했다. 그 후로 그녀는 생각해보았냐며 불쑥불쑥 자취방을 찾아왔다. 그녀는 겨우 한 사람이 다리를 펼 정도로 좁은 방에 들어와 내 낡은 기타로 처음 들어보는 민중가요들을 쳤다. 그녀의 목소리는 여전히 맑고 거침이 없었다. 대학가요제에 나가보라는 내 말에 그녀는 정색하며 불쾌해했다. 그녀는 대학가요제에서 상을 탄 노래들을 '썩은 콩나물 대가리들'이라고 표현하며 경멸했다. "나 어떡해, 너 갑자기 떠나가면 그건 안 돼, 정말 안 돼."● 그녀는 안 되긴 뭐가 안 되냐며 코웃음을 쳤다.

● 1977년 1회 MBC 대학가요제에서 대상을 받은 샌드페블스의 노래이다.

강남 스타일

한동안 '사자클럽'을 생각할 겨를도 없이 바삐 지냈다. 일본 후쿠시마의 원전이 폭발하여 당장 세상이 무너진 것처럼 호들갑을 떨던 사람들은 이상하리만치 금세 평온을 되찾았고, 그 사실을 깨우쳐주려는 듯이 북한에서 광명성 3호를 쏘아 올렸으나 실패로 끝나고 말았다. 경제난으로 로켓에 정품 연료 대신에 중국산 시너를 넣었기 때문이라고 한다. 신문에서는 연일 일어나는 자살 사건을 보도하다가 지쳐서 자식을 저수지에 빠뜨려 죽이는 어머니 수준이 아니면 싣지도 않았고, 군대를 두 번이나 다녀온 싸이가 유튜브에 올린 〈강남 스타일〉이 전 세계의 할 일 없는 사람들을 열광시키고 있었다.

그러거나 말거나 삼성전자는 사상 최고의 수익을 올리고, 국내 5개 완성차 회사들도 역대 최고로 많은 자동차를 팔았으며, 상반기 무역수지도 전년 대비 8.4퍼센트나 늘어난 433억 달러 흑자를 기록해 호황을 누렸다. 그러나 국민들은 죽겠다고 아우성치고, 기업들은 더 죽겠다고 소리쳤다. 다 죽을 바에는 살 놈이라도 살아야 되지 않겠느냐며 기업들은 다투어 팔다리 같은 직원들을 잘라냈고, 회사 정문에는 잘린 팔다리들과 안 잘린 팔다리들이 눈을 부릅뜨고 대치하고 있었다. 크레인에 올라간 해고 노동자들이 다 함께 살자고 외치자 공장 안의 노동자들은 이러다가 다 죽는다고 소리쳤다. 명예롭게 쫓겨난 이들은 퇴직금으로 김밥가게나 노래방을 차렸다가 열에 아홉은 망했고, 퇴직금은 적지만 체력이 넘치는 퇴직자들은 홈쇼핑에서 등산복을 사 입고 산으로 몰려갔다. 맥없이 산에 오르내리면 남들이 건달이라고 할까 봐 그들은 배낭에다 도토리나 밤, 하다못해 나물이라도 채워 집으로 돌아갔다. 그 바람에 다람쥐들은 배고픔에 시달려야 했다.

일자리를 빼앗긴 사람들은 높은 사람에게 달려가 눈물로 호소했다. 높은 사람은 징징거릴 시간에 가서 일해 돈을 벌라고 호통을 쳤다. 혈기 방장한 젊은이들이 분노하여 떨치고 일어났으나, 청춘은 다 그렇게 아픈 거라고 쓰다듬자 슬그머니 주저앉고 말았다.

그러면 도대체 어느 놈이 살판난 것이냐 하고 물을 만도 한데 물을 힘도 없고, 그런 걸 물어볼 만큼 한가하지도 않았다. 폐지도 주워야 하고, 노숙도 해야 하고, 몸도 팔아야 하고, 비둘기에게 모이도 줘야 하고, 세상은 넓고 할 일은 가랑이가 찢어지게 많았다. 백수과로사(白手過勞死)라는 신종 의학용어가 등장하였다. 국가 발전과 국격 향상에는 전혀 영향이 없는, 아주 소수의 한가한 사람들만이 죽겠다고 철탑에 오르거나 자동차 안에서 번개탄을 피우거나 혼자 굶어 죽느라 정신없이 바빴다.

내가 다니는 출판사라고 예외일 리가 없었다. 적자를 이유로 사장은 업종을 변경하려 하였고, 이에 반발한 직원들이 노조를 결성하였다. 사장은 노조가 있는 회사를 경영할 바에는 그냥 발 닦고 집에서 쉬겠다고 하였다. 이렇게 반 년째 시끄러운 회사는 시간이 흐를수록 더 시끄러워졌다.

그런 와중에 아내는 더 분주히 사장 집을 드나들었고, 그럴수록 직장에서 내 입장은 난처해졌다. 노조를 세우려는 직원들은 사장이 회사를 위장 폐업하려고 한다는 항의서에 내가 서명하기를 종용했다. 사장과 그의 측근들은 분규를 일으키려고 끼어든 외부 세력의 모함이라며 발뺌을 하고, 조합원들은 계획적으로 회사 문을 닫으려고 오래전부터 회사 돈을 빼돌려왔다며 노동부에 제소하자고 했다. 그 틈에 끼어 나는 어찌할 줄을 몰랐다.

나는 노조 조합원은 아니었다. 내가 그 일에 끌려들어 간 것은 순전히 홍담희의 종용 때문이었다. 그녀에게 기회주의자라는 말까지 듣고 보니, 더 이상 뒷짐만 지고 지켜볼 수가 없었다. 마지못해 노조에서 하는 대책회의에 얼굴을 내미느라 밤늦게 집에 들어가는 일이 잦아졌다.

"오늘도 그년 만났어?"

목을 조이는 넥타이를 풀기도 전에 아내가 먼저 죄어왔다. 대답도 하지 않고 침대에 벌렁 누웠다. 방까지 따라 들어온 아내는 팔짱을 낀 채 노려보았다.

"내 모를 줄 알고? 호텔 방 호수도 알고 있어."

기가 막혔다. 회사가 부당하게 조작한 서류들을 점검하느라 밤샘을 업으로 삼게 된 나는 회사 인근의 호텔에 방을 잡고 대책회의라는 것을 하고 있는데, 홍담희를 따라 마지못해 끌려들어 간 것을 본 눈이 있었나 보다. 보았다면 사정을 모르지 않으련만 시치미를 뚝 떼고 애먼 소리만 아내의 귀에 속삭인 저의가 괘씸하기 짝이 없다. 필시 사장이 일러준 것이리라.

"당신, 홍 비서가 그렇게 좋아?"

눈을 가린 팔을 잡아 벗기며 아내가 코앞에 얼굴을 들이대었다. 마음대로 생각하라며 나는 잡힌 팔을 거칠게 잡아 뺐다.

담배를 빼어 물고 베란다로 나왔다. 땀이 배어 담배는 눅눅하기만 했다. 굳게 닫힌 유리창 너머로 아내가 쏟아내는 악담이 자글거리며 들려왔다.

"내가 정말 좋아요?"

지치지도 않고 묻는 홍담희의 물음이었다. 나도 지치지 않고 고개를 끄덕여주었다. 그럼에도 얼마 후 그녀는 앵무새처럼 같은 물음을 반복하였다.

모텔 방에서 처음 그녀를 껴안던 날도 그랬다. 사장이 청탁받은 글이나 편지글을 대필하느라 비서실에 자리를 두고 있던 나는 비서로 새로 들어온 그녀와 자연스럽게 가까워질 수 있었다. 그녀가 어려워하는 업무도 대신 처리해주고, 남의 눈을 피해 잡무들도 거

들어주었다. 나는 보경을 쏙 빼닮은 그녀에게 한눈에 반했다. 무엇보다 그녀가 내 마음을 사로잡은 것은 내 더듬거리는 말을 좋아했기 때문이다. 그녀는 빠진 이빨을 들여다보듯, 더듬는 말의 자음과 모음들을 흉내 내며 재미있어 했다.

"신기해요."

그녀는 유창하게 떠벌리는 사람들을 경멸하였다. 더듬거리며 내어놓는 말들에서 어떤 영혼의 겸손함을 느낀다고 했다. 나는 왈칵 눈물이 날 만큼 감동했다. 투명한 막처럼 나를 가로막던 그 더듬거리는 소리들을 그녀는 보드라운 혀로 핥아주었다.

나는 용기를 내어 그녀에게 사랑을 전했다. 보경에게 보냈던 것과 같은 편지를 수십 통이나 쓰고, 하이네의 시를 읊어주며 〈키스로 보낸 편지〉나 〈어느 소녀에게 바친 사랑〉 같은 노래를 들려주었다. 그녀는 그런 노래를 조금 따분해했지만 얼음같이 순수한 사랑을 하자는 내 고백을 받아들였다. 그녀는 얼음 같은 사랑이 뭔지는 몰랐지만 일단은 '쿨'해서 좋다고 했다. 나는 이태 만에 그녀를 손에 넣을 수 있었다. 직원 야유회를 다녀오던 날 으슥한 모텔에서 그녀와 사랑을 나누었다. 봄바람이 아직 싸늘한 밤에 나는 세속에 물든 서로의 육체를 씻어내자며 욕조에 받아놓은 찬물에 몸을 담근 채 성교를 했다. 좁은 욕조에 다리가 끼어 상당히 불편한 사랑이 되었다. 나는 그녀를 '경'이라 부르기로 했다. 보경을 닮은 까닭이었지만 그녀에게는 윤동주의 시를 둘러댔다. 그녀는 '소학교 때 책상을 같이했던 아이들의 이름과 패, 경, 옥 이런 이국 소녀들의 이름'에서 따왔다는 내 말에 감동했다. 윤동주 시인이 일제에 저항한 민족시인이라는 그녀의 말에 나는 정색하며 언짢아했다. 문학은 수천 년을 잇지 못하며 명멸하는 민족 같은 것보다 더 영원한 것이어야 한다고 했다. 영원한 것이 뭐냐는 물음에 나는 예를 들자면 사랑 같은 불멸의 가치라고 했다. 사랑은 인간 본연의 가치이며 문학의 영원한 주제라며 나는 그윽한 눈으로 그녀를 바라보았다. 그러고는 내켜 하지 않는 '경'을 푹신한 침대에 뉘고 다시 한 번 불멸의 가치인 사랑을 나누었다.

그럴 즈음에 관식이 직장으로 찾아왔다. 예고도 없었고, 연락도 없었다. 머리는 벗겨지고, 턱수염이 허옇게 덮었지만 뾰족한 턱과 삼각형으로 째진 눈이 단번에 그를 알아보게 했다.

"충성!"

여기저기 붉고 노란 기장들이 요란하게 붙은 국적 불명의 군복을 걸친 관식이 거수경례를 붙이고 들어섰다. 사무실 안의 눈들이 온통 그에게 쏠렸지만 관식은 군화 신은 발을 꼰 채 소파 한가운데 앉았다. 어떻게 지내느냐면서 손을 내미는 관식에게 나는 '보다시피'라는 뜻이 담긴 웃음을 지어 보였다. 뭘 봐. 관식은 대충 그런 뜻이 담긴 인상을 썼다. 관식이 내민 명함에는 '고엽제 동지회 서부 2지구대장'이라는 직함이 박혀 있었다. 나는 교정 볼 원고를 다른 직원에게 부탁하고 회사에서 가능한 멀리 떨어진 식당으로 갔다. 관식은 허겁지겁 국밥을 말아 소주 한 병을 게 눈 감추듯 비웠다.

오륙 년 만에 만나는 관식이었다. 파주 부근의 농가를 전세로 얻어 살 때, 화재보험 카탈로그를 들고 찾아온 게 마지막이었다. 슬레이트 지붕으로 비가 새고, 추녀 밑으로 곤줄박이가 드나들던 7백만 원짜리 농가에 그는 1억까지 보상해준다는 화재보험을 들라고 권했다. 불이 번져 이웃집의 피해까지 보상할 것에 대비해 보험을 들어두어야 한다고 했다. 이웃집에 할머니가 강아지와 단둘이 살고 있다고 했지만, 그는 불이란 누구에게나 사정이 없다고 했다. 결국 굴뚝에 사는 곤줄박이와 옆집의 할머니와 강아지, 아침이면 구두 속에서 기어 나오는 두꺼비를 위하여 아내 모르게 화재보험을 들어야 했다.

사은품으로 우산 하나를 주면서 관식은 의리 없는 친구들의 목록을 펼쳐들고 조목조목 험담을 늘어놓기 시작했다. 주로 사자클럽 출신 중에 잘나간다는 소리를 듣는 친구들이 그 대상이었다. 관식은 응규의 대목에 이르러선 바드득 소리가 나도록 이를 갈았다.

관식은 응규가 잘나가게 되자 친구를 무시한다고 했다. 그는 응규 밑에서 한때 운전기사 노릇을 한 적이 있다고 했다. 이런저런 이야기가 많았지만 그의 가장 큰 불만은 응규가 룸살롱에서 고객을 접대하는 동안 차 속에서 기다려야 하였으며, 자기만 빼놓고 접대부들과 이차를 나갔다는 것이었다.

"많이도 말고 2억씩 다섯만 모으려고 해."

관식은 요즘 자신이 준비한다는 사업 이야기를 꺼내놓았다. 고엽제 동지회에서 월남전에 참전했던 사람들을 대상으로 왕년의

격전지를 둘러보는 관광여행을 마련하는데, 그 일을 전담할 여행사를 준비하는 중이라고 했다. 남들이 알면 벌떼처럼 달려들 것이니 보안을 지키라며 관식은 내게 투자를 권유했다. 그리고 앞으로는 사자클럽 모임에 나가지 말 것이며, 누가 뭐라고 해도 믿지 말라고 당부했다.

"글이나 쓰는 시인이 뭘 알겠냐?"

혀까지 차며 걱정스럽다는 듯 바라보는 관식의 눈길에 나는 적잖이 당혹스러웠다. 시인이라는 단어 속에 무능한 사람이라는 뜻도 담겨 있다는 사실을 처음으로 알게 되었다.

관식은 사자클럽 회원들이 얼마 전에 자신을 빼놓고 모인 것을 안다고 했다. 그는 모든 게 성제가 벌이는 쇼라고 했다.

"그게 목사면 나는 예수님이다."

주변에서 밥을 먹던 이들이 돌아보는 바람에 잠시 말이 끊겼다. 그는 성제가 말로는 복음이며 선교를 앞세우지만 뒤로는 탈북 장사를 하고 있다고 했다.

"북한 드나들며 장사하는 조선족들에게 탈북자들 꾀어오면 두당 얼마씩 떼어준다고 하는데, 그거 다 나중에 정착금에서 제하거든. 그것만 제하나? 말로는 헌금이랍시고 해서 수백씩 벼룩의 간을 내어먹는다니까."

비용을 걱정하지 말라던 성제의 호기롭던 모습이 눈앞을 어지럽히고 지나갔다. 관식은 성제가 동문회장을 하려고 준비하는 중이라고 했다. 사자상에 금박을 입히는 것도 동문들 사이에 제 이름을 알리려는 수작이라는 것이다. 기봉이나 응규도 그 밑에 붙어 일을 거들고 있다고 했다. 100주년을 맞는 모교를 돕는 게 뭐가 나쁘냐는 말에 관식은 버럭 고함을 질렀다.

"그 잘난 학교가 뭘 해줬다고? 사자 정신? 여기가 무슨 동물의 왕국이냐? 나도 체력장만 만점 받았으면 하다못해 그 흔한 검사 자리라도 해먹을 거였다 이거야. 씨발, 턱걸이 하나로 인생 조진다는 게 말이나 되냐고?"

그러면서 관식은 자신이 이대로 주저앉지 않을 것이며, 잘나간다고 우쭐거리는 것들을 그대로 두지 않겠다고 이를 갈았다.

은혜는 몰라도 원한만큼은 잊지 않고 철저히 갚는 관식이었다. 학창 시절에 관식이 동네 다방에서 담배를 피우다가 디제이에게 뺨을 맞았다고 보복하러 간 적이 있었다. 스물대여섯 살을 훌쩍 넘긴 것처럼 보이는 디제이는 교복 차림들을 보고 가소롭다는 듯이 주머니에서 도루코 면도날을 꺼냈다. 그리고 그걸 입에 넣고 씹기 시작했다. 바드득, 바드득. 소주잔이나 면도날을 씹어 얼굴에 뿌린다는 말은 들었지만 눈앞에서 그런 장면을 본 것은 처음이라 모두 기가 죽어 있을 때였다. 그때 관식이 면도날을 맛있게 씹고 있는 디제이의 볼따구니를 주먹으로 갈겼다. 금세 입이 피범벅이 된 디제이는 말도 하지 못한 채 두 손만 허우적거리는데, 관식은 그의 입만 계속 쥐어박았다. 곁에 있던 응규가 말렸지만 그는 발길로 디제이의 턱을 한 대 걷어차고서야 멈추었다.

"애가 등록금이 밀렸다고 학교를 못 갔다."

아이라는 말에 나는 적잖이 당황했다. 관식은 전처와 헤어질 때까지도 자식이 없었다. 여자 아이이다 보니 여간 예민한 게 아니라며 그는 코를 훌쩍이며 울먹였다.

"걔 꿈이 시인이래."

한 마디로 남의 무릎을 꿇게는 하지만, 자신의 무릎은 꿇지 않겠다는 게 관식의 생활신조였다. 그러나 그도 운명 앞에서는 무릎을 꿇지 않을 수가 없었다. 컴퓨터 만드는 회사에 들어간 그가 어느 야심한 시각에 만취하여 운전을 하다가 가로수를 들이박고 정신을 잃었다. 그는 동승했던 여인과 다정히 병실에 뉘어졌다. 그게 무슨 대수이겠는가. 죽지 않고 살아남은 것만 해도 다행한 일인데 말이다. 그러나 호리병처럼 허리는 잘록하고 가슴과 둔부만 발달한 여인이 그가 봉급을 타먹던 회사의 사장 부인이라면 문제가 달라진다.

결국 관식은 그 일로 직장과 가정을 잃었다. 처에게 이혼당한 그는 사장이 간통죄로 고소하는 바람에 옥살이까지 했다. 옥에서 풀려나온 뒤에 그는 사장을 상대로 복수하려고 했다. 회사의 이중장부 근거를 잡아 사장을 협박했다. 관식은 그 일을 제가 직접 나서지 않고 응규에게 시켰다.

응규는 관식이 내세우는 의리에 등 떠밀려 어쩔 수 없이 사장을 찾아갔다. 그리고 관식이 그 사장의 부인과 놀아나 단란하던 한 가정이 풍비박산이 났으며, 사업마저 도산 직전에 처했다는 이야기를 전해 듣고는 아무런 소득 없이 돌아왔다. 그 일이 있고 나서부터 둘 사이는 틈이 벌어지게 되었다.

"주둥이가 빨간 놈으루 개져오라우."

관식은 종업원에게 오리지널 소주를 가져오라고 소리쳤다. 벌써 다섯 병째였다.

진실 화해

그날 관식은 딸아이 등록금으로 50만 원을 빌려 갔다. 며칠 지나지 않아 기봉에게서 연락이 왔다. '사자클럽 40년사' 원고를 검토하자는 전화였다.

오로지 애국애족의 사상을 실천하는 데 혼신을 다하던 사자클럽 4기생들은 졸업을 앞두고 자신의 진로에 대해 진지하게 고민했다. 그 가운데서도 성제 군은 법관이 되어 사회의 양심이 될 것인지, 아니면 그의 내면에서 들려오는 신의 목소리에 따를 것인지 뜬눈으로 밤을 지새우며 고민했다.

졸업을 앞둔 성제가 진로를 놓고 고심하는 장면이었다.

"감동적이야."

주문대로 고쳐 쓴 원고를 흡족한 얼굴로 살피던 기봉은 성제의 실력이 법대에 능히 진학하고도 남았다는 사실을 덧붙여 달라고 주문했다. 나는 별다른 말 없이 그가 해달라는 대로 즉석에서 내용을 고쳐주었다.

기봉은 이왕 온 김에 광고 문안 하나도 검토해달라고 부탁했다. 개교 100주년을 맞은 모교를 축하하는 사자클럽의 광고 문안이라고 했다. 코끼리 형의 J신문에 실을 것인데, 광고비는 4기 회장인 성제가 내기로 했다며 기봉은 어떻게든 그런 사실이 암시되도록 문안을 잡아달라고 했다.

사자는 울지 않는다. 다만 물러서지 않을 뿐이다.
북녘 동포들의 인권, 사자 정신으로 해결하자!

누가 지은 문안이냐고 물었다.

"관식이."

얼마 전까지도 관식은 성제가 하는 선교단체에서 일을 보다가 거기서도 물의를 일으켜 쫓겨났다고 했다. 택시 스페어 운전사 노릇을 하던 관식이 성제를 찾아와 통사정을 하여 선교회 일을 맡겼더니 엉뚱한 짓만 하고 다녔다는 것이다. 풍선에 삐라를 매달아 북쪽으로 날려 보내는 일을 하던 관식이 전단에 매달아 보내는 달러를 제 주머니에 챙기다가 발각되었다는 것이다.

예비고사에 떨어진 관식은 대학 대신에 돈을 벌겠다고 제 부모에게 선언했다. 그리고 인왕산 기슭에다 대마초를 심었다. 법학을 포기한 관식은 대마 씨앗과 잎을 술에 적셨다가 말려서 파는 '떨'● 장사로 나섰다. 주로 무교동 낙지골목 디제이나 건달들에게 도매로 넘기면서 잠깐이지만 호황을 누렸다. 그의 태평성세는 아주 높고 지엄한 양반댁의 외아들이 그걸 피우다가 제 아비에게 걸리는 바람에 끝장이 났다. 제 자식을 타락시킨 악마의 연기에 분노한 지존이 전국의 경찰들을 풀어 대대적인 대마초 단속을 벌이는 바람에 관식은 감옥에 들어가게 되었다.

일 년 만에 광복절 특사로 풀려난 그는 '떨' 대신에 청바지 장사로 나섰다. 동네 양아치들과 어울려 남이 입고 있는 청바지를 벗겨다 도깨비 시장에 팔아먹는 것이니 장사라기보다는 강도짓이었다. 시민회관에서 보컬그룹 경연대회 같은 게 열리는 날이면 미제 청바지를 입은 아이들을 화장실로 끌고 가서 '필'이라 불리는 수술용 메스로 얼굴을 그어가며 겁을 주어 벗긴다는 것이었다. 그러다가 어느 경찰서장 따님의 얼굴에 면도날 자국을 내는 바람에 그는 두 번째 옥고를 치르게 되었다. 죄목은 특수강도 상해였다. 감옥에서 풀려난 뒤에도 그는 자신의 죄목 앞에 '특' 자가 붙은 걸 긍지로 삼았다.

그 뒤의 행적은 안 들은 것만도 못했다.

● 삼의 잎이나 씨를 말려 피우면 일어나는 환각 효과로 1960, 1970년대에 베트남전에 참전한 미군 병사나 히피족들 사이에 애용되던 마리화나를 지칭하는 용어이다.

사자클럽 밴드에서 베이스 기타를 맡았던 관식은 무산된 음악회에 대한 미련을 버리지 못하고 있었다. 저와 더할 것도 덜할 것도 없는 양아치들과 어울려 밴드를 만든다고 머리카락이 땅까지 끌리도록 기르고 다녔다. 매일 합주 연습을 한다는 인왕산 자락의 무허가 판잣집에는 피차 마찬가지의 여자들 서넛이 함께 기거했는데, 매일 밤 소주병을 돌려 짝을 정해 동침한다고 했다. 그야말로 평화 공존의 히피 정신을 실천하며 지내던 그들은 음악을 잠시 뒤로 미뤄야 했다. 생활고를 해결하기 위해 여자들을 앞세워 일본인 관광객들에게 몸을 파는 사업을 시작했기 때문이다.

전도유망하던 그들의 사업이 파탄을 맞은 것은 반상회 때문이었다. 반상회에 한 번도 나오지 않는 그들에게 불만을 품은 반장 아주머니가 해괴한 행색의 남녀가 떼를 지어 한방에서 뒹구는 것을 불결하게 여겨 파출소에 신고했던 것이다. 결국 그들은 풍기를 문란하게 하는 퇴폐사범으로 감방에 갇히게 되었다.

감방에서 풀려난 뒤 관식은 변두리의 나이트클럽 영업부장 노릇을 하다가, 거기서 만난 호스티스와 살림을 차렸고, 이 년 만에 그 여자에게 부엌칼로 옆구리를 찔린 채 헤어졌다. 그 사이에서 얻은 아들은 스웨덴의 어느 목사 부부에게 입양을 시켰다. 피난 내려올 때 그의 어머니가 가지고 온 원산의 집문서를 노름판에서 15만 원에 팔아먹고 났을 때 그가 가진 것은 졸업 기념으로 받은 버클밖에 없었다. 포효하는 사자의 두상이 양각된 버클만은 용케 지니고 다녔다.

관식은 수시로 새 출발을 했다. 불쑥 찾아와 자신이 지난 생활을 말끔히 씻고 새 출발하기로 했다는 사실을 감격 어린 목소리로 전했다. 그리고 돌아갈 때는 한 번도 거르지 않고 새 출발에 필요한 사업자금을 뜯어가며 차용증서처럼 이런 충고를 잊지 않았다.

"성실히 살아라."

몇 해 전에 나는 텔레비전에서 그를 본 적이 있다. 미국산 쇠고기 파동으로 한창 시끄러울 때 시청광장에 모인 무슨 보수단체의 집회 현장에 피켓을 든 그가 잠깐 비쳐졌다. 머리는 허옇고 얼굴은 주름에 뒤덮였지만 황금 봉황이 수놓인 운동모자를 쓰고 무어라 악쓰는 모습은 분명히 관식이었다.

"이번에도 갔다 왔어."

기봉이 전하는 바에 따르면, 요즘 고엽제 동지회를 쫓아다니던 관식이 탑골공원에서 노인들과 말싸움을 벌이다가 주먹을 휘둘러 이를 넉 대나 부러뜨렸다고 했다. 탑골공원에는 정치적인 생각을 달리하는 노인들이 동서로 나뉘어 패를 지어 모이는데, 김대중 선생을 지지하는 노인들 쪽에 가서 "빨갱이 새끼들"이라고 시비를 걸었다고 했다. 그래도 고엽제 동지회 덕을 보았는지 이번에는 몇 개월만 살고 나왔다고 했다.

무엇이든 안 하는 것보다야 낫지 않느냐는 말에 기봉은 머리를 흔들었다.

"말이 일이지. 어느 회사에 찾아가서 중국제 필통이나 내밀고 후원금 내라고 깽판 부려 술값이나 뜯어내고 말이지, 순전히 옛날 상이군인 짝이라니까."

이따금 텔레비전에서 그런 단체들이 집회를 하는 장면을 본 적이 있다. 그들은 성조기를 손에 들고 전교조의 모가지를 자르라고 소리쳤다.

나는 얼마 전에 만났을 때 관식이 하던 말들이 생각났다.

"잃어버린 십 년 동안 빨갱이들이 도처에 뿌리를 내렸다니까."

관식은 자신이 일하고 있다는 고엽제 동지회 이야기를 장황하게 늘어놓으며 좌파 정권을 비난했다. 그는 십 년 동안 북쪽에다 퍼다 준 돈으로 북한이 핵무기를 개발했다고 분개했다. 고엽제 환자들은 어디에 있느냐고 묻자 관식은 이맛살을 찌푸리며 혀를 찼다. 그이들은 방 안에 누워 죽을 날만 기다리기 때문에 자기들이라도 뛰어다니며 챙겨줘야 한다고 했다. 그나마 그렇게 뛰어다닌 덕에 보상도 나오게 되었다는 것이다. 그 고엽제라는 것이 베트남전에서 미군이 뿌린 것 아니냐는 말에 관식은 마뜩잖은 눈으로 나를 째려보았다.

"전쟁 중에 니 편 내 편이 어디 있어. 알아서 피해야지."

이야기가 나온 김에 월남도 안 갔다 온 관식이 어떻게 고엽제 일을 하느냐고 기봉에게 물었다.

"걔, 월남 몇 번 갔다 왔어."

기봉은 방위 출신의 관식이 고엽제 동지회를 통해 베트남을 오가며 새 사업을 해보겠다고 사업자금을 빌리러 온 일을 이야기하며 머리를 절레절레 흔들었다.

"월남에 가서 무슨 사업을 한다고 껍적거리는데, 사업이 아무나 하는 거냐고? 어디서 주워들은 건 있어 가지고 과거사가 어쩌고, 진실 화해가 어쩌고……."

며칠 전에 관식이 말하던 베트남 관광 사업이 생각나서 나는 슬며시 쓴웃음을 지었다. 진실 화해라는 말에 얼마 전 보도된 뉴스가 생각났다. 진실화해위원회라는 곳에서 조사했는데, 이수근은 간첩이 아니라 북쪽 가족들이 보고 싶어 중립국으로 가려다가 잡힌 거라고 했다.

"진실 화해? 그것들이 진짜 빨갱이야."

기봉은 단호하게 잘라 말했다. 그래도 방송국 밥을 수십 년 먹은 기봉이 하는 말이니 달리 대꾸할 말이 없었다. 베트남에 가서 사업을 하겠다는 관식이야말로 진실 화해의 실천자인 셈이었다.

내친 김에 나는 전부터 가슴에 꿍쳐두고 있었던 이야기를 슬며시 내어놓았다.

"으, 으, 의현이라고 아니?"

책상을 정리하던 기봉이 생뚱맞은 얼굴로 고개를 갸웃거렸다. 바닷가에서 죽은 사자클럽 6기라고 덧붙이인 뒤에야 기봉은 생각이 난 듯 고개를 끄덕였다. 그 애가 왜 죽은 거냐고 묻자 그는 모른다고 했다. 방송국에 있으니 좀 들은 소리가 없냐고 물었다. 그때가 언제인데 아직까지 기억하겠느냐고 기봉이 고개를 흔들었다.

"너, 너, 넌 그때 뭐 하고 있었니?"

왜 그런 질문을 했는지 나는 묻고도 곧 후회했다. 기봉은 여관방에서 어느 여자를 조지고 있었을 것이라며 대수롭지 않은 얼굴로 낄낄거렸다. 그때 이상하게 죽은 게 어디 의현이 한 명뿐이겠냐면서 기봉이 하품하며 말했다.

"경호 알지? 걔는 총 맞아 죽었어."

고고 춤을 기가 막히게 추어 '캉가루 킴'이라 불리던 경호가 죽었다는 소식은 얼핏 들은 적이 있었지만 총 이야기는 금시초문이었다.

"1976년인가? 미국 비행기 한 대가 청와대 쪽으로 잘못 들어온 적 있잖아. 몰라? 하여간 그런 게 있었어. 그때 청와대 뒷산, 그래, 니네 동네 말이야. 거기서 발칸포를 갈겼거든. 근데 거기서 쏜 총알이 청계천으로 떨어진 거야. 거기에 경호가 맞은 거야. 지나가던 버스 지붕을 뚫고 들어갔는데, 재수 더럽게 없지, 뭐."

어렴풋이 기억이 났다. 뒷산에 올라가 바위에 누워 더위를 식히고 있을 때였다. 해가 기웃할 무렵이었는데, 갑자기 어디선가 자갈 구르는 소리가 났다. 놀라서 일어나 보니, 저무는 하늘로 벌건 불꽃들이 날아가는 게 보였다. 인왕산 기차바위 위쪽과 건너편 안산 산봉우리에서 일제히 날아가는 불꽃들은 이리저리 오르내리며 갈팡질팡하는 비행기를 향하고 있었다. 그날 뉴스에서는 노스웨스트사의 화물기 한 대가 항로를 잘못 잡아 비행금지구역 안으로 들어섰다고 보도했다. 비행기는 무사했지만, 설마 그때 쏜 총알에 경호가 맞아 죽었을 줄이야.

"집에서 구두끈 한 번만 더 묶고 나오든지, 아니면 버스에서 고개만 딴 쪽으로 돌렸어도 살았을 거 아니냐."

그러고 보니 사자클럽 동기들 중에서도 벌써 고인이 둘이나 되었다.

"저, 저, 정규 죽은 지도 꽤 되었지?"

욕쟁이 정규는 대학을 마치기도 전에 보경과 살림을 차렸다. 나는 나중에 치른 그들의 결혼식에 가지 않았다. 그 후 무역상사에 들어간 정규는 술에 취해 운전하다가 서대문 사거리에서 육교 교각을 박고 그 자리에서 죽었다.

"환생해서 대학 다니겠다."

기봉이 뜬금없다는 얼굴로 말했다. 혼자 남은 보경은 어떻게 지내는지 묻고 싶었지만 속내가 드러날까 봐 그만두었다.

화제는 동문회장 선거로 바뀌어 있었다. 가을에 동문회장 선거가 있는데, 성제가 동문회장 후보로 나간다고 했다. 전력을 다해 도와달라는 기봉의 말에 나는 건성으로 고개를 끄덕였다. 말아봐야 주머니나 털어대기 바쁠 동문회장 자리를 신경 쓰며 챙기라는 말이 의아했다.

"세시봉이나 갈까?"

강남의 룸살롱이라는 말에 생각 없이 따라나서는데, 기봉이 그곳의 마담이 누구인지 아느냐고 물었다. 알 리가 없어 고개를 가로저었다.

"정규 마누라."

미망인이 된 보경은 정규가 남긴 재산을 주식에 털어넣었다가 큰 손해를 보았다고 한다. 아파트 하나 남은 것을 담보 잡혀 마사지숍을 차렸는데 한동안 그곳은 동문들의 아지트가 되었다. 마사지는 핑계이고, 젊은 아가씨들을 여남은 명이나 두고 매춘하여 돈을 모았고, 그 돈으로 강남에 술집을 차렸다는 것이다.

생각 없이 따라나섰던 나는 급히 걸음을 멈추었다. 오늘 밤에 제사가 있어 그만 들어가 봐야겠다고 둘러댔다.

기봉과 헤어져 잡아탄 택시 창밖으로 휙휙 소리를 내며 밤 풍경들이 지나쳐 갔다. 배멀미를 하는 것처럼 속이 울렁거리고 가슴이 쿵쾅거렸다. 지금이라도 보경이 있는 술집으로 달려가고 싶었다.

"세시봉이라고 알아요?"

"텔레비전서 하는 거 말이죠?"

택시 운전사는 동문서답을 했다. 강남 어딘가의 룸살롱이라고 말하려다가 그만두었다. 나는 아직 마음의 준비가 되어 있지 않았다.

"송창식, 윤형주 그리고 김동원 씨 아들 김세환. 이렇게 셋이 노래해서 셋이봉이잖아요."

환갑은 되어 보이는 택시 운전사는 그것도 모르냐는 표정으로 뒤를 돌아보았다.

"이, 이장희는 안 들어가나요?"

"이장희는 원래 도꼬다이잖아요. 지금도 울릉도에 들어가 혼자 살고."

"그, 그럼, 조영남은요?"

"그 사람이야, 그냥 바람 같은…… 말하자면 자유인 아니겠어요?"

여우비

서재 구석에 처박혀 있던 엘피반들을 꺼냈다. 며칠 동안 구름 위를 걸어 다니는 기분이었다. 먼지를 털어내고 한동안 쓰지 않던 턴테이블에 얹었다. 트윈 폴리오의 번안곡 〈슬픈 운명〉●이 직직 소리를 내며 흘러나왔다. "헤어지는 슬픔을 잊기 어려워. 미소 짓는 내 슬픈 운명."

그야말로 나와 그녀의 운명이 아니겠는가. 불도 켜지 않은 채 수십 번이나 반복하여 듣는 사이에 내 눈은 축축이 젖어 있었다. 무얼 하는가 싶어 방문을 열고 들여다보던 아내는 어둠 속에서 울고 있는 나를 보더니 쾅 소리 나게 문을 닫았다.

● 1967년 트윈 폴리오 1집에 수록된 번안곡이다. 원곡은 브라운 앤 다나(Brown & Dana)가 17세기 영국 민요 〈Queen of heart〉를 개작하여 1963년에 부른 〈슬픈 운명(Ace of sorrow)〉이다.

참 여러 가지 한다고 조롱하는 눈길로 나를 노려보던 아내는 그날 저녁에 봉하로 내려갔다. 그곳에서 전임 대통령을 추모하는 음악회가 열린다고 했다. 아내는 노무현 대통령을 만들어냈다고 은근히 자부하고 있던 사람들 중의 하나였다. 대통령이 부엉이바위에서 뛰어내린 날 그녀는 식음을 전폐한 채 눈물로 지새웠다. 장례가 있기 며칠 전 봉하로 내려간 아내는 일주일이 지나서야 퉁퉁 부은 눈으로 돌아왔다. 집에 돌아온 아내는 착 가라앉은 목소리로 부동산 업소에 전화를 걸었다. 그러더니 전부터 눈독을 들여오던 아파트 매입을 두고 가격을 흥정했다. 그녀의 말대로 하자면, 부동산 투기가 아니라 재테크였다.

아내가 집을 비운 틈에 원 없이 먼지 덮인 엘피반을 듣던 나는 홍 비서를 만났다. 그녀라도 만나지 않고서는 견딜 수가 없었다.

회사 앞에서 온종일 시위를 벌이던 홍 비서를 데리고 산등성이에 우묵하니 들어선 모텔로 향했다. 안 된다고 호들갑을 떨던 그녀는 모텔 방에 들어가자 눈을 빛내며 귀에다 속삭였다.

"사장하고 같이 갔다니까요."

홍 비서는 아내와 사장이 봉하에 동행했다는 사실을 전하며 자기가 먼저 얼굴을 붉혔다. 이미 혼기를 놓친 노처녀이건만 홍은 여전히 소녀 행세를 했다. 단골로 드나드는 니캉내캉 모텔 302호실에서 침대가 축축해지도록 땀을 흘리고 난 뒤에도 텔레비전에서 남녀가 입 맞추는 장면이 나오면 두 손으로 눈을 가리며 호들갑을 떨었다.

"나도 시집이나 갈까 보다."

신묘한 진언이라도 외우듯 그녀가 말했다. 그럴 때마다 나는 아무런 말도 하지 않았다. 가라고 하지도 않고, 가지 말라고 하지도 않았다. 그러면서도 그녀가 선을 보러 나간다는 전날이면 밤늦도록 그녀를 붙잡고 놓아주지 않았다. 다리에 힘이 빠져 걸을 힘조차 없다고 할 정도로 그녀의 몸을 탐했다.

"겨, 겨, 결혼은 사랑의 종말이야."

나는 홍 비서를 도자기처럼 사랑했다. 그녀가 낯선 남자의 담배 냄새 나는 손에 쓰다듬기는 일은 상상만 해도 욕지기가 났다. 나는 그녀가 회랑 깊은 수도원의 수녀처럼 살기를 바랐다. 이따금 나를 몰래 만나면서.

"그 사람들은 봉하에 가면 어디서 잔대요?"

홍 비서는 내 아내가 사장과 가까이 지낸다는 사실을 나보다 더 참기 어려워했다. 불결하다고 말은 하지 않았지만 그렇게 여기는 표정은 숨기지 못했다. 그녀는 아내가 언론 노조 간부와 대학 동기라는 사실을 알고는 분노했다.

"노조에 정말 가입 안 하실 거예요?"

벌써 오래전부터 해온 물음을 그녀는 여전히 포기하지 않았다. 나는 글 쓰는 작가라고 말했다. 누가 글을 쓰지 말라는 거냐며 그녀가 말했다. 나는 어딘가에 속하는 게 싫다고 했다. 그녀는 낭만적으로 들린다고 코웃음을 쳤다. 나는 낭만이 나쁘냐고 되물었다.

"자신은 나쁘지 않지만, 남을 나쁘게 할 수는 있거든요."

나는 그 말에 대답하지 않았다. 그녀가 정말 바라는 것은 무엇일까. 나와의 결혼? 그녀도 결혼하면 내게 노조 사람들과 가까이 하지 말라고 악을 쓸 것이다.

"선생님에게 난 무슨 존재예요?"

남의 눈을 피해 은밀히 만날 때마다 홍은 한숨 섞인 목소리로 묻곤 했다. 그녀가 앞날과 그들의 관계에 대해 불안해할 때마다 나는 윤동주의 시를 끌어다 대었다. "이네들은 너무나 멀리 있습니다. 별이 아스라이 멀듯이." 사랑은 그렇게 아득히 멀리서 바라보는 그리움이라고 하였다. "별 하나에 추억과 별 하나에 사랑과, 별 하나에 쓸쓸함과……." 그녀와 나 사이에는 별빛 같은 사랑만으로도 충분하다고 했다. 그러나 가끔 그걸 확인하기 위해 육체라는 절차가 필요한 것뿐이라며, 그녀를 땀에 후줄근히 젖은 침대 속으로 끌고 들어갔다.

회사는 연일 시끄러웠다. 사장 편에서 움직이는 노사협의회에 속한 직원들과 노조를 세운 직원들의 세력은 어슷비슷했다. 경리부장이 노조를 준비하는 직원들 편을 들고 나서게 된 지는 그리 오래되지 않았다. 사장이 자신의 심복인 영업부장을 새로 기획실장 자리에 앉히려 한다는 소문이 나돌면서 오래전부터 그 자리를 노리던 경리부장은 졸지에 쓸쓸한 처지가 되고 말았다. 그때부터 영업부장과 경리부장은 사무실에서 자주 언성을 높이게 되었다.

그런 와중에 사장이 회식자리에서 여직원을 성희롱한 사실을 경리부장 측에서 들춰내면서 노조원들이 들고 일어섰다. 한 무리의 노조원들이 사장실로 몰려온 다음 날, 사장을 지지하는 직원들이 경리부장과 노조원들을 싸잡아 허위사실 유포로 비난하고 나섰다.

"야근해도 모자랄 판인데……."

어느 편에도 속하지 않은 나는 오로지 일 걱정만 했다. 회사 돈으로 사장의 자식들이 지중해 크루즈 여행을 하든, 사장이 경마에 빠져 정신을 못 차리든 회사 일에 지장만 없으면 별로 관여하고 싶지 않았다. 그런 일로 패가 나뉘어 한창 움직여야 할 회사에 피해가 미치는 일만은 막고 싶었다. 사원이 회사를 위해 열심히 일하는 것 말고 무엇이 더 필요하단 말인가. 나는 실용이나 중도라는 말을 좋아했다. 어느 쪽으로 치우치지도 않고, 모두에게 실익이 돌아가는 길을 찾아야 했다.

직원도 둘로 나뉘고, 간부들도 패를 나눠 다투니 회사는 하루도 조용히 넘어가는 날이 없었다. 어느 한쪽이 기울거나 넘치지도 않다 보니 싸움은 쉽게 결판이 나지 않고 길어지기만 했다.

나로 말하자면 중도파였다. 이쪽도 저쪽도 아니라는 말은 이쪽 편도 되고, 저쪽 편도 된다는 말이기도 했다. 회사에는 중도파가 적지 않았다. 그 가운데서도 경력이 많은데다가 비서실이라는 요직에 앉아 있다 보니 엉겁결에 나는 중도파의 우두머리가 되고 말았다. 중도라는 것이 이쪽저쪽 눈치 살피기 바쁜 입장인지라 모두 곤란한 일만 닥치면 내 얼굴부터 바라보았다. 이런 입장이 되고 보니 영업부장 쪽이든, 경리부장 쪽이든 내 손을 잡으려고 혈안이 되었다. 나는 그런 입장이 영 싫지는 않았다. 어떻게든 회사가 잘 되도록 하자고 점잖은 소리 한 마디 하면 가마솥에 콩 뛰듯 하던 이들도 침 먹은 지네처럼 잠잠해졌다.

내가 그렇게 뒷짐 지고 점잖은 군자 노릇을 하는 것도 그리 오래가지 못했다. 회사는 여직원들을 선동하여 사내 소요를 일으킨 책임을 물어 노조원 둘을 해임시켰다. 그 가운데는 홍 비서도 끼어 있었다. 이를 두고 회사 안에서는 나와 홍담희 사이를 의심한 아내가 사장에게 쏘삭거려 덤터기를 씌웠다는 말이 돌았다. 사장과 가까운 아내가 직원들의 부인을 찾아다니며 회유하고 있다는 말까지 들려왔다.

식사나 하자고 응규가 전화를 걸어온 것은 회사에서 쫓겨난 홍 비서가 회사 정문 앞에 서서 '원상복직' 피켓을 들고 일주일째 시위를 벌이고 있을 무렵이었다. 엉겁결에 그 곁에 서 있다가 나도 한몫으로 넘어가 난처한 입장이 되어 있을 때였다.

"요새 골 좀 아프지?"

회사 근처의 일식집에서 만난 응규는 내 근황부터 물었다. 밤늦도록 정문 앞에서 찬바람을 쐬며 서 있다 보니, 감기 기운이 있던 나는 그저 안부 정도로 듣고 건성으로 고개를 끄덕였다. 회사 앞에서 소리친다고 될 일이 아니라고 응규가 내 잔에 술을 따라주며 말했다.

"용역 애들이 들어갔더만."

홍담희의 처지를 생각해 나는 며칠째 회사 앞에 모여 농성하는 노조원들과 함께했다. '변태 사장 몰아내고 부당해고 취소하라' '회사의 기생충 영업부장 박멸하자'라는 피켓을 들고 회사로 들어가려는 직원들과 이를 막으려는 직원들로 뒤엉켜 하루에도 몇 차례씩 몸싸움이 벌어졌다.

그러던 어느 날 승합차를 타고 온 낯선 사람들이 몰려와 입에 담지 못할 욕설을 퍼부으며 강제로 밀어냈다. 술 냄새를 풍기는 사내들은 자신들을 지방 영업소 직원이라고 했다.

"이러다가 회사 망하면 책임질 거야?"

정문 앞에 서서 홍담희와 함께 농성을 벌이던 젊은 노조원이 신분을 밝히라고 하자 대뜸 멱살부터 움켜잡았다.

"니가 뭔데 남의 이름을 대래? 이 빨갱이 새끼."

길 건너로 멀찌감치 밀어낸 뒤에 그들은 정문 앞에 각목을 든 채 버티고 섰다.

"워낙 이 바닥이 빤해서."

응규의 말로는 회사랄 것도 못 되고 포장마차에서 술값이나 뜯어내는 양아치들을 긁어모은 변두리 용역업체가 한 일이라고 했다. 영업소 직원이라는 말을 믿지는 않았지만 설마 회사가 용역 깡패들까지 동원할 줄은 몰랐다. 말끝마다 모래시계 세대임을 자처하던 사장의 강파른 얼굴이 눈앞에 어른거렸다.

응규는 며칠 내로 해결될 거라고 했다. 그가 깡패 짓이나 한다던 관식의 말이 생각나서 말 나온 김에 요즘 그가 무슨 일을 하는지 캐물었다.

"돈만 주면 다해. 있는 것들이 몸소 나서기엔 성가시고 거북한 것들 있잖아."

밥뚜껑은 열지도 않은 채 연거푸 술잔만 비우며 응규가 말했다.

응규는 미국에서 건너와 자신이 어떻게 돈을 모았는가를 담담한 어조로 들려주었다. 간경화로 일찍 세상을 뜬 셋째 형의 친구가 영등포에서 이름난 조폭이었다고 했다. 그 형의 주선으로 사채 추심 일을 하다가 신임을 얻어 중간 오야지가 되었다고 했다. 주로 재개발 지역 철거 일을 하고, 선거철이 되면 제법 목돈도 만진다고 했다.

"그 뭐냐? 광우병 쇠고기 때 재미를 톡톡히 봤지. 그래, 촛불집회가 할 때 말이야. 보수단체들 행사에 머리 채워주는 일인데 미처 애들을 못 댈 정도였어."

해봐야 깡패 짓이라던 관식의 말이 다시금 머리에 들어섰다. 나는 응규에게 많이 변했다고 했다.

"세상이 변한 거겠지."

나는 응규가 운동권이라도 될 줄 알았다고 했다. 그는 웃으며 돈 긁어모으는 운동을 하고 있다고 했다. 그는 돈이라면 무슨 일이든 한다고 덧붙였다. 그리곤 지갑에서 오만 원짜리 지폐를 꺼내 보이며 말했다.

"돈에는 좌우가 없거든."

응규는 자신의 코가 왜 비틀어졌는지 말해주었다.

텔레비전만 켜면 노래 〈아, 대한민국〉이 흘러나오던 무렵이었다. 호빵처럼 생긴 여자 가수는 "하늘엔 조각구름 떠 있고 강물엔 유람선이 떠 있고 저마다 누려야 할 행복이 언제나 자유로운 곳." 이라며 주절거렸다.

용접 기술을 배우느라 스물셋을 넘겨 입대한 응규는 훈련소에서 덩치가 크다는 이유로 공수부대로 차출되었다. 대부분이 자원 입대한 하사관들 밑에서 그는 보급병으로 복무했다. 그의 부대 상징이 호랑이였다고 했다. 사자에서 호랑이로 바뀐 것 빼고는 군대 생활이란 것도 학교 다닐 때와 크게 다를 바가 없었다. 몇 달 동안 독이 오르도록 충정 훈련이라는 것을 시키면서 중대장은 말끝마다 애국을 부르짖었다. 국가 수호의 간성으로서 위기에 빠진 조국을 위해 충성하라고 했다. 그건 익숙한 말들이었다.

광주에 계엄령이 내리고 그의 부대도 출동 명령을 기다리며 연일 충정 훈련을 했다. '전라도 따블백 새끼들'의 씨를 말려야 한다는 중대장의 말에 대들었다가 죽도록 맞았는데, 광주에서 어린 시절을 보낸 그는 중대장이 시키는 "전라도 것들은 빨갱이다."라는 말을 끝내 하지 않아 코를 걷어차였다고 했다. 코피를 한 대야쯤 쏟고 나서 기역자로 꺾인 코를 변소에 쭈그리고 앉아 손으로 주물러 폈다. 이튿날 어느 정도 펴진 코를 중대장이 주먹으로 다시 때렸다. 사상이 비뚜로 된 종자들은 코도 비뚤어져야 한다는 중대장의 말에 그는 코를 펴지 못한 채 광주로 출동했다. 작전명은 '화려한 휴가'였다. 그리고 그곳에서 중대장이 뒤통수에 총을 들이댄 채 어린 시절 제가 걷던 거리에 모인 사람들을 향해 총을 쏴야 했다. 어쩌면 아는 사람일지도 모를 시민들에게 총을 쏠 수는 없었다. 그러나 그는 못 하겠다는 말을 하지 못했다. 중대장이 시키는 대로 방아쇠를 당기고, 눈앞에서 피를 쏟고 고꾸라지는 사람들을 보아야 했다.

밤마다 악몽에 시달리면서도 그는 총질을 멈출 수가 없었다. 그의 넋은 누군가의 손에 붙들린 기분이었다. 교련복을 입은 고등학생을 총으로 쏘고 나서 그는 중대장을 죽이기로 마음먹었다. 그를 죽이지 않고는 평생 그 기분에서 벗어나지 못할 것 같았다. 기회는 오래지 않아 찾아왔다. 골목에 몸을 숨긴 채 차도를 향해 사격을 하던 중 앞에서 망원경을 보고 있는 중대장의 머리를 겨누었다. 손가락을 움직여 방아쇠를 당기면 될 일이었다. 시민군들이 무장하면서 치열한 교전이 벌어지던 중이라 자욱한 화약 연기와 총소리에 묻혀 그런 일은 흔적도 없이 해치울 수 있는 상황이었다. 창문에 턱을 괴고 밖을 내다보던 중대장의 뒤통수를 향해 총구를 겨눈 그는 방아쇠에 손가락을 걸었다. 그는 여태껏 자신을 옥죄어 오던 투명한 막 같은 것을 향해 총을 쏘려고 했다. 탕 소리와 함께 그것은 사라질 것이었다. 쏘아야 했다. 사자클럽이고, 애국이고, '화려한 휴가'고 훌훌 벗어 던지고 맨몸으로 서고 싶었다.

그때 중대장이 돌아보았다. 그리고 그를 향해 손가락을 꼬부렸다. 그는 자신도 모르는 사이에 총을 내려놓고 중대장 앞으로 달려갔다. 그리고 중대장이 손가락으로 가리키는 대로 부러진 다리를 절름거리며 달아나는 여학생을 향해 총을 쏘았다.

"나는 개였어."

그 뒤의 일은 나도 알고 있었다. 코가 비틀어진 채 제대한 응규는 얼마 되지 않아 미국으로 떠났다. 넉 달쯤 지났을 때, 그는 시애틀의 어느 인디언 보호구역에서 오렌지를 따고 있다는 편지를 보내왔다. 석 달짜리 방문 비자를 받고 들어가서는 아는 사람의 주선으로 멕시칸들이 우글거리는 오렌지 농장에서 일하고 있다고 했다. 무엇보다 그는 꿈에 그리던 시시알의 나라에 오게 되어 행복하며, 그곳에서 이름도 존 포거티로 바꾸었다고 했다. 그 이름은 그가 숭배해 마지않던 시시알의 위대한 포거티 형제에게서 따온 것이었다. 응규는 별명이 시시알이었다. 그만큼 그들을 좋아했고 정통했다.

응규는 이미 체류 기한인 석 달을 넘긴 뒤였고, 다시는 지옥 같은 대한민국으로 돌아가지 않겠다고 했다. 편지 말미에는 볼펜으로 'Fuck Korea!'라고 덧칠을 하여 진하게 쓴 글귀가 적혀 있었다. 그는 죽어서도 돌아오지 않을 것이며, 아무도 자신을 알지 못하는 그곳에서 포거티라는 미국인으로 새롭게 출발할 것이라고 했다. 발신 주소도 엉터리로 적은 것이니 답장도 보내지 말라는 편지를 끝으로 그는 일 년이 지나도록 소식을 끊었다.

응규의 편지가 다시 날아온 것은 교문 앞에 얼룩무늬 공수부대원들이 버티고 서 있으며 툭하면 휴강을 하던 무렵이었다. 그는 자신이 시민권을 가진 재미교포 여자와 결혼했으며, 그 덕에 이제 합법적으로 영주권을 얻게 되었다고 했다. 그는 조만간 금빛 햇빛이 비치는 캘리포니아로 이사를 갈 것이며, 프란치스코라는 성자의 이름을 딴 샌프란시스코에서 머리에 꽃을 꽂고 다닐 거라고● 한껏 들뜬 심정으로 편지를 적어 보냈다. 관식에게는 자신의 소식을 알리지 말라고 했지만, 나는 그의 편지를 관식에게 보여주지 않을 수 없었다. 곰 같은 놈이 미국에 가서 갱들 밑에서 마약장사나 하다가 브루클린 하수도에 처박혀 죽었을 것이라고 저주 비스름한 걱정을 퍼부어대는 바람에 응규의 근황을 알려주고야 말았다. 그의 편지를 읽은 관식은 세상의 저주가 어떤 것인지를 보여주겠다는 듯 끔찍한 욕들을 퍼부어댔다. "씨발놈. 양키놈들 똥구멍이나 빨다가 뒤지라고 해. 의리도 없이 친구를 배신하고 저 혼자 잘 먹고 잘살겠다고 도망을 쳐? 국제 매독이나 걸려서 파이프나 좔좔 새라."

관식의 저주에도 불구하고 응규는 한동안 금빛 찬란한 소식들을 전해왔다. 잔디 깎는 기계를 샀고, 마당에 있는 수영장 파라솔에 앉아 다리가 늘씬한 백인 여성들이 지나가는 걸 바라보며 편지를 쓰고 있으며, 매기(그의 처)와 그는 서로를 진심으로 사랑하여 더 이상 바랄 게 없을 정도로 행복하다고 했다.

● 스콧 매켄지(Scott McKenzie)의 〈San Francisco〉에는 "샌프란시스코에 가면 머리에 꽃을 꽂으세요."라는 노랫말이 나온다.

응규는 무슨 수를 써서라도 일단 그 지옥 같은 나라를 탈출하라고 내게 권했다. 뗏목이라도 타고 건너오기만 하면 그다음은 제가 알아서 다 해주겠다며 그가 아는 불법 이민 브로커의 연락처도 알려주었다.

"미, 미, 미국 생활은 어땠어?"

내 물음에 응규는 대답은 않고 손만 가로저었다. 금빛 같던 미국 생활을 왜 접고 돌아왔는지, 진심으로 사랑한 매기와 아이들은 어떻게 되었는지 그는 입을 굳게 다문 채 앞에 놓인 술잔만 비웠다.

응규가 미국으로 떠나겠다고 했을 때 관식은 악담을 퍼부었다.

"친구들 버리고 혼자 행복을 찾아가겠다?"

응규가 불쑥 미국으로 떠난 이유 중에는 친구들도 끼어 있을 법했다. 그는 몇 번이고 절교를 선언했다. 의리를 내세워 하고 싶지 않은 일들을 강요하는 친구들을 그는 버거워했다.

관식이 보안하사관을 함께 지원하자고 했을 때도 응규는 그러했다. 군대를 무엇보다 인간이 만든 가장 이상적인 조직으로 여기던 관식의 말에 따르자면, 사나이라면 한 방에 인생을 걸어야 한다고 했다. 그는 몇몇 부하를 거느리고 한강 다리를 건너 나라를 수중에 넣은 박정희 같은 군사혁명가를 존경했다. "인생이 별거냐. 죽기 아니면 까무러치기야. 뭘 그리 해골 복잡하게 생각하냐." 그는 뒤편에서 주춤거리는 응규를 늘 마뜩잖아 했다. 그러면서 자신이 응규 정도 덩치면 씨발, 대한민국을 한 방에 뒤집어엎겠다고 하였다. 관식은 그가 곰이라는 별명답게 쇠망치 같은 주먹을 휘두르며 이 세상을 활보하기를 바랐다.

요즘 어떻게 지내냐는 물음에 응규는 조그만 용역 사무실 하나를 차렸다고 했다. 그가 요즘 잘나가는 동문 중 하나라던 기봉의 말이 생각났다. 관식이 일할 자리가 없냐는 말에 응규는 못 들은 척 고개를 돌렸다. 앞에 놓인 차를 다 비울 때까지 말이 없던 그가 입을 열었다.

"관식이 어떻게 지내는 줄 모르지?"

친구들에게 술주정이나 부리다가 택시로 운구된다는 정도는 알고 있다고 해야 하나. 무언가 투명한 비닐 막 같은 것이 앞을 가로막고 있는 기분이 들었다.

"옥살이하고 나와서 그 사장 마누라랑 살림 차렸어. 그래, 그 여자 딸이야. 제 자식처럼 잘 기르려고 했지. 등록금 밀렸다고 네게도 손 벌리지?"

나는 고개를 끄덕였다.

"걔 죽은 지 오래되었어."

간통으로 쫓겨난 제 어머니를 잊지 못한 딸이 관식의 집으로 찾아와 어색한 가족으로 지냈다. 관식은 제 딸처럼 잘해주려고 했지만 아이는 그를 불행의 원흉으로 여겼다. 억지로 몇 달을 버티던 아이는 아파트 난간에 목을 매달아 스스로 목숨을 끊었다. 관식은 슬퍼하며 매일 술로 보냈다. 술값이 떨어지면 그 불쌍한 딸을 내세워 친구들에게 손을 벌리고 다녔다. 딸은 몇 해가 지나도 여전히 고등학교 2학년이었다.

주머니 속에는 관식이 건네준 명함이 들어 있었다. 고엽제 동지회 서부 2지구대장. 허옇게 수염을 기른 그가 군복 차림에 군화를 신고 다니면서 어떤 일을 하는지는 대강 짐작할 수 있었다. 그는 월남전이 월맹군의 승리로 끝난 뒤에 방위소집이 되어 동사무소에서 이 년간 복무한 '똥바위' 출신이었다.

방위 출신이라고 고엽제 동지가 될 수 없다는 법은 없었다. 총력안보, 나라를 지키는 데 따지고 가릴 게 어디 있겠는가. 다리를 놓는 공사장에도 '일하면서 싸우자'라는 구호판이 걸리고 집집마다 '유비무환'이 가훈으로 걸려 있었다. 잊힐 만하면 간첩단이 적발되고, 여의도광장에서 수시로 김일성 화형식이 열렸다. 힘든 일이 있을 때마다 선생이나 어른들은 "너, 그래 가지고 군대 가겠냐." "군대 가면 이건 아무것도 아니다."라고 얼러댔다. 텔레비전에서는 공수부대원들이 뱀을 산 채로 껍질을 벗겨 씹어먹는 모습을 보여주었다.

총력안보에는 아버지도 관식이 못지않았다. 여든이 다 된 아버지는 애국어버이연맹의 회원이었다. 버스를 세 번이나 갈아타고 서울에 있다는 연맹 본부에 가서 등록비 3만 원을 내고 가입했다. 아버지는 살기 위해 군인이 된 사람이었다. 전쟁이 났을 무렵 아버지는 아직 입대할 나이도 아니었다. 그러나 인민군들이 쳐들어오자 의용군으로 징발될 것을 걱정한 나라에서 소년부터 중늙은이까지 죄다 남쪽으로 소개를 시켰다. 국민방위군이라 불린 그들은 군번도 없고, 군복도 주지 않았다. 아버지는 천등산 박달재를 넘어 단양을 거쳐 안동, 대구까지 걸어 내려갔다. 추운 날씨에 주먹밥 두 개를 얻어먹고, 이가 들끓는 검불을 뒤집어쓴 채 자고 나면 얼어 죽은 사람이 부지기수였다. 아침마다 죽은 이들을 산더미처럼 쌓아놓고 기름을 끼얹어 불태우는 걸 보고 아버지는 살기 위해 군대에 자원입대를 하였다.

아버지는 친척들이 모여 지난날을 반추할 때면 반은 얼어 죽고, 반은 굶어 죽은 국민방위군 이야기를 일흔아홉 번쯤 했다. 그건 모두 높은 놈들이 중간에서 양곡과 피복을 떼어먹은 탓이었다. 아버지는 몹시 분개했지만, 당시에는 배가 고파 분개할 힘조차 없었다. 얼어 죽지 않고 굶어 죽지 않기 위해 군인이 된 아버지는 취사반에서 누룽지를 훔쳐 먹다가 똥을 쌀 만큼 얻어맞았다. 다행히 광주 보병학교에서 예비 장교들을 훈련시키는 생도대에 들어가 전쟁 중에도 총 한 번 쏘지 않고 지낼 수 있었다. 그런 와중에도 언제 전방으로 차출될지 몰라 불안해진 아버지는 기혼자는 제대를 시켜준다는 말에 서둘러 결혼을 했다. 그래도 제대를 시켜주지 않자 생기지도 않은 아이의 출생신고를 했다. 1953년생의 순옥이라는 맏딸은 양담배 몇 보루와 돈 봉투를 읍사무소 서기에게 찔러준 덕에 이 세상에 탄생할 수 있었다. 그럼에도 군대는 딸을 하나 둔 이등중사 아버지를 풀어주지 않았다. 아버지는 이듬해 희옥이라는 둘째 딸을 또 세상에 만들어냈다. 그렇게 해서 간신히 군복을 벗게 된 아버지는 눈물 젖은 퇴임식 같은 건 하지도 않았다. 가난한 농부의 자식으로 태어난 것은 비슷했지만, 어느 불행한 군인 출신의 대통령이 조국과 민족을 위해 스스로 군복을 벗은 것과는 달랐다. 아버지는 있지도 않은 두 딸과 실제로 있는 아내를 위해 군복을 벗은 것이었다.

이렇게 간신히 '빽'을 써서 군복을 벗은 아버지는 군납업을 했다. 전방에 있는 군인들에게 보내는 위문품을 납품했다. 위문품 주머니 속에는 견본품과 달리 《선데이서울》 과월호와 반으로 쪼개놓은 그림엽서와 저질 양말이나 장갑이 들어갔다. 아버지는 국민방위군의 쌀과 옷을 떼어먹은 군인들에게 원한이라도 갚듯 위문금의 일부를 가로챘다.

아버지는 지금도 이등중사로 6 · 25전쟁에 참전한 배지를 모자에 자랑스럽게 붙이고 다녔다. 비록 총 한 번 쏴본 적이 없지만 나라에서 12만 원씩 주는 국가유공자 수당을 다달이 받았다. 김대중 대통령이 북한 빨갱이들에게 비료나 식량을 퍼주고, 김정일과 포옹한 것에 분노하면서 고문으로 다리를 절게 된 전임 대통령을 '다리병신'이라고 흉을 보았다. 김대중 지지자인 올림픽이발소 장씨가 매달 12만 원씩 통장에 들어오는 참전용사 수당도 그이가 만든 것이라고 하자 아버지는 눈을 부릅뜨고 화를 냈다. 아버지는 해방된 조국을 자신들이 두 동강으로 나누어 서로 죽고 죽이는 동족상잔의 전쟁에 참전하여 싸운 공로를 후대들이 몰라준다고 분개했다. 잃어버린 십 년 동안 빨갱이들이 거리를 활보하며 도처에서 뿌리를 뻗고 있다고 했다. 나라를 지키려면 무엇보다 애국어버이 같은 애국자가 많아야 한다고 주장했다. 그래서 아버지는 애국 어버이연맹에 가입하게 되었다.

"관식이는 내가 잘 알아."

응규는 자신이 한때 관식을 운전기사로 데리고 있었으며, 거래처 사장과 술을 먹는 자리에서 행패를 부려 그만두게 했다고 말했다. 그 뒤로도 근 일 년 동안이나 통장에 적잖은 돈을 넣어주었다는 이야기를 별로 하고 싶지 않은 얼굴로 전했다.

"무슨 전우회에서 일한다고 하던데."

응규는 한참 나를 바라보다가 시시알 이야기를 꺼냈다.

"〈해브 유 에버 신 더 레인〉이라는 노래 알지?"

나는 고개를 끄덕였다. 시시알의 여섯 번째 앨범 '펜듈럼(Pendulum)'에 들어 있는 그 노래를 어찌 잊겠는가.

"너, 그 노래에 나오는 레인이 어떤 비인지 아냐?"

무덤가에서 날이 저물 때까지 맴을 돌며 부르던 그 노래 속의 레인이 비이고, 비가 레인이지 뭐가 또 있겠는가. "해가 맑은 날에 비가 올 것이라는 걸. 나는 알아, 반짝이는 비가 내리리라는 걸." 노래 가사를 더듬으며, 나는 그게 호랑이가 시집가는 날 내린다는 비쯤으로 생각했다.

"여우비인가?"

응규는 창 쪽으로 고개를 돌리고는 담담한 어조로 말했다.

"그 비는 바로 월남전에서 미군들이 뿌린 고엽제야. 에이전트 오렌지."

뜬금없는 응규의 말에 무어라 대답이 마땅찮아 그저 고개만 끄덕였다.

"보신탕 집 개를 본 적이 있어. 주인이 제 새끼들을 몽둥이로 때려죽이는 걸 보면서도 그 개는 제 주인에게 꼬리를 흔들지. 누가 제 주인을 건드리면 이를 드러내고 달려들더라."

시시알에서 보신탕 개로 이어지는 이야기의 의도를 짐작하기 어려웠다. 나는 응규가 낯설게 느껴지며, 무언가 거리감 같은 걸 느꼈다.

"사자클럽이 어떻게 만들어졌는지 아니?"

언젠가 들은 이야기가 있어 나는 자신 있게 대답했다.

"기, 김, 김신조 때문이잖아."

무어라 대답하기도 전에 응규가 비틀거리며 자리에서 일어섰다.

"나도 그런 줄 알았어. 그런데 김신조도 개거든. 주인이 물라면 무는 개였을 뿐이야."

● C.C.R.의 〈Have You Ever Seen The Rain〉은 베트남전에 사용된 고엽제(에이전트 오렌지)를 비로 풍자한 노래로, 이 곡을 마지막으로 그룹은 해체되었다.

세시봉

바라던 대로 성제가 동문회장에 당선되었다. 사자상에 금박을 입히려 한다는 것이 동문들을 감동시켰다고 했다. 당선을 축하하는 자리가 '세시봉'에서 열리니 꼭 나오라는 전갈이 왔다. 내게는 동문회장이 문제가 아니었다. 보경을 만난다는 사실이 감격스러웠다.

강남의 뒷골목들을 헤집어 '세시봉'을 찾아가는 동안 나는 가슴이 터질 듯 울렁거리는 걸 참느라 이따금 걸음을 멈추고 심호흡을 해야 했다. 술집 문을 미는 손이 눈에 보일 정도로 떨렸다. 보경을 만나면 무슨 말을 해야 할지 생각하느라 나는 지난밤에 잠까지 설쳤다.

"어서 옵쇼, 사장님."

기대했던 보경은 보이지 않고 곡예단원 같은 옷을 입은 종업원이 허리가 꺾어지도록 인사를 한다. 기봉을 찾으니 벌집처럼 칸칸

이 닫혀 있는 방들 가운데 하나로 데려간다.

문을 밀고 들어서자 요란한 노랫소리가 왈칵 달려들었다. 벌써 방 안에는 불콰한 얼굴들이 접대부들을 사이사이에 앉혀놓고 술판을 벌이고 있었다. 관식의 손이 제 무릎에 앉힌 여자의 치마 밑으로 분주히 드나드는 게 눈에 띄었다. 윗자리에 앉아 있던 성제가 손을 치켜들고 반색을 했다.

"야, 시인 오셨다."

그 말에 악을 쓰고 노래를 부르던 패들이 주춤거리며 자리에 앉았다. 건설회사 다니다가 얼마 전에 그만두었다는 병식이 달려와 껴안으며 볼에다 입을 맞춘다. 역도부장 노릇을 하던 그의 별명은 고릴라였다. 대책 없이 벌어졌던 어깨의 근육들은 어디로 가고 아랫배만 불룩하니 튀어나와 있었다.

"이 새끼, 이거 죽지 않고 살아 있었구나."

병식의 뒤에서 변승오가 여전히 어깨에 힘을 주며 다가와 손이 으스러지라 악수를 한다.

"이 양아치가 시인이 될 줄을 누가 알았겠냐?"

번쩍거리던 불도 끄고 환히 밝혀진 방에서 갑자기 나 자신에게 쏠린 눈들을 감당하기 어려웠다.

"예쁜 여성 독자들 따먹느라 무르팍이 까지는 건 아니겠지?"

검사 아버지를 둔 변승오는 아가리라는 별명답게 여전히 걸쭉한 말들을 늘어놓았다. 법을 집행하는 아버지를 둔 그는 학교에서 규율부장을 맡았었다. 남산 기슭의 어느 공전 학생들과 패싸움을 벌이다 경찰에 붙잡혀 갔을 때 다행히 그의 덕을 보았다. 명동 한복판에서 도끼를 휘두르고 싸운 일 때문에 꼼짝없이 콩밥을 먹을 판이라 그는 마지못해 제 아버지에게 도움을 청했다. 잠시 후 파출소로 전화 한 통이 걸려오고, 그들은 반성문을 쓰고 풀려날 수 있었다. 그다음 날 승오는 시커멓게 죽은 손톱으로 학교에 왔다. 공안부 검사인 자신의 아버지가 정신 차리라고 손가락을 몽둥이로 때렸다고 했다. 그는 나중에 시커멓게 죽어 빠진 손톱을 부적처럼 주머니에 넣고 다녔다.

"야, 오랜만에 그거 한번 듣자."

성제가 승오와 병식에게 왕년의 단골 노래를 청했다.

승오의 집안은 경상도 출신이고, 병식이네는 전라도 무슨 섬 출신이었는데 둘은 단짝이면서도 노래에서만큼은 누구도 물러서려고 하질 않았다. 승오가 나훈아에 죽고 못 사는 팬이라면, 병식은 죽으나 사나 남진이었다.

공순이들이 좋아하는 '도롯도' 가수들이라고 비아냥거리는 친구들 앞에서 그들은 자신들의 영웅이 팝송도 부를 줄 안다며 항변했다. 승오는 나훈아가 부르던 톰 존스의 〈그린 그린 그래스 오브 홈〉●을 부르고, 병식은 두 다리를 벌리고 서서 남진이 반짝이 단추가 오백스물두 개나 매달린 옷의 가슴팍을 풀어헤치고 불렀다

● Green green grass of home, 죽음을 하루 앞둔 사형수가 고향을 그리워한다는 노래로 1966년 톰 존스(Tom Jones)가 부른 인기곡이다.

고 하던 엘비스 프레슬리의 〈버닝 러브〉를 불렀다. 나훈아가 서울 시민회관에서 깨진 병에 얼굴을 찔리는 사건이 벌어지던 날 승오는 그게 남진이 시킨 일이라고 병식과 주먹다짐까지 벌였다.

그들은 둘 중 누군가가 노래를 부르면 반드시 다른 사람도 불러야 했다. 특히 병식이 책상 위에 올라가 부르던 〈님과 함께〉•와 승오가 송충이 같은 눈썹을 오르내리며 부르던 〈찻집의 고독〉••은 웬만한 변두리 극장 쇼보다 재미있었다.

머리가 허옇게 된 병식이 먼저 탁자 위로 올라가 "저 푸른 초원 위에……."를 불렀다. 여전히 승오는 못마땅한 얼굴로 딴전만 부리고 있었다. 숨이 턱에 찬 채 악을 쓰는 병식의 모습이 지난 기억들을 불러냈다.

옆에 앉은 접대부의 가슴에서 벗겨낸 브래지어를 머리에 뒤집어쓴 관식이 성제를 위해 건배를 제안했다. 관식은 자신이 아는 온갖 미사여구를 동원하여 성제를 칭송하느라 입에 침이 마를 정도였다. 그가 무슨 말을 내놓기 무섭게 고개를 끄덕이며 요란스레 박수를 쳐댔고, 옆 사람과 '지방방송'이라도 나누면 당장 눈을 부라리며 입술에 손가락을 가져다 눌러 보였다.

• 1968년 해병 청룡부대 출신으로 월남에 파병되었던 가수 남진이 1975년에 부른 트로트 가요이다.

••1971년 남진과 대중가요의 쌍벽을 이루던 나훈아가 부른 인기곡으로, 이듬해 6월 4일 오후 10시 45분경 시민회관 공연 중에 그는 이 노래를 부르다가 이십대 관객에게 깨진 병으로 얼굴을 찔렸다.

그날 자리에는 어느 대학에서 학장을 하는 옥현까지 나왔지만, 응규는 끝내 모습을 나타내지 않았다.

"요즘 노래가 노래냐?"

'찰찰이'를 흔들며 〈사랑의 밧데리〉라는 노래를 코맹맹이 소리로 부르는 접대부의 엉덩이를 관식이 손바닥으로 척 소리가 나도록 후려갈겼다.

"정말 우리는 별 보고 이슬만 먹고 살았어. 안 그러냐?"

피서철의 해변은 밤이 되면 칸델라 불빛과 기타 소리로 파시를 이루었다. 모래밭에 모닥불을 피워놓고 삼삼오오 모여 기타를 퉁기며 부르는 노래들은 대개가 별이나 조개껍질이나 이슬방울이 한두 구절마다 들어가는 노래들이었다. 대통령이 몇 번을 해먹든, 해제된 날보다 발효된 날이 많았던 긴급조치가 몇 번째로 내려지든 아랑곳하지 않고 그저 쏟아부을 듯 반짝이는 별들 아래서 "저 별은 나의 별, 저 별은 너의 별……."●을 노래하면 될 일이었다. 고민하고 신경 쓸 일은 가까운 곳에 더 많았다. 주변을 맴도는 수컷들의 동정을 살피는 일이 더 시급했다. 짝이 없는 수컷들이 하이에나처럼 어슬렁거리며 남의 여자들을 넘보기 때문에 한시도 마음을 놓을 수가 없었다. 입으로는 별을 노래하면서도 한 손에는 야전삽을 움켜쥐고 가자미눈으로 주변을 살펴야 했다.

● 네덜란드의 소년 가수 하인트예 시몬스(Heintje Simons)의 〈Zwei kleine Sterne〉을 트윈 폴리오의 윤형주가 번안하여 부른 〈두 개의 작은 별〉의 노랫말이다.

"줏대 없이 남의 나라 노래나 따라 부르고……."

이따금 '7080'이라는 걸 매달고 나오는 텔레비전 프로그램에서 흘러간 팝송들이 나오면 만사를 제쳐놓고 그 앞에 주저앉아 발을 까닥이는 나를 보고 아내가 하는 핀잔이었다. 오죽 철학이 없으면 서양 제국주의자들의 노래에 빠져 허우적거리느냐고 했다. 아내의 말에 따르자면, 주체적인 역사관이 부족하고 사회과학적 비판 의식이 없어 그렇다고 했다. 그저 술에 취해 음풍농월이나 하면서 다가올 복날에 제 목 조를 것도 모르고 꼬리나 흔드는 개와 다를 게 뭐가 있냐고 했다. 나는 생각이 달랐다. 노래에 무슨 사상이 있고, 국경이 있단 말인가. 나는 "오 자유여 오 기쁨이여 오 평등이여 오 평화여."● 같은 노래만 부르는 아내를 이해할 수 없었다.

"노, 노래에는 국경도 없는 법이여."

나는 아내에게 김정일이 핑크 플로이드나 롤링 스톤스의 노래들을 좋아한다는 사실●●을 일깨워주었지만 그녀는 콧방귀만 뀌어댔다. 별로 그리하고 싶지는 않지만 아내의 식으로 하자면, 시시알의 노래들은 내게 자유이고 기쁨이며 평등이고 평화인 셈이었다. 나는 온갖 고생을 하여 모은 돈으로 겨우 산 기타를 튕기며 익힌 G - D - Em로 시작되는 비트커트 전주를 아직까지 잊지 못하

● 1980년대 꽃다지 등이 부른 민중가요 〈불나비〉의 후렴구이다.
●● 브루스 커밍스의 『김정일 코드』(North Korea: Another Country)에 따르면 김정일은 아들과 슈퍼마리오 게임을 즐기며, 핑크 플로이드나 롤링 스톤스, 폴 앵커, 비치 보이스의 노래를 좋아했다고 한다.

고 있었다. 어른들이 눈을 흘기며 "그게 노래냐, 개 짖는 소리냐." 라며 핍박하던 그 노래들이 이제는 '뿌리 없는 양코배기 노래'라고 괄시받고 있는 것이다.

지금의 나는 음악을 듣지 않는다. 전자 오락기 같은 소리를 끝없이 토해내고, 알아들을 수 없는 주문을 외어대는 요즘 노래들은 따라 부를 수도 없지만 듣기도 불가능했다. 이따금 회식 자리에서 노래방이라도 가면 슬그머니 냇 킹 콜이나 패티 페이지의 옛 노래들을 눌렀다. 그러면 술에 취해 이마를 맞대고 무어라 떠들어대거나, 탁자에 머리를 처박고 자던 일행들이 일제히 머리를 치켜들고 한일전에서 패한 축구 경기를 보듯 격앙된 목소리로 외쳐댔다. "야, 이거 누가 눌렀어." 그런 비난을 듣고 난 뒤로 나는 노래방에 가도 찰찰이만 쳤다. 이따금 억지로 일어나 노래를 부를 때면 "만지면 톡 하고 터질 것만 같은 그대……." 같은 뽕짝을 불렀다. 그건 노래가 아니라 자학의 절규였다. 어느 결에 나는 음악 없이도 살아가는 괴물이 되어 있었다.

별을 바라보고 이슬을 노래하던 소년들은 지금 접대부의 가슴에 신사임당이 그려진 오만 원짜리 지폐를 꽂아주느라 분주했다. 치마 속을 더듬거나, 옷을 벗은 접대부가 가랑이 사이로 흘려 내린 계곡주를 마시느라 이제는 별을 바라볼 틈도 없었다. 구석에서 접대부를 끌어안고 있던 나는 언젠가 들어선 보경이 내려다보고 있다는 걸 알고 퍼뜩 몸을 일으켰다.

뒤늦게 나타난 보경은 여기저기서 잡아끄는 손들을 뿌리치며 잠자리 날개 같은 한복 치맛단을 야무지게 사려 쥐었다.

"점잖지 못하게 왜들 이러실까."

시선이 마주친 내가 은근한 눈웃음을 보냈지만 그녀는 고개만 잠깐 까딱일 뿐이었다. 머쓱해서 입만 벌리고 바라보자니 접대부들에게 잘들 모시라는 말만 남기고 그녀는 이내 밖으로 사라졌다.

사범대에서 교수 노릇을 한다는 옥현이 혀 꼬부라진 소리로 두덜거렸다. 그는 내게 정규 마누라였던 보경이 어떻게 돈을 벌었는지 아냐고 물었다. 그는 보경이 성제와 내연의 관계라고 했다.

"저게 성제하고만 그런 사이인 줄 아니? 코끼리 형이고, 점박이 형이고, 기봉이에 승오까지 한 번씩은 다 올라탔다고. 저거 못 먹은 건 너하고 나밖에 없을걸."

나는 기가 막혀 화가 날 지경이었다. 남의 눈치도 모르고 옥현은 계속 내 귀에다 대고 주절거렸다.

"근데 저년이 가랑이 벌려 번 돈으로 낸 룸살롱 이름이 뭐였는지 아냐?"

보경에게 함부로 '년' 자까지 붙이는 옥현이 못마땅해 허리를 구부리는 척하며 옆구리를 팔꿈치로 되게 쥐어박았다. 술에 잔뜩 취한 옥현은 아픈 것도 몰랐다.

"사자클럽."

메리

긴밀히 만나자는 기봉의 전갈이 왔다. 홍사초롱을 추녀 끝에 매달아놓은 누상동의 요정에는 기봉과 옥현이 먼저 와 기다리고 있었다. 나를 보자 자리에서 일어나 반색하며 맞는다. 꽤나 비싸 보이는 요리들이 상을 채우고, 한복을 차려 입은 여자들까지 화초처럼 앉아 있다. 예정보다 늦어지는 원고 때문에 은근히 뒤가 켕겼다. 안팎으로 골치 아픈 일에 시달리다 보니 '사자클럽 40년사'는 며칠째 손도 못 대고 있었다. 사정을 털어놓자 기봉은 의외로 느긋했다.

"사실 그 책은 회장 자서전인 셈이야."

회장이라는 말에 나는 잠시 어리둥절했다. 그러나 곧 그것이 이번에 동문회장이 된 성제라는 걸 어렵잖게 짐작할 수 있었다. 요새 여기저기서 쏟아져 나오는 자서전이란 것들보다는 학창 시절부터 속속들이 아는 동문들의 입으로 들려주는 이야기가 훨씬 호소력이 있지 않겠느냐고 했다. 말끝마다 성제를 중심에 놓아달라던 기봉의 주문이 이제야 이해가 되었다.

"솔직히 요즘 인물이 없잖아."

곁에 있던 옥현이 뜬금없는 인물 이야기를 내민다.

"개교 100주년이라지만 경기, 서울에 비하면 창피할 지경이야."

기봉이 더듬거리며 옥현의 말을 거든다.

"그래서 사자클럽에서 인물 하나 만들자는 거지."

중학교 입학시험에서 실수로 한 문제 틀렸다고 평생을 이렇게 찌그러져 살아야 되겠느냐, 경기나 서울 것들이 잘난 척해봐야 한 문제 차이 아니냐는 기봉의 말에 옥현은 깊이 고개를 끄덕였다. 다시 술잔이 몇 순배 돌고 나서 기봉이 어렵게 입을 열었다.

"그래서 성제가 이번 선거에 나서려고 하는데……."

선거라는 말에 나는 어리둥절해졌다. 기봉은 그 일을 오래전부터 준비하고 있었다며 차근차근 자초지종을 털어놓았다. 성제가 하늘보다 더 극진히 모시는 어느 목사가 요즘 잘나가는 기독교 단체의 실세인데, 청와대도 무시로 드나들 정도로 정치력이 있다고 했다. 그이가 성제에게 교육감 선거에 나설 준비를 하라고 오래전부터 종용하여 이번 보궐선거에 출사표를 던지지 않을 수 없게 되었다는 것이다.

"당장 먹기는 곶감이라고, 경제가 우선으로 보여도 두고두고 뽑아먹으려면 교육을 잡아야 하거든. 전교조 때문에 십 년을 잃어버렸잖아."

하필이면 교육감 선거에 나서느냐는 내 물음에 옥현이 한 대답이다. 전교조가 좌경용공 사상으로 물들인 아이들이 유권자가 되면서 보수 정권이 대선에서 두 번이나 패배를 당했다는 것이다. 이제라도 반공애국의 사자 정신으로 교육을 바로잡아야 한다는 게 그의 생각이었다.

"한 마디로 인물 좀 키워보자는 거지. 솔직히 누가 있냐? 고작 대학에서 훈장 노릇 아니면 언제 잘릴지 모르는 이사나 신문사 국장?"

그러면서 옥현은 대학교수답게 구체적인 통계 수치를 들이댔다. 2005년 통계청 국민주택 총 조사에 따르면 대한민국의 종교별 인구에서 개신교가 8,616,438명으로 전체 국민 대비 18.3퍼센트라고 했다. 초파일날 등을 달러 한 번 가는 불교 신자를 빼면 명실공히 국가대표급 종교라고 했다. 그런데 그런 대한민국 기독교에 누가 있느냐고 물었다. 길거리에 십자가 메고 다니는 이들이나 고래 등 같은 교회 지어 대를 이어 장사해 먹는 이들 말고 기독교에 어떤 인물이 있냐고 했다. 그러면서 떠오르는 기독교계의 차세대 주자이며 정치와 사회 문제에 혜안을 가진 인물은 한 사람뿐이며, 그것이 성제라는 것은 알 만한 사람들은 다 안다고 했다.

"이번 선거에서 문제는 오십대야. 이십대, 육십대는 주인이 다 정해진 거고, 오십대가 무주공산인데, 공중에 떠다닌단 말이야. 여기에 깃발을 꽂아야 돼. 세시봉, 그래 트윈 폴리오도 좋고, 비틀스든 시시알이든 표가 될 수 있는 건 다 동원해보자고."

그러니까 교육감 선거에 나서려는 성제가 장차 정치적 발판을 삼고, 대선을 앞둔 보수 진영의 눈에 들려면 이번 선거와 대선 준비에 얼마나 열과 성을 보이느냐에 달려 있다는 것이었다. 그를 위해서 성제가 오래전부터 동문회와 사자클럽을 지지 기반으로 준비하고 있었다는 이야기다.

대강 짐작은 하고 있었지만, 성제가 맡긴 '사자클럽 40년사'까지 그런 의도가 숨어 있는 줄은 미처 알지 못했다.

"교육감이나 국회의원이 문제가 아니라고……."

기봉이 엄지를 곧추세우면서 한쪽 눈을 찡긋 감아 보였다. 도와달라는 말에 나는 글이나 쓰는 주제에 뭘 돕겠느냐고 했다. 우선 하고 있는 자서전 대필을 잘 마무리해주고, 선거가 시작되면 공보문이나 연설문 같은 것도 도와주어야 한다고 했다. 그러잖아도 선거를 앞두고 돈이 될 만한 기획들을 생각해보라고 닦달하던 사장의 얼굴이 생각나서 나는 속으로 쾌재를 불렀다.

술잔이 한 차례 더 돌고, 기봉이 옆에 있던 여자들을 밖으로 내보냈다. 아까부터 무거워 보이던 두 사람의 얼굴이 더욱 굳어졌다.

"진명선이라고 아니?"

진명선, 처음 들어보는 이름이었다.

"성제네 식순이."

기봉이 두 손으로 제 가슴에 공을 껴안은 시늉을 해 보일 때야 유난히 젖가슴이 컸던 한 여자가 어렴풋이 생각났다.

만나기만 하면 여자 이야기를 하던 시절이었다. 어느 날 성제가 자기 집 식모를 따먹었다고 자랑했다. 자기보다 두 살이나 많은 식모는 젖통이 두 손으로 쥐어도 남을 만큼 크며, 엉덩이도 투실투실하여 쿠션이 좋다고 했다. 믿지 못하는 또래들에게 그는 그 식모를 한 번씩 올라타게 해줄 수도 있다고 큰소리쳤다. 그 말을 믿고 너덧 명이 따라나섰다. 성제네 부모는 기도원에 금식기도를 하러 가서 집을 비웠다.

성제네에 몰려간 패들은 움직일 때마다 출렁거리는 식모의 젖가슴을 경이로운 눈으로 바라보며 낄낄거렸다. 가위바위보로 순서를 정하고, 밤이 되기만을 기다렸다. 유난히 길기만 하던 해가 저물고, 밤이 되었다. 첫 번째로 기봉이 들어갔다. 잠시 후 여자의 다급한 비명이 터져 나오고 무언가 벽에 부딪치는 소리가 요란스레 들렸다. 성제를 앞세우고 방에 들어가니, 찢어진 윗옷을 추켜올린 식모가 구석에 쭈그리고 앉아 울먹이고 있었다. 성제가 다들 나가라고 한 뒤 그녀를 설득했다. 한 번씩 해주면 돈을 걷어주겠다는 말이 문틈으로 새어나왔다. 그녀는 완강하게 거절했고, 성제는 성질을 내며 주먹질까지 하는 듯했다. 그래도 그녀가 말을 듣지 않자 성제가 다들 들어오라고 했다. 주춤거리며 들어선 패들에게 성제는 그녀가 붙들고 있는 윗옷을 벗겨 내리며 허연 맨가슴을 내보였다. "야, 돌림빵 놓자." 그 말에 그녀는 눈물이 잔뜩 고인 눈으로 호소하듯 방 안에 들어선 남학생들을 바라보았다.

그녀는 식순이였다. 〈별이 빛나는 밤에〉 라디오 프로그램에 전화를 걸어 '톰이 부르는 존스'를 신청하고, 그것도 모자라 '으샤

샤 으샤샤 란닝구'●라고 노래 가사를 읊어대는 공순이보다 더 무지한 천민이었다. 그야말로 불가촉천민인 식순이에게도 순결 같은 것이 있으며, 그것이 남들처럼 그녀에게도 소중하다는 생각을 전혀 하지 못했다. 그저 촌에서 입 하나라도 덜 요량으로 남의집살이를 하면서 남은 밥이나 얻어먹다가 느지막이 저와 비스름한 처지의 공돌이와 짝을 지어 또 저 같은 자식들을 낳아 대대로 그렇게 사는 존재로만 여겼다. 찢겨진 옷 사이로 속살을 드러낸 그녀는 그냥 하나의 식순이였다. 미시시피 강을 오르내리는 유람선을 노래한 〈프라우드 메리〉●●의 가사를 "옷 벗고 자리에 누워 한 탕 두 탕 뛰고 나니 열두 탕이래."●●●라고 부르는 공돌이와 꽁무니를 맞대고 살아갈 식순이였다.

"빙신들, 대줘도 못 먹냐?"

성제가 주춤거리는 패들을 강제로 그녀 쪽으로 밀며 전등 스위치를 내렸다. 불이 꺼지자 누가 먼저랄 것도 없이 한 덩어리의 부드러운 살덩이를 향해 우르르 달려들었다. 여자의 비명과 거친 숨소리, 낄낄거리는 웃음, 누구의 것인지도 모르는 손들이 어둠 속

● 영어를 모르던 여공들이 라디오 음악방송에 영국 팝가수 톰 존스의 〈Keep on running〉을 신청하는 것을 조롱한 일화이다.

●● Proud Mary, 1968년경 시시알이 발표한 노래로 후에 톰 존스 등이 다시 불러 대중적 인기를 끌었다.

●●● 〈프라우드 메리〉의 첫 소절 "Left a good job in the city workin for the man every night and day"를 한국어로 음차하여 부른 대목이다.

에서 마구 뒤엉켰다. 그러나 그녀는 생각보다 훨씬 강했다. 그녀는 제 머리를 벽에 마구 짓찧으며 짐승처럼 울부짖었다. 그리고 누군가가 그녀에게 물려 비명을 질렀다.

"그 식모 이름이 진명선이야?"

기봉은 그 여자가 노동판에서는 꽤 알려진 인물이라면서 모르겠냐고 물었다. 회사에서 노조 쪽 직원들과 어울린다는 말을 어디서 들었는지 기봉은 내가 그녀를 모른다는 게 이해할 수 없다는 투였다.

"여성 무슨 위원인가를 한다는데, 그쪽 후보를 돕고 있나 봐."

기봉이 주섬주섬 가방에서 꺼내어 내미는 서류철에는 그녀의 사진과 프로필이 빼곡히 적혀 있었다.

"이렇게 다시 만날 줄 누가 알았겠냐?"

문제는 그녀가 거드는 인물이 이번 교육감 선거에 후보로 나서고 있다는 것이었다. 그 인물이 당선될 가능성은 거의 없었지만, 다른 후보를 떨어뜨릴 힘은 지니고 있었다.

그게 언제 이야기인데 문제가 되겠냐고 하자, 기봉이 한숨을 푹 내쉬며 담배를 꺼내 물었다.

"성제한테 전화가 왔대."

여자는 자신이 예전에 식모로 있던 진명선인데 기억하겠느냐고 물었다고 한다. 성제는 잘 모르겠다고 얼버무리고는 전화를 끊었지만 아무래도 저쪽에서 다 알고 있는 눈치였다는 것이다. 철없던 시절의 일이기는 하지만 자신이 한 짓이 세상에 알려지게 되면 모든 게 끝이라는 걸 성제는 모르지 않았다. 성제는 그녀의 심중을 알고 싶어 했다. 돈을 요구하는 것인지, 아니면 다른 요구가 있는 건지 그녀의 생각을 알고 싶으며, 기회가 된다면 만나서 지난 일을 사과할 의향도 있다고 했다.

"여기까지 온 것도 쉬운 일은 아니었다고."

기봉의 말이 아니더라도 그 정도는 능히 짐작할 수 있는 일이었다. 성제는 보수 진영의 강력한 후보로 손꼽히던 인물들을 밀어내고 간신히 당의 지원을 약속받게 되었다고 한다. 그러자면 얼마나 많은 우여곡절과 노력이 있었겠는가. 일 년 전부터 기봉이 기획사를 차려 선거 준비를 하면서 언론에 꿀을 바르고 정계에 돈을 뿌려가며 이제 보수 진영의 후보 등록을 눈앞에 두고 있는 상황이라고 했다.

"좀 도와줘야겠다."

불똥이 내게 튀리라고는 전혀 생각지도 않고 있던 나는 화들짝 놀랐다. 가서 그 여자가 뭘 바라는지만 알아봐달라고 했다. 나는 그 일을 내가 왜 해야 하느냐고 물었다. 대답 대신에 기봉은 속내를 터놓고 말할 수 있는 사람들 중에 말발이 서는 게 누구냐고 되물었다. 그들은 여전히 나를 여학생들의 마음을 사로잡는 대필가로 여기는 눈치였다. 내가 가서 뭘 어쩌겠느냐, 공연히 긁어 부스럼만 만들 것이라고 발뺌을 해보았지만 소용이 없었다. 오죽하면 이러겠으며, 어디 가서 이런 부탁을 하겠냐며 믿을 사람이 사자클럽 친구들밖에 더 있느냐고 매달렸다.

"널 착하게 생각하잖냐."

뜬금없는 기봉의 말에 까맣게 잊고 있던 지난날의 기억 한 도막이 눈앞에 불쑥 되살아났다.

불을 끈 채 달려든 사내들을 피해 그녀는 결사적으로 저항했다. 울부짖고 버둥거리다가 끝내는 누군가의 팔뚝을 오지게 물어뜯었다. 비명 소리에 놀라 불을 켜자, 그녀는 입가에 피를 흘린 채 방 귀퉁이에 웅크리고 있었다. 팔을 물린 관식의 팔뚝에는 부러진 그녀의 이빨 조각이 박혀 있었다.

화가 난 관식이 발을 들어 올리는 걸 내가 가로막았다. 그리고 부드러운 목소리로 그녀를 안심시켰다. 겁을 먹고 떨던 그녀는 내 뒤로 몸을 숨겼다. 나는 친구들에게 눈을 찡긋거리고 밖으로 내보냈다. 그리고 그녀가 악을 쓰며 벽에 제 머리를 박지 않도록 달랬다.

메리를 생각했다. 메리는 집에서 기르던 개였다. 늙어서 잠만 잔다며 아버지는 메리를 동네 사람들에게 팔았다. 동네 사람들은 메리를 끌고 가 다리에서 목을 매달았다. 버둥거리던 메리는 머리에 몽둥이질을 하자 이내 조용해졌다. 짚을 긁어모아 불 피울 준비를 하는 동안 놀랍게도 메리가 살아났다. 한쪽 눈알이 튀어나온 채 메리는 집으로 돌아와 마루 밑에 깊숙이 몸을 숨겼다. 눈앞의 고깃덩이를 잃은 사람들이 떼를 지어 몰려와 온갖 수단을 써보았지만 메리는 마루 밑에서 나오지를 않았다. 그때 아버지가 나섰다. 여태껏 들어본 적이 없는 가장 부드러운 목소리로 메리를 불렀다. 그러자 기름 바른 오징어를 주고, 막대기로 쑤셔도 나올 생각을 하지 않던 메리가 낑낑거리며 기어 나왔다. 튀어나온 눈알 한쪽을 매단 채 메리는 주인의 부름에 꼬리를 흔들며 기어 나왔다. 그러자 사람들은 목줄을 두 겹이나 매어 메리를 끌고 갔다.

며칠을 망설인 끝에 진명선을 찾아갔다. 기봉과 옥현이 번갈아 가며 전화로 채근하는 통에 가보는 척이라도 하지 않을 수가 없었다. 꺼림칙한 기분이 없는 건 아니지만, 누구 못지않게 나도 그녀의 속내가 궁금했다.

여기저기 알아보니 그녀는 구로 지역에서 '그루터기'라는 여성 노동자 상담소를 운영하고 있었다. 노조 연수에 강사로 나올 만큼 그 바닥에서는 꽤 알려진 여성 활동가라고 했다.

사무실은 홍보물과 끝없이 울려대는 전화 소리로 북적거렸다. 땀을 흘리며 전단지를 상자에 담고 있는 남자에게 그녀의 이름을 대자 벽 쪽을 가리킨다. 짧은 머리에 다부진 체구의 여자가 입에 사인펜 뚜껑을 문 채 벽에 걸린 현황판의 숫자들을 고쳐 쓰느라 여념이 없다. 희끗거리는 머리카락이 지나간 세월을 말해주고 있었다. 힐끔거리며 그녀의 모습을 살펴보았지만 찢어진 블라우스를 추스르며 울던 여자의 흔적은 어디에도 남아 있지 않았다.

"신문사에서 왔어요?"

주변에서 기웃거리는 나를 보고 그녀가 물었다. 나는 아니라고 서둘러 말했다. 사다리에서 내려와 구석진 방으로 가서야 그녀는 나를 찬찬히 살펴보았다.

"구면이죠?"

내가 머뭇거리자 그녀는 코웃음을 치며 고개를 돌렸다. 설마 수십 년 전의 얼굴을 기억할까 싶었는데 그녀의 눈썰미는 대단했다. 거기도 목사 노릇을 하냐고 그녀가 물었다. 나는 고개를 저으며, 지난 일에 대해 부끄럽게 생각하고 있다고 머리를 숙였다.

"뭐 부끄러워하시기까지."

그때는 다들 철이 없었다고 나는 다시 한 번 정중히 머리를 숙였다. 그러자 그녀는 요즘은 철들이 좀 드셨냐고 물었다. 우물거리던 내가 사과를 드리려고 찾아왔다고 하자 그녀는 단호한 목소리로 잘라 말했다.

"가서 전하셔. 깝죽거리지 말고 알아서 기라고."

그녀의 눈에서 푸릇한 불빛이 튀는 듯했다. 나는 그녀의 아랫니 사이에서 유난히 검은빛을 띤 송곳니에 시선이 박혔다. 관식의 팔뚝에 박힌 채 부러졌던 이가 있던 자리였다. 그녀는 더는 자신의 눈에 띄지 않는 게 좋을 거라고 말했다. 황급히 사무실 밖으로 나서는 내 등 뒤에다 대고 그녀가 야무지게 쏘아붙였다.

"어쨌든 세상이 좆같다는 걸 일찍 알게 해줘서들 고마워."

이야기를 전해 들은 기봉과 옥현은 하늘이 꺼져라 한숨을 내쉬었다.

노래패

드디어 아내의 입에서 헤어지자는 말이 나왔다. 정문에 버티고 섰던 용역 깡패들이 슬그머니 사라진 날, 직원들과 소주 한잔 걸치고 들어서는 내게 아내가 이혼 서류를 내밀었다.

"나도 더는 견딜 수가 없어."

아내는 자신이 시키는 대로 하지 않는 남편을 원망했다. 내가 그녀의 노래패 선배에게 무릎을 꿇고 충성을 서약한 뒤, 그가 던져주는 기획실장 자리에 앉아 노조원들을 회사에서 몰아내는 데 앞장서지 않는다고 견딜 수가 없다는 것이다.

"당신이란 사람 머리를 쪼개보고 싶어. 그 안에 뭐가 들었나?"

할 수만 있다면 나도 그녀의 머리를 그렇게 하고 싶었다. 김광석•이라면 자다가도 벌떡 일어나 눈물을 흘리고, 이 나라와 세계 평화와 지구는 누가 지킬 것인가를 걱정하였다. 그러면서 또 한편으로는 부동산 업소들을 돌아다니며 기민하게 땅 투기를 하는 인간의 머릿속에는 과연 무엇이 들어 있을까.

"어쩌려고?"

이혼 서류를 내미는 아내에게 물었다. 그녀는 어쩌기는 뭘 어쩌느냐며 각자 알아서 잘 살자고 했다. 아내는 입버릇처럼 말하던 무소의 뿔처럼 혼자서 가려는 모양이었다. 그녀는 내가 이따금 끼적거리는 시도 마뜩잖아 했다. 그런 시 쪼가리로 뭘 어쩌겠냐며, 글을 쓰려면 무소의 뿔처럼 당당한 걸 쓰라고 핀잔을 주었다. 그녀의 입에서 인기 여류 소설가의 이름이 들먹여질 때마다 나는 내게 없는 뿔이 서글펐다. 그녀는 내가 서글퍼하는 것조차 비웃었다.

아내는 오래전부터 나를 비웃었다. 그녀에게 모든 사실을 털어놓았을 때도 그랬다. 신혼살림을 시작할 무렵이었다. 촛불을 켜놓고 비밀이 있다면 다 털어놓자는 말에 나는 그때까지 숨겨오던 사실들을 털어놓았다. 내가 영등포경찰서 정보과 형사의 끄나풀이었다는 것, 집회가 열리던 도서관 앞 광장에서 기타를 치며 김민기의 〈공장의 불빛〉을 부르던 그녀에게 마음을 빼앗겼으며, 학보사에서 전단 뭉치를 들고 나오는 것은 거리가 멀어 확실히 보지 못했을 뿐이라고 말했다. 그녀는 차분하지만 예상보다 훨씬 경멸 섞인 목소리로 이렇게 말했다.

● 가수, 1984년 김민기의 '개똥이' 음반 작업에 참여한 후 '노래를 찾는 사람들'을 결성하여 시대 상황 비판과 사회 개혁적인 노래를 발표하였다. 1996년 32세로 거실 계단에서 전깃줄로 목을 매어 죽었다.

"이해할 수 있지만 용서할 수는 없네요."

그런 그녀와 어떻게 한 이부자리를 덮고 지내왔는지 알 수 없는 일이었다. 그 말을 할 때마다 그녀는 "글쎄, 국공연합이라고나 해야 하나."라고 한숨을 내쉬었다.

미연이 내 자취방에 눌러앉게 된 것은 내가 신춘문예를 준비하느라 방 안에 틀어박혀 원고지와 씨름하고 지낼 무렵이었다. 하루 스물네 시간을 잠자는 서너 시간을 빼고는 신춘문예 당선 작품집들을 눈이 벌게지도록 읽고, 오정희나 이문열의 소설들을 밑줄 그어가며 달달 외우는 짓으로 보냈다. 국가에서는 행여 내가 건강을 망칠까 걱정되었던지 친절하게도 동원 훈련이란 걸 만들어 밖으로 끌어냈다. 좀약 냄새 나는 개구리복을 챙겨입고 나는 대한통운 트럭에 탄약상자처럼 실려갔다. 온종일 연병장에 나동그라져 허공에다 빈 총 쏘는 연습을 하는 동원 훈련은 지루하기 짝이 없었다. 머릿속은 신춘문예 응모작품과 저공으로 활강 침투한다는 AN-2기의 제원이 뒤섞여 뒤죽박죽이 되고 말았다. 예비군 훈련장의 시간은 점액처럼 진득거리며 느리게 지나갔다. 할 수 있는 범위에서 가장 느릿느릿 걸으며 최소의 에너지로 최대의 시간을 흘려보내려는 예비군들은 오로지 아랫도리의 성감만 살아 있었다. 미루나무 그늘에 앉아 총 개머리판에 기대어 조는 것도 지치면 제 장모며 처제를 어찌했다는 음담패설을 늘어놓거나, 담요를 들고 다니며 쇼트타임 매춘을 하던 모포부대 아줌마를 만나러 개구멍을 들락거릴 기회를 찾는 데만 에너지를 사용했다. 바로 며칠 전까지도 멀쩡한 행색으로 생활하던 사람도 개구리복만 입혀놓으면 뇌의 기능이 정지된 채 오로지 입과 생식기의 본능만 살아 꿈틀거렸다. 나무 그늘에 축 늘어져 있다가도 남정네 불알 까러 온 보건소 아줌마들의 펑퍼짐한 궁둥이를 바라볼 때면 잠깐 생기를 찾았다.

엿새 동안 뇌 없이 사는 훈련을 마치고 돌아오니 자취방에 미연이 누워 있었다. 언제 왔는지 문 여는 소리도 듣지 못한 채 곤히 잠들어 있었다. 나는 백설공주를 지키는 난쟁이처럼 숨소리도 내지 못하고 그 곁에 쭈그리고 앉았다. 잠든 그녀의 얼굴을 들여다보고 있자니 보경을 닮았다는 생각이 들었다. 넋을 놓고 그녀의 얼굴을 바라보고 있자니 끄응 소리를 내며 그녀가 두 손으로 내 목덜미를 휘감았다. 놀라서 뒤로 몸을 빼려 했지만 그녀의 두 팔은 부드러운 마력으로 나를 옥죄었다. 그 뒤에 일어난 일은 순전히 5박 6일 동안 성감만 집중 배양한 동원 훈련의 결과이며, 국가가 책임져야 할 사건이었다.

"저런 인간과 30년을 살아온 내가 미친년이지."

내가 생각해도 어떻게 둘이 결혼이란 것까지 하게 되었는지에 대해서는 설명할 길이 없었다.

"안다고 별수 있었겠어?"

구로동의 어느 산부인과 의원에서 낙태수술을 했다는 말을 전할 때도 그녀는 담담하게 말했다. 나는 임신 사실도 모르고 있었다. 사이렌이 울고, 서치라이트가 밤하늘을 헤집는 야간 등화관제 훈련이 있던 날이면 그녀는 차를 놓쳤다며 으레 내 자취방에서 자고 갔다. 그냥 자고 가기만 했어도 일은 복잡해지지 않았을 것이다. 한 이불 속에서 젊은 남녀가 할 일이 무엇이 있겠는가. 공습 사이렌 소리를 배경 음악 삼아 거친 숨을 몰아쉬며 뜨겁게 달궈진 몸을 섞었다. 그것은 통금과 야간 등화관제 훈련의 결과이며, 이 또한 국가가 전적으로 책임져야 할 참극이었다. 나는 전국이 불을 끄고 침묵과 어둠 속에 숨을 죽이고 있는 시간에 그녀에게 사랑을 고백했고, 그렇게 해야만 하는 기분으로 그녀와 결혼했다. 그녀는 좋아하던 노래패 선배가 감옥을 제 집보다 더 자주 드나들 것 같아 착실해 뵈는 나를 택했다고 했다.

나는 감옥은 드나들지 않았지만 대신 집에만 틀어박혀 있는 걸 좋아했다. 그녀와 살림을 차린 뒤에도 나는 오로지 불후의 명작을 저술하는 데만 매진했다. 캄캄한 골방에 틀어박혀 수녀가 되려던 주인공이 형부와 사랑에 빠져 영육 간의 갈등으로 몸부림치는 소설들을 집필하느라 몇 해를 보냈다. 혹시 친구들이 내 생계를 걱정하는 말이라도 건네면 얼굴에 침이라도 맞은 듯 몸을 떨며 격분했다. 위대한 작가라면 글을 쓰다가 굶어 죽는 것이 가장 행복한 에필로그라고 생각했다.

그러나 아내는 위대한 작가가 되려는 생각이 전혀 없었고, 위대한 작가의 아내가 되어 굶어 죽을 생각은 더더욱 없었다. 초등학교 앞에서 만화방을 하며 살림을 꾸려나가던 그녀는 내게 남들이 다 하는 취직이란 걸 하라고 종용했지만 나는 작가가 돈벌이에 나서는 걸 치욕으로 생각했다.

견디다 못해 아내는 노래패 선배를 찾아갔다. 평생 감옥을 드나들 것 같던 그 선배는 청계천에서 출판사를 하고 있었다. 나는 그의 주선으로 무협지나 에로 소설들을 쓰게 되었다. 순전히 생계를 위해 한 일이었다. 다행히 내가 쓴 '길고 깊게' 같은 제목의 책들은 잘 팔려 나갔다. 해적판으로 찍어댄 노벨문학상 수상집 같은 걸로 돈을 번 사장은 내친 김에 빌딩을 사들여 광고기획사까지 차렸다. 아버지가 하던 헌책방을 물려받아 어엿한 기업인이 된 사장은 자신의 성공에 고무되어 자서전을 세상에 펴내려고 했다. 유감스럽게도 글재주가 없던 사장은 자서전을 대필할 사람이 필요했고, 그 일을 내가 맡게 되었다. 자서전이 끝난 뒤에도 사장이 어딘가에 보낼 편지가 있으면 불려 다니다 보니 아예 비서실에 자리를 하나 얻게 되었다.

아내는 그게 모두 자신의 공이라고 했다. 김민기를 끔찍이 좋아한다는 사장은 아내를 앞세우고 찾아간 내게 운동하던 마음으로 회사를 살려보자며 손을 내밀었다. 요즘도 사장은 매일 이어지는 야근에도 수당이 따로 없어 직원들의 불만이 많다는 이야기를 전하면, 1980년 그 엄혹한 시절에 자신이 50만 학우들을 이끌고 서울역 앞에서 경찰과 대치하던 이야기를 늘어놓았다.

"지금도 생각하면 참 지혜로웠어. 운동이라는 것이 무조건 밀어붙인다고 되는 게 아니잖우."

사장은 이유야 어찌 됐든 회사에 노조 깃발이 나부끼는 것을 원하지 않았다. 왕년에 운동했던 사장이 있는 회사에 노조가 말이 되느냐며 그는 서울역 회군 이야기를 들먹였다. 그런 이야기를 들을 때마다 나는 무슨 말을 해야 할지 몰라 고개만 끄덕였다. 모르는 것은 그것만이 아니었다. 온종일 마스크를 입에 두른 채 회사 정문 앞에 서 있는 홍 비서에게도 무슨 말을 해야 할지 막막하기만 하였다.

홀리데이

홍 비서는 끝내 직장을 그만두었다. 며칠 동안 그녀 곁에 우두커니 서 주었던 것 말고는 달리 해줄 것이 없었다. 그녀는 고향으로 내려가 부모가 오래전부터 권하던 면사무소 공무원과 선을 보겠다고 했다. 그 와중에도 나는 그녀에게 모텔로 가서 이야기하자고 했다. 내 말에 그녀는 정색하며 화를 냈다

"그게 선생님이 말하는 낭만적 사랑인가요?"

나는 그녀에게 조금만 시간을 달라고 했다. 나는 아내와의 이혼을 심각하게 고민하고 있다고 했다. 그녀는 이제 고민할 필요가 없다고 하였다.

"이제 나는 내 세상을 살 거예요."

나는 그녀에게 그러면 정말 행복하겠냐고 물었다. 담배 냄새에 찌든 면사무소 공무원과 한 이불에서 잠을 자고, 아침이면 그의 도시락을 싸고, 온종일 추녀 밑에 매달린 빈 제비집만 바라보고

사는 삶이 행복할 것 같으냐고 물었다. 행복은 나누면 배가 된다는 말이 있지 않느냐고 그녀가 말했다. 나누면 반이 되는 수도 있다는 내 말에 그녀는 샐쭉해져 한 마디 쏘아붙였다.

"그러면 302호실 물침대가 행복인 줄 아세요?"

나는 핀트가 맞지 않고 겉도는 대화에 금세 지쳐버렸다. 그녀는 자신도 행복해지고 싶다고 했다. 웨딩드레스를 입고 결혼도 하고, 아이도 낳고 싶다고 했다. 나도 모르게 입이 비틀어지며 쓴웃음이 흘러나왔다. 결혼이니 아이를 들이대며 행복을 말하는 홍이 전에 없이 유치하고 귀찮게 느껴졌다.

"어쩌면 좋을까요?"

최후통첩을 하듯 그녀가 물었다. 붙들어주기를 바란다는 것을 알아챘지만 아무 말도 하지 않았다. 내 머릿속에는 그녀를 마지막으로 모텔로 데려가 침대에 뉘고 싶다는 생각뿐이었다. 내게 행복이란 어긋난 비지스의 노래 같은 것이었다.

올림픽이 열리던 해였다. 지금이 올림픽을 할 때인가 묻기도 전에 별의별 사건들이 비명을 지르며 터져 나왔다. 뉴스 시간에 자신의 귀에 도청장치가 있다는 청년이 느닷없이 튀어나오더니, 두 달 뒤에는 지강헌이라는 탈주범이 남가좌동 주택에 들어가 인질난동을 부렸다. 내가 그런 범죄자의 이름까지 기억할 만큼 세상에 관심이 많았던 것은 아니다. 대통령의 동생이 자신들보다 더 나쁜 짓을 하고도 가벼운 벌을 받은 것에 분노하여 감옥에서 탈출한 탈주범들이 '유전무죄 무전유죄'라는 세기에 남을 명언을 외친 것 때문도 아니다. 그것은 노래 때문이었다.

이따금 시를 쓰기도 했다는 지강헌은 사살되기 전 대치 중인 경찰에게 노래 한 곡을 신청했다. 다방에서 하듯 쪽지에 적어 경관에게 전했는지, 그냥 창문으로 악을 썼는지는 분명하지 않지만 그의 리퀘스트 뮤직은 한때 내가 경외해 마지않던, 타락하기 전의 비지스가 부른 〈홀리데이〉였다. 비지스의 이 노래를 들으며 자신의 목에 흉기를 겨누었을 탈주범의 마지막 모습은 상상만으로도 황홀했다. 그 노래는 거룩한 비지스의 첫 음반 '비지스'에 로빈 깁의 나른하면서도 허망한 목소리로 수록되어 있었다. 유감스럽게도 이 세상에는 아름다운 휴일이 없었다. 탈주범의 마지막 부탁에 "너희는 포위되었다."는 말밖에 아는 게 없는 짭새들은 스콜피언스의 〈홀리데이〉●를 틀어주었다. 탈주범은 견딜 수 없는 분노와 좌절과 모욕 때문에 스스로 목숨을 끊었는지도 모른다. 지강헌은 그렇게 가고, 비지스는 토요일 밤에 땀내 나는 열기로 더럽혀졌다. 디디디디디디디.

나는 홍 비서에게 노래방에라도 가자고 했지만 들은 척도 하지 않았다. 그동안 내가 보냈던 편지들을 돌려주며 자신의 편지도 돌려달라고 했다. 그녀의 편지는 이미 불태워 버린 지 오래되었다. 아내의 눈을 피해 동네 뒷산에서 담배를 피우며 태워 한 장도 남

● Holiday, 1965년에 결성된 독일의 록 밴드 스콜피언스의 인기곡으로, 비지스가 부른 〈Holiday〉와 제목은 같으나 다른 노래이다.

아 있지 않았다. 나는 쓸쓸한 얼굴로 그냥 이렇게 말했다.

"그, 그러면 행복하겠니?"

홍은 떠나면서 서류 무더기 하나를 건네주었다. 사장이 회사 돈을 빼돌려 사사로이 유용한 비자금에 관한 비밀 장부였다. 그걸 누구에게 주어야 할지 고민하다가 내게 넘긴다고 했다. 알아서 처리해달라는 말에 나는 별 생각 없이 고개를 끄덕였다.

정교하게 맞물려가던 톱니가 빙퉁그러지며 삐걱거리는 기분이었다. 홍 비서가 결연히 떠난 일도 그렇고, 난데없이 불거진 진명선의 문제도 그러했다. 누구도 진명선의 문제를 풀어갈 묘안을 찾아내지 못하고 있었다. 내게는 진명선 문제보다 마무리 단계에 이른 '사자클럽 40년사'가 흐지부지될까 그것이 걱정이었다. 하루가 멀다고 원고를 독촉하던 기봉의 전화도 뜸해졌다.

그런 차에 응규에게서 기별이 왔다. 그가 보낸 차를 타고 도착한 우이동 근처의 한적한 술집에는 응규만 혼자 덩그러니 앉아 있었다. 물끄러미 창밖을 내다보고 있는 그의 뒷모습이 쓸쓸해 보였다.

"나이를 먹으니 술밖에 느는 게 없어."

화제는 자연스럽게 성제의 선거 이야기로 돌아갔다. 응규는 담담한 어조로 자업자득이라고 잘라 말했다. 성제는 이미 끝났으며 여기까지가 최선이라고 했다. 나는 어떻게든 진명선을 달래야 하지 않겠느냐고 했다.

"세상에서 젤 무서운 사람이 누군지 아니?"

응규는 아무것도 없는 사람이라고 했다.

"입을 막으라는 거야."

응규는 성제가 상대를 잘못 짚었다고 했다. 한 걸음이라도 더 나가다가는…… 그는 제 손으로 목을 긋는 시늉을 했다.

별로 하고 싶어 하지 않는 말투로 입속으로 중얼거리는 바람에 제대로 알아듣기 어려웠지만 대강의 내용은 이러했다. 성제가 응규에게 진명선이 함부로 입을 놀리지 못하게 하라고 지시했는데, 그는 그 일을 거부했다. 그녀를 죽일 수는 있겠지만 그녀의 입을 틀어막을 수는 없었기 때문이다.

"돈으로 할 수 없는 일도 있거든."

전에 없이 응규는 술을 많이 마셨다. 그리고 자신이 미국에서 지냈던 일들을 들려주었다.

그가 매기라는 여자를 만나 결혼한 것을 두고 남들은 영주권을 따기 위해 여자를 이용한 짓이라고 했지만 그는 정말 매기를 사랑했다고 한다. 미군 서전과 동두천 기지촌의 양색시 사이에서 태어난 매기는 생김새만으로는 한국인과 다름이 없었다. 부모가 기지촌에서 클럽을 했던 응규와 그녀는 서로의 처지를 깊이 이해하고 동정하다가 누가 먼저랄 것도 없이 사랑에 빠졌다. 결혼하여 자식도 모양 있게 아들딸 낳고, 세탁소도 조그맣게 차렸다. 밤늦도록 빨랫감들과 싸우면서도 그는 행복했고 전혀 지치지 않았다. 밤을 꼬박 새우고도 아침이면 한국에서 익힌 용접 기술로 공사장 일을 다니며 돈을 모았다. 하루에 서너 시간만 자고, 한번 손에 들어온 돈은 여간해선 쓰지 않았다. 지독하게 일하고 아낀 끝에 그는 마흔이 될 무렵에 세탁소 세 개와 큼지막한 슈퍼를 두 개나 갖게 되었다.

교민 사회에서도 입지전적인 인물로 칭송을 받았지만 그는 한 푼도 허투루 낭비하지 않고 살았다. 이역만리에 와서 믿을 건 돈밖에 없었다. 돈이라는 것이 소금가마처럼 지고 올 때는 무거워도 하룻밤 비에 흔적 없이 녹아버릴 수도 있다는 말을 그는 자식들에게 귀에 못이 박히도록 타일렀다. 한국말이 서투른 아이들도 근면과 절약이라는 말은 외우고 살았다. 치약은 뒤부터 밀어 사용해야 하고, 첫 눈이 내릴 때까지 집안 난방은 꺼두어야 했다.

그러나 그 근면과 절약이 결국 웅규의 발등을 찧고 말았다. 대학에 들어간 자식들은 밑 빠진 독에 물 붓듯 돈을 썼고, 더 이상 아버지의 말을 고분고분 따르지 않았다. 타이르는 아버지에게 돈이라는 것은 쓰라고 있는 것이며, 그것이 자본주의를 움직이는 미덕이라고 대들었다. 그를 더욱 가슴 아프게 한 것은 믿었던 아내마저 남편의 근면절약 정신을 견뎌내지 못하고, 아이들의 편을 들며 그를 성토하기 시작했다는 사실이다. 그는 졸지에 외로운 처지가 되었다. 심한 말다툼 끝에 자식들은 제 몫의 재산을 나눠줄 것을 요구하며 집을 나가버렸다. 그리고 눈에 흙이 들어가기 전에는 한 푼도 줄 수 없다고 선언한 몇 달 뒤 그는 느닷없이 찾아온 경관에게 체포되었다. 아버지에게 어려서부터 상습적인 폭행과 성추행을 당했다며 자식들이 카운티 보안관에게 신고한 것이다. 그는 아동학대와 근친 성추행범으로 몰려 법정에 서야 했고, 자식들을 그 지경으로 기른 원망을 듣던 아내마저 자식들의 말이 옳다고 진술하는 바람에 법정 구속되었다.

"누구한테 이런 말을 하겠니?"

아들은 자신이 담배를 처음 입에 댔을 때 아버지가 방에 엎드리게 한 후 야구방망이로 나이 수만큼 때렸으며, 정해진 시각에 귀가하지 않는다고 탁자에 발을 올리게 한 뒤 머리를 땅에 박는 벌을 주었다고 법정에서 진술했다. 그리고 어려서부터 자신의 성기를 보고 "고추 따먹자" 며 만지작거렸고, 딸은 사춘기 무렵 아버지가 술에 취해 자신의 젖가슴을 만지며 즐거워했다고 진술했다. 그리고 엄마가 다리 부러져 병원에 입원하였을 때는 같이 자자며 자신을 침대로 억지로 끌어들여 참을 수 없는 성적 수치심을 느꼈다고 호소했다. 그는 하루아침에 폭력적이고 부도덕한 변태성욕자로 낙인 찍혔고, 교민 사회에서도 따돌림을 당했다. 아내는 법원에 이혼 소송을 제기했고, 자식들과 아내는 변호사를 통해 모든 재산을 포기한다는 조건으로 소송을 취하하겠다는 뜻을 전해왔다.

"애들하고 싸워 이기면 뭐 하겠어. 그냥 죽고만 싶더라."

감옥에서 목을 매다가 교도관에게 발견되어 그는 정신병원에서 두어 달 동안 감호치료 처분을 받은 뒤 자식과 아내의 요구에 따랐다.

"갈 데가 없어."

응규가 체념하듯이 머리를 흔들었다. 그는 더 이상 시시알의 음악을 듣지 않게 되었다고 했다. 금빛으로 빛나는 금문교며, 아름다운 여인들이 머리에 꽃을 꽂고 다니는 샌프란시스코도 믿지 않게 되었다. 그는 죽어서도 돌아오지 않겠다던 고국으로 돌아온 것이다.

"큰애는 마약에 빠져 지낸다더군."

술이 취한 응규는 탁자에 엎드려 혼잣말처럼 중얼거렸다. 다시 돈을 모아 마약중독자가 된 아들이 재활할 수 있도록 보내주고, 히스패닉 건달에게 매일 두들겨 맞으며 불행한 결혼생활을 하고 있는 딸에게도 작은 식당을 차릴 수 있도록 밑천을 보내주고, 암에 걸려 오래 살지 못할 것이라는 아내에게도 늘 소원이던 크루즈 여행을 시켜주겠다고 했다. 문 밖에서 기다리고 있던 운전사가 들어와 그를 부축했다. 간신히 차에 실린 응규는 허공을 움켜잡듯 손을 버르적거리며 나를 불렀다.

"개라도 좋아. 난 내가 물고 싶은 것만 물 거야."

디너 쇼

아내가 드디어 짐을 싸들고 집을 나갔다. 헤어드라이어나 헬스 기구까지 챙겨서 건넌방에 몰아넣고 방문 앞에 손대지 말라는 경고문까지 붙여놓았다. 압정으로 눌러놓은 빨간 포스트잇에는 이혼 서류에 도장을 찍으면 연락하라는 내용도 적혀 있었다.

회사는 여전히 밀고 당기며 싸우는 중이었다. 홍 비서의 자리에는 대학을 갓 졸업한 신입 여사원이 왔다. 그녀는 십 분마다 거울을 들여다보며 한쪽 귀에 점처럼 박힌 귀걸이를 만지작거렸다. 정문 앞에는 여전히 '해직 철회' 피켓을 든 노조 직원들이 서 있었지만 눈에 띄게 그 수가 줄었다. 가끔 구호를 외쳐대는 목소리도 힘이 빠져 있었다. 나는 아무런 거리낌 없이 그 곁을 지나다녔다. 홍 비서가 떠난 마당에 그런 것들은 더 이상 내 관심을 끌지 못했다. 자신을 제자리로 돌려놓을 필요가 있었다. 어느 한쪽으로도 치우치지 않는다는 것이 내 생활신조였다.

★긴급 비상★ 금일 5시, 사자클럽 4기 모임. 시간 엄수 필참.

문자 메시지에 담긴 '긴급 비상'이라는 말에 나도 모르는 사이에 입에서 한숨이 새어나왔다. 달포도 안 되는 사이에 너무 많은 일이 일어났다.

관식은 자신의 소원대로 드디어 텔레비전 공중파를 탔다. '어설픈 납치 강도, 정비 불량으로 미수에 그쳐'라는 자막과 함께 3분쯤 뉴스에 등장했다. 뉴스에 보도된 바에 따르자면 피의자 정관식은 7일 밤 저녁 10시경, 모 선거 캠프에서 나와 귀가하던 진경희(가명) 씨를 서울 허 스타렉스 렌터카에 강제로 태워 영동대교 방향으로 달리던 중 자동차가 갑자기 고장이 나서 도로 한복판에 멈추는 바람에 교통경찰관에게 발각되었다. 피의자는 차를 세워둔 채 도주했고, 차 안에는 진씨가 입을 청테이프로 감긴 채 의자에 묶여 있었다. 경찰은 피의자 주변 인물들을 상대로 행적을 조사하고 있으나 현재까지 피의자의 행방과 범행 동기는 오리무중이라고 했다.

진명선이 성제 쪽에 격하게 항의해왔지만 심증만으론 어쩔 수 없는 일이었다. 다행히 관식이 종적을 감추는 바람에 일은 유야무야 넘어가는 듯했다.

그렇게 고비를 넘기는가 싶던 일이 엉뚱한 데서 꼬이고 말았다. 관식이 진명선을 납치하려다 실패한 보도가 나오고 얼마 지나지 않아 이번엔 응규가 사기 혐의로 검찰에 구속되었다. 전격적으로 일어난 일이라 사자클럽 회원들도 응규가 성제의 비리를 폭로하고 나서야 뒤늦게 그 사실을 알게 되었다.

일이 어떻게 돌아가는 것인지 종잡을 수가 없었다.

약속 장소인 '세시봉'에는 대여섯이 맥 빠진 모습으로 앉아 있었다. 보경과 심각한 얼굴로 수군거리던 옥현이 나를 보고 손을 치켜들었다. 그날의 긴급 비상 안건은 짐작한 대로 사기 혐의로 구속된 응규가 어느 인터넷신문에 성제의 비리를 폭로한 일 때문이었다. 그는 유력한 교육감 후보로 나선 성제가 북한 선교를 빌미로 탈북자들에게 적잖은 금품을 갈취해왔다고 주장했다.

"그게 문제가 아니다."

옥현이 이맛살을 찌푸리며 말했다. 탈북자 건은 경고사격이고, 진짜는 따로 있다는 것이다. 사람을 보내 응규가 성제에게 전한 바로는 성제가 보경을 이용해 보수 진영의 유력 정치인에게 성 접대를 한 사실이며, 관식을 시켜 진명선의 입을 막으려 한 일도 다 터뜨리겠다고 했다는 것이다.

"그게 말이 되냐. 성제가 보경이한테 박 의원과 잠을 자게 시키고, 사진을 찍어 협박했다는데 말도 안 되는 소리지."

옥현의 말에 아무도 대꾸하지 않았다. 거기 모인 사람들의 얼굴에는 '말이 되는 소리'라고 적혀 있었다.

"아무리 그래도 응규가 그러면 안 되지."

이리저리 성제의 덕을 본 터수들인지라 분위기는 성제를 옹호하고, 응규를 성토하는 쪽으로 흘러갔다. 선거판에서 물러날 생각을 가진 성제가 그동안 응규에게 건넸던 선거자금을 돌려받으려는 과정에서 불거진 일이라는 건 능히 짐작할 수 있는 일이었다. 응규가 응하지 않자 성제가 검찰을 통해 그의 뒤를 캐보게 한 일이 자명하지만 누구도 그에 대해선 말을 하지 않았다.

"그 새끼가 다 망쳐놓은 거라니까."

병식이 목소리를 높이며 응규를 원망했다. 진명선에 대해 응규가 발을 빼자 성제는 그 일을 관식에게 시키려고 했는데 응규가 결사적으로 반대했다는 것이다. 그 말을 듣고 관식이 칼을 들고 그를 찾아가기까지 했다고 한다.

"서, 성제를 걱정해서 그랬겠지."

듣다못해 한 마디 거들자 병식은 눈을 부라리며 목소리를 높였다.

"김정은이 대한민국을 걱정하겠다."

병식의 심한 말에도 응규를 변명해주는 축이 없었다. 나도 슬며시 목소리를 누그러뜨리고 말머리를 돌렸다.

"하, 하, 하긴 사자클럽끼리 그러면 안 되지."

성제는 오늘 아침에 기자회견을 자청하여 항간에 떠도는 이야기들이 사실과 다르며, 자신으로 말미암아 국민들께 심려를 끼쳐드린 점 죄송스럽게 생각하며 교육감 후보직을 포함한 모든 공직에서 사퇴하겠다고 선언했다. 오로지 하나님의 충성스러운 종으로서 맡겨진 직분에만 충실하겠다며 기도를 드리는 모습이 비쳐졌다. 성제는 변호사를 통해 응규를 명예훼손과 무고 혐의로 고소할 예정이라고 했다.

"우리가 어쩌다가 이 지경이 되었냐?"

옥현이 장탄식을 하며 중얼거렸다. 사자클럽도 양아치가 다 됐다는 자조 섞인 소리가 나오더니 이내 화제는 총무였던 기봉의 이야기로 넘어갔다. 미국으로 유학을 간 아이들의 뒷바라지를 한다고 마누라까지 보내고 몇 해째 기러기 아빠 노릇을 하던 기봉은 지난해 다니던 방송국에서 구조조정으로 밀려났다고 했다. 처에게 말도 못 하고 전전긍긍하다가 있는 돈을 탈탈 털어 성제의 선거 기획사를 차렸다는 것이다. 제 돈만 털어 넣은 것이 아니라 여기저기서 끌어다 댄 돈도 적잖다고 했다. 기봉은 일이 터지자마자 어디론가 행방을 감추었다. 빚더미에 올라앉아 이리저리 숨어 다니는 신세가 된 셈이지만 주변에서 흔히 보고 듣던 일이라 모두 대수롭지 않게 여겼다.

"사오정이나 오륙도나 고달프긴 마찬가지야."

얼마 전 건설회사 이사직에 있다가 밀려나 수석을 주우러 강가를 돌아다니고 있다는 병식이 혼잣말처럼 중얼거렸다.

"한 마디로 대가리 수가 너무 많아. 땅덩이는 손바닥만 한 나라에 인간은 변소간 구더기처럼 버글거리니 눈 까뒤집고 싸우는 수밖에."

"요즘 가만히 돌아보면 인생무상이야. 중학교부터 머리 터지게 시험 봐서 들어가고 좀 커서는 월남으로 사우디로 가랑이가 찢어지게 뛰어다녔는데⋯⋯ 이게 뭐야."

"베이비붐 세대라잖아. 부모들이 남달리 사랑이 깊어 대책 없이 새끼들만 싸질러놓은 걸 누굴 원망하겠어."

"하나만 낳아 잘 기른 요즘 것들은 어떻고? 자지를 잘라서 계집년이 되는 것들한테 비할까."

따지고 보면 베이비붐 세대가 된 것도 국가안보 때문이었다. 압록강을 건너는 중공군의 인해전술에 밀려 눈앞에 둔 통일을 뒤로 미룬 채 1·4후퇴를 할 수밖에 없었던 부모 세대들은 사람 수가 국력이라는 사실을 뼈저리게 느꼈던 터였다. 총을 쏴도 쏴도 피리를 불고 밥그릇을 두들기며 떼를 지어 몰려오는 거지 떼를 누가 당하랴. 13억이 바지를 벗고 오줌만 갈겨도 일본이 잠기고, 책상에 올라가 일제히 뛰어내리면 미국에 지진이 일어난다는 인민의 힘을 누가 당하랴. 그저 힘닿는 대로 아이를 많이 낳는 것이 애국애족이요, 총력안보였다.

"개교 100주년은 어쩌냐?"

옥현의 말에 모두 심드렁한 목소리로 지금 100주년이 문제냐고 두덜거렸다. 사자에 금박을 입히는 것도 다 물 건너갔다면서 허탈한 웃음을 지었다. 말은 하지 않았지만 이래저래 선거를 준비하는 성제 편에 붙어 무언가 한몫 잡으려던 일들이 버그러져 낙심천만한 표정들이었다. 나만 해도 그동안 힘들여 써온 '사자클럽 40년사'를 어찌해야 할지 난감하기만 했다.

"당장 회장부터 새로 바꿔야 하지 않겠어?"

위기에 처할수록 정신을 바짝 차리고 조직을 살려야 한다는 옥현의 말에 모두 고개를 끄덕였다. 성제가 내놓은 사자클럽 4기 회장 자리를 놓고 설왕설래해 보았지만 쉽게 의견이 모아지질 않았다. 이 사람은 이래서 안 되고, 저이는 저래서 안 된다며 이리 간을 보고 저리 자를 들이대다 보니 마땅한 인물을 찾을 수가 없었다.

"영탁이가 해봐라."

아까부터 이맛살을 잔뜩 찌푸리고 있던 옥현이 불쑥 내 이름을 끄집어 올렸다. 생각지도 못한 말에 당혹스럽기 짝이 없었다. 모두 뜨악해하면서도 안 된다고 가로막는 사람은 없었다.

"그것도 괜찮네."

이리저리 눈을 굴리며 무언가를 생각하던 패들이 옥현의 추천에 고개를 끄덕였다. 엉뚱한 제안에 당황했던 나도 주변에서 거드는 분위기에 슬그머니 익숙해졌다. 재력도 없고, 말주변도 없는 내가 무슨 회장이냐고 슬며시 발을 내밀어봤다.

"사자 정신 하나면 되는 거야."

사자 정신이라는 말이 나오자 모두 한 마디씩 말을 얹었다. 정치고 뭐고 간에 모교와 나라를 사랑하는 마음이 중요하다느니, 요즘처럼 나라가 어지러울 때일수록 국가관이 투철하고 의식이 있는 사람이 필요하다느니, 순수했던 학창 시절로 돌아가 초심을 살리자면서 한동안 들쑤성거리더니 결국은 내 앞으로 회장 자리가 돌아왔다.

"자, 성제고 응규고 다 필요 없고, 이제 송영탁 시대를 위하여 건배!"

엉겁결에 나는 사자클럽의 회장이 되었다. 왁자지껄하니 술잔이 오가며 사자클럽에 새 바람을 일으켜보자고 연신 잔을 부딪쳤다. 축하한다며 앞으로 날아오는 술잔들을 마다하지 않고 비우다 보니 얼마지 않아 취하고 말았다.

사자클럽 4기 회장 송영탁. 내 이름 앞에 붙을 직함에 자신도 모르게 가슴이 뭉클해져 왔다. 생각지도 않은 감투를 뒤집어쓰고 한껏 고무된 나는 모임에 나온 지 처음으로 술값을 냈다.

사자클럽이 나아갈 길에 대해 한창 떠들고 있자니, 은은한 화장품 냄새를 풍기며 누군가 옆에 와 앉는다. 보경이었다.

"선생님, 한 잔 하시지요."

갑작스러운 그녀의 출현에 황망히 술잔을 집어들었다. 그동안 몇 번 얼굴을 마주쳐도 소 닭 보듯 하던 그녀가 요염한 웃음을 지으며 술잔을 내밀었다. 이런저런 의례적인 이야기에도 나는 정신이 아득하여 앞에 놓인 술잔만 분주히 비워댔다.

"요즘도 시를 쓰시겠지요?"

나는 건성으로 고개를 끄덕였다. 보경이 잔을 들고 몽롱한 눈빛으로 나를 바라보았다. 초로의 나이에도 그녀는 여전히 요염했다.

"갈대를 꺾어 모래에 썼다. 아그네스 나는 그대를 사랑하노라. 고독이란 시던가요?"

보경이 하이네의 시를 읊조렸다. 제목이 조금 틀렸지만 나는 감동하여 고개를 끄덕이기 바빴다. 오래전 그녀에게 보낸 연애편지 속에 적었던 시였다.

"그런 시를 다시 읽을 수 있으면 좋겠네요."

보경은 금세 향기가 묻어날 것 같은 미소를 지으며, 내 손등에 갈대 같은 손톱으로 무어라 적는 시늉을 했다. 잠시 후 그녀는 내 손에 명함 한 장을 쥐어주고는 살며시 사라졌다.

"분위기 바꾸자."

넥타이를 풀어 이마에 두르고, 화장지를 길게 이어 색소폰 부는 시늉을 내던 병식이 늘어져 있던 패들을 일으켜 세웠다.

"요즘은 어디 맘 놓고 마실 데도 없다니까."

행여 보경이 다시 나타날까 싶어 뭉그적거리던 나는 일행에 이끌려 밖으로 나왔다.

택시에 실려 다다른 곳은 강물이 가로등 불빛에 중유처럼 번질거리는 미사리 부근의 어느 카페였다. 휘황찬란한 불들을 밝히고 늘어선 카페들은 하나같이 학창 시절 교복에 붙이고 다니던 명찰 같은 간판들을 매달고 있었다. 호텔 캘리포니아, 꽃반지 끼고, 해 뜨는 집…….

무대 위에는 왕년의 통기타 가수로 알려졌던 이가 눈에 띄게 불거진 배를 내민 채 숨을 헐떡이며 흘러간 노래들을 부르고 있었다. 그 앞에선 머리 허연 손님들이 반쯤 입을 벌린 채 희미한 가사들을 걸터듬고 있었다. 그동안 어디로 갔는지 묘연하던 얼굴들이 죄 여기에 오롯하니 모여 있었다. 이른바 '7080'이라고 불리는 세대였다.

큼지막한 안경으로도 채 가려지지 않은 눈가의 주름을 찌푸리며 통기타 가수는 제 노래에 이어 귀에 익은 팝송 한 곡을 부르기 시작했다.

"스토오니, 라잌 더 섬머타임……."

로보의 노래였다.

응규는 로보의 노래를 듣는 아이들을 경멸했다. 자신에게 힘이 있다면 로보의 노래들을 금지시키겠다고 했다. 그는 로보의 노래에는 영혼이 없다고 했다.

"스토니, 정말 행복했던 시절이었어요. 스토니, 인생이란 여름날 같은 것." ●

응규가 말하는 영혼은 어떤 것일까? 너는 나처럼 살지 말라던 그의 말이 로보의 노랫말과 겹쳐지며 머리를 두드렸다. 로보의 노래를 두 곡이나 연거푸 부른 뒤에야 가수는 무대에서 내려갔다. 빈 무대를 기다렸다는 듯이 건너 자리에 앉아 있던 여자 손님 한 명이 무대에 올라갔다.

"저 아줌마 봐라. 쓰레빠 끌고 온 거."

덩치에 맞지 않게 몸을 간드러지게 흔들며 "고래 잡으러……."를 열창하는 여자를 가리키며 옥현이 눈살을 찌푸렸다.

"야, 그래도 왕년에 고고장깨나 들락거렸을 풍신이다."

"발뒤꿈치의 때나 밀고 다니면 다행이겠다."

여자가 내려오고 나서 등을 떠밀려 나간 병식이 〈하운드 독〉을

● Stoney, 미국 속어로 회색 늑대를 뜻하는 로보(Lobo)가 부른 소프트록 음악이다. 어린 시절에 여자 친구와 천진난만하게 지내던 시절을 회상하는 내용이다.

불렀다. 쓰레빠를 끌고 온 여자들이 손으로 입을 가리고 킥킥거렸다. 주름이 져서 늘어지기 시작한 목덜미에 머플러를 동여맨 그들 뒤편에서 단발머리에 치약으로 표백하던 하얀 깃의 교복을 입은 여학생이 서 있었다. 어디서 보았을까. 목에 조개껍질을 묶던 바닷가에서, 아니면 일어서지도 못한 채 의자에 쭈그리고 앉아 흔들던 무교동 낚지 골목에서.

"카니발 때 못 부른 노래나 해볼까?"

다른 자리의 손님들에게서도 열렬한 박수를 받아 한껏 신명이 오른 병식이 늘어져 있는 패들을 억지로 끌어내어 마이크를 쥐어주었다. 반주기에서는 〈해브 유 에버 신 더 레인〉의 전주가 흘러나오고 있었다. 사십 년 만에 부르는 노래였다. 가물거리는 가사들을 더듬거리며 부르는 노래는 노래가 아니라 절규에 가까웠다. 병식이 옆자리의 여자 손님들을 끌고 나와 무대 앞에선 한바탕 춤판이 벌어졌다.

창밖에는 때 아닌 겨울비가 추적추적 내리고 있었다. 몸에 맞지 않는 청바지를 걸친 여자가 무대 앞으로 나와 유난히 큰 반지를 주렁주렁 낀 손을 마주치며 박수를 쳤다. 침침한 불빛 속에서도 그녀의 눈가에 잡힌 주름이 고스란히 드러났다. 보경의 거웃도 허옇게 세었다고 말하던 옥현의 농담이 생각나서 나도 모르게 부르르 진저리를 쳤다. 모든 건 흐르고 늙는 것이다. 그녀를 품어보지 못한 것은 옥현과 나뿐이라던 말이 비릿하니 가슴에 스며든다. 누군가 입에다 마이크를 들이밀었다. 무대 앞으로 끌려나가서 "동전을 걸려고 전화 바꿨네."•라며 노래를 불렀다.

모두 한 차례씩 돌아가며 마이크에다 대고 악을 쓰고 나니 이내 분위기는 서늘해졌다. 병식이 변두리 나이트클럽 사회자 같은 말투로 이날의 여흥을 마무리하며 '사자가'를 부르기 시작했다. 우리는 세상을 주름잡는, 우리는 정의의 사자들. 옆자리의 아줌마에게 손금을 봐준다고 수작을 걸던 옥현이며, 귀에 화장지를 허옇게 꽂고 찰찰이를 흔들던 승오도 일순 숙연해진 표정으로 사자가를 부르기 시작했다.

좋은 데로 가서 한잔 더하자는 병식의 말에 아무도 답을 하지 않는다. 이내 사그라진 분위기에 술 마실 흥도 나지 않는지 주섬주섬 집으로 돌아갈 채비를 한다.

다음 학기에 사범대 학장 자리에 앉게 된다는 옥현이 술에 취해 전주에 대고 소변을 본다. 지나가던 사람들이 흘깃거리자 그는 몸을 흔들어 오줌을 뿌려대며 악을 쓴다.

"뭘 봐, 씨발것들아. 오줌 누는 거 첨 봤어."

무어라 한 마디 하려던 행인은 고릴라 같은 병식이 인상을 써 보이자 혀를 차고 지나갔다.

"별것도 아닌 것들이, 정말. 야, 솔직히 우리가 누구냐?"

우리가 누구냐. 아무도 그 말에 대답하는 이가 없었다. 우리가

• 1973년 이장희가 부른 〈그건 너〉의 노랫말을 당시의 젊은이들은 일부러 뒤바꿔 부르곤 했다.

누구지?

너, 아직도 사자라고 생각하니. 응규의 말이 퍼뜩 머리를 스쳤다. 우리는 사자가 아니야. 보신탕집 개야.

비가 온 탓일까. 갑자기 방향 감각을 잃은 것처럼 주변이 낯설게 느껴졌다. 번쩍거리는 전조등을 켜고 칙칙 소리를 내며 달리는 차들이며, 색색으로 점멸하는 네온사인의 불빛, 벌겋게 달아오른 얼굴들이 낯설었다. 우리가 누구지? 나는 어깨를 두른 옥현에게 물었다.

"세상을 주름잡던 사자들 아니냐. 정말 먹고살기 위해 조용히 살려니 벨 것들이 다 우습게 안다니까."

학교에서 무슨 일이 있는지 혀가 꼬부라진 소리로 교육학 교수께서는 평소 하지 않던 욕설들을 마구 뱉어냈다.

"너, 참. 설인호 선배 알지?"

옥현이 딸꾹질을 섞어가며 내게 물었다.

"청계천에서 헌책방 하고 있더라."

쉬는 날이면 희귀한 고서라도 눈에 띌까 싶어 청계천 헌책방들을 뒤지는 게 취미라는 옥현은 우연히 들른 청계천변의 헌책방에서 그를 만났다고 했다. 온전치 못해 뵈는 설 선배는 인사를 건네도 옥현을 알아보지 못하더라고 했다. 온전치 못하다는 말에 나는 가슴이 뜨끔했다. 옥현이 일러주는 헌책방 이름도 건성으로 수첩에 적어 넣었다. 이제 와서 그를 만나 무슨 이야기를 하겠는가. 모든 건 흐르고 늙는 것이다. 세월 앞에서는 사자든 개든 굳이 구별

할 필요도 없었다.

어지간히 술에 취한 패들이 이리저리 흩어지고 난 뒤에 아까부터 뭔가 할 말이 있는 눈치였던 병식이 24시간 커피전문점으로 잡아끈다.

"좋은 아이템이 있는데."

시중금리부터 더블딥에 빠진 경제 이야기를 한창 주워섬기던 병식이 은근한 목소리로 속삭였다.

"워낙 빤한 사업이라 많이도 필요 없어. 다섯이 2억씩 출자해서 시작하려는 건데."

언제까지 남의 밑에서 봉급쟁이를 할 것이냐며, 이번 기회에 사표를 내고 퇴직금 받아서 투자하라고 권했다. 월남전 파병용사들을 대상으로 전적지를 방문하는 전문 여행사를 차린다는 사업안이라고 했다. 이미 관식에게 들은 이야기지만 모르는 척했다. 벌써 정보가 새어 여기저기서 선을 대어 밀고 들어오지만, 이왕이면 사자클럽 회원끼리 하는 게 좋아서 간신히 거절하고 있다고 했다.

"빤히 돈이 보이는 건데, 내가 급히 쓸 데가 생겨서."

병식은 자신이 투자했던 몫을 내게 넘겨주겠다고 했다. 조만간 고엽제 동지회 쪽과 투자자를 확정할 참이니 서둘러 결정하라는 말에 나는 생각해보겠다고 했다. 분주히 오가던 택시들도 밤이 깊어지면서 눈에 띄게 뜸해졌다. 긴 터널처럼 어둠이 내려앉은 거리엔 노란 나트륨등 불빛이 흥건히 비에 젖어가고 있었다.

주머니 속에 든 명함 뒷면에는 볼펜으로 쓴 보경의 집 주소가 적혀 있었다. 명함을 만지작거리던 나는 지나가는 택시를 향해 손을 추켜세웠다.

"이태원."

명함에 적힌 주소를 대자 택시는 기다렸다는 듯이 빗길을 내달리기 시작했다. 뿌옇게 흐려지는 차창 밖으로 어렴풋한 얼굴들이 흔들리며 지나가는 걸 보았다. 그것들은 비명도 없이 사라졌다.

"나는 이제 너희들을 믿지 않으리. 하늘은 더욱 어두워오고 내 마음은 점점 난폭해지네."●

보경이 외우다 만 시의 구절이었다. 나는 이제 너희들을 믿지 않으리. 그런데 정말 나는 누구지? 아까부터 머리에 들러붙던 생각이 다시 찾아왔다. 비가 온 탓일까, 아니면 지나치게 마신 술 탓일까. 쓸데없는 생각을 털어내듯 머리를 흔들었다. 변한 건 아무것도 없었다. 며칠 후면 또 사자클럽 모임을 알리는 메시지가 날아들 테고, 또 어느 술집에 모여 혈당 지수나 혈압 수치를 비교하고, 골프장 회원권이며 어딘가에 사둔 땅 시세에 대해 수군거릴 것이다.

도심의 신문사 전광판에는 아이돌 가수들의 팬들이 편을 갈라 싸운다는 기사가 어지러운 무대 장면과 소개되고 있었다. 룸미러로 뒤를 살피던 택시 운전사가 내 눈치를 살피며 말을 건넸다.

● 하이네의 시 〈고백(Erklaerung)〉의 구절이다. 하이네의 시집 『노래의 책』 중 '북해(1825~1826)' 편에서 첫 번째 연작시 6번이다.

"연평도에서 대포를 쏘구 난리가 났을 때두 눈 하나 깜짝 안 하더니, 저 지랄들이네요."

"바, 바, 방 안에 포탄이 터져봐야 저, 정신이 번쩍 나겠지요, 뭐."

건성으로 한 마디 대꾸를 해주자 나이가 엇비슷해 뵈는 운전사는 금세 목소리에 생기를 띠고 수다를 떨기 시작했다.

"평양서 전투기가 뜨면 십 분두 안 되어 서울 상공에 온다잖아요. 십 분이면 컵라면 하나 끓여 먹을 시간두 안 되는데."

"거, 거, 걱정이에요."

"걱정이구 말구요. 요즘 애들이 전쟁을 겪어봤습니까, 막말로 보릿고개를 넘겨봤습니까? 그저 주둥이만 까져서 인권이니 진보니 주워 삼키지만, 그것들에게 나라를 맡겼단 열흘도 못 가 망하구 말걸요."

"그, 그, 그나저나 이번 선거가 어떻게 되려나요?"

"뭐니 뭐니 해도 그만한 어른이 있나요? 고속도로만 해도 얼마나 말들이 많았습니까. 그 양반 뱃심이 아니었으면 안즉두 자전거 타구 댕겼을걸요. 딱 보면 까만 라이방 쓰고 강단이 있어 뵈잖아요. 아, 김신조가 목을 따러 왔을 때두 눈 하나 깜박하지 않았잖아요. 똑같이 김일성 목 따러 특공대를 보내려구 했으니 말 다했지요, 뭐."

"그, 그때 김신조가 안 넘어왔다면 어떻게 되었을까요?"

"예?"

예기치 않은 물음에 운전사는 대답을 하지 못했다. 김신조가 넘어오지 않았다면 어찌 되었을까. 고추장 독에 공비가 빠질 리도 없을 테고, 나는 말도 더듬지 않고, 알파벳을 끝까지 외웠을 것이며, 사자클럽도 생기지 않았을 것이다. 나는 지금과는 전혀 다른 사람이 되었을까. 김신조도 개일 뿐이라던 응규의 말이 생각났다. 물라면 무는 개. 모처럼 과음을 한 탓인지 머리가 어지러웠다. 개든 사자든 지금 필요한 것은 숙취를 해결할 드링크 한 병과 간장약이었다. 무장공비 김신조도 목사가 되는 판에 나도 열심히 오늘을 살면 되는 것이다.

잃어버린 십 년을 들먹이며 한참을 떠들던 운전사는 내가 대답이 없자 뒤를 힐끔거리다가 라디오 채널을 바꿔 프로야구 중계를 틀었다.

"요즘 야구 하나는 볼 만해요. 부산 갈매기가 훨훨 나는데, 이번엔 우승 한번 먹으려나 모르겠네요."

창문 밖으로 '멋진 친구들'이라는 부제를 단 '세시봉 디너쇼'의 광고판을 붙인 심야버스가 지나가고 있었다.

에필로그

사자클럽 회원들은 여전히 매달 마지막 금요일이면 원조 사철탕집에 모였다. 새로 회장이 된 턱으로 나는 송년 모임에 통개 한 마리를 냈다. 그날 여러 회원이 개다리를 뜯으면서 진지하고도 건설적인 의견을 많이 내놓았다. 그날 모아진 의견은 다음과 같았다.

학창 시절에 하려다 못한 카니발 음악회를 다시 열기로 했다. 보경의 '세시봉'에서 트윈 폴리오를 초청해서 성대하게 열기로 했다. 음악회를 준비하기 위해 매주 금요일 저녁마다 성수동에 있는 '7080 음악학원'에서 연습을 하기로 했다. 한 번 빠질 때마다 10만 원의 벌금을 물기로 정했다. 또 그동안 먹고사느라 해이해진 마음을 다잡고, 애국애족의 사자 정신을 되찾기 위해 내년 여름에 회원 전원이 해병대 병영 체험을 가기로 했다. 가능하면 자녀들도 동반하기로 했다. 이 밖에도 다달이 소식지를 만들어 회원들의 근황을 전하기로 했다. 그 일은 출판사에 다니는 내가 담당하기로 했는데, 소식지 첫 호에 싣기 위해 그날 나눈 회원들의 근황은 다음과 같았다. (소식지에는 회원 간에 친근감을 느끼게 하려고 예전에 부르던 별명을 앞에 붙여 소개하기로 했다.)

물개 거시기이며 키신저 성제는 교회로 돌아가 북녘 동포를 위한 성전 건립 천일기도에 들어갔다. 두꺼비 맹옥현은 법인카드로 룸살롱을 간 게 말썽이 되어 한동안 시끄러웠지만 무사히 사범대 학장에 취임하였다. 세멘바리 관식은 종적이 묘연하나 이따금 동문들을 찾아와 군자금을 징발해갔다는 소식이 풍문으로 전해져 왔다. 액수가 적다고 수차례 탁자를 엎고 갔다고 한다. 그가 부순 125번째의 탁자였다. 말대가리 기봉은 동묘역 부근의 지하철에서 신문지를 깔고 엎드려 있는 걸 본 사람이 있다고 하는데 확인되지 않는다. 건설회사를 그만두고 한동안 수석을 주우러 다니던 고릴라 병식은 굴삭기 업체를 차려 4대강 마무리 사업에 끼어들어 쏠쏠히 재미를 보았다. 개 아가리 승오는 새 로펌으로 옮겨 변호사 노릇을 하는 한편, 부업으로 청량리역 부근에 아웃도어 매장을 차렸다. 기업마다 구조조정으로 대량 해고된 사람들이 등산을 취미로 삼는 바람에 성업 중이라고 한다. 곰 응규는 일심에서 사기죄로 1년 6개월 형을 선고받고 고등법원에 항소 중이다. 요즘 들어 개나 소나 한다는 연예 기획사를 차린 양갈보 광재는 아이돌 가수로 길러주겠다며 소녀들에게 금품과 성상납을 받은 혐의로 재판 중이다.

이 밖에 뉴질랜드로 이민을 가 소식이 끊겼던 동필이 지난해에 간암으로 사망했고, 욕쟁이 정규는 음주운전 사고로, 캉가루 킴 경호는 대공포의 유탄에 맞아 하늘나라에 먼저 가 있다. 하늘이시여, 그들을 보살피소서.

개교 100주년을 맞은 모교에서는 각계각층의 내외빈이 모여 성대한 기념식을 치렀다. 이 자리에서 학교장은 "동문들이 쌓은 빛나는 금자탑의 전통을 이어받아 후학 양성에 일로매진하겠다."는 축사를 했고, 사자상을 은분으로 칠해주겠다는 사자클럽의 제안은 학교 측에서 사양하여 잠정 유보되었다. 그 대신 사자클럽 주최로 김신조 목사를 모교에 초청하여 학생들에게 반공 안보 강연을 하기로 했다.

내 근황은 별로 변한 게 없다. 나는 여전히 출판사에 다니고 있다. 홍 비서가 주고 간 비밀 장부를 원래 주인인 사장에게 전달하였다. 그것 때문은 아니겠지만 잠시 문을 닫았다가 새로 문을 연 회사에서 나는 기획실장으로 승진되었고, 아내도 만족하여 집으로 돌아왔다. 아내는 여전히 노래패 선배인 사장을 만나러 다니고, 나는 면서기와 결혼한 홍 비서 대신에 보경을 은밀히 만나며 도자기 같은 사랑을 나누고 있다. 모든 건 제자리로 돌아왔다. 그런대로 나는 지금의 생활에 만족한다.

추기: '사자클럽 40년사'는 쓰다 만 채 책상 속에 넣어두었다.

다시는 이런 글을 쓰지 않을 생각이다. 그걸 쓰는 동안 머리가 어지럽고, 모든 게 뒤죽박죽되는 기분이었다. 지나간 일들을 돌아볼 만큼 한가하지도 않다. 앞만 보고 살기에도 바쁜 세상이다.

참, 혹시 궁금해하는 사람이 있을지 몰라 그해 연말에 있었던 대선의 결과를 알린다. 예측불허의 대선은 18년 동안 장기 통치하던 대통령의 딸이 당선되었다. 신문들은 그동안 숨죽이고 지냈던 50대들이 모처럼 제 목소리를 냈다고 했다. 고용 불안과 노후를 걱정하는 50대들이 대거 투표소로 몰려간 결과라고 했다. 투표율 82퍼센트! 해외여행을 가거나, 아파서 누워 있거나, 노숙자가 되어 주민등록이 직권말소되거나, 지겨운 삶을 끝내려 자동차 안에서 번개탄에 불을 붙이려고 후후 입바람을 부는 이들을 제외하고는 거의 모든 50대가 희끗거리는 머리를 휘날리며 투표소로 달려가는 광경은 생각만 해도 장엄하고 경이로운 일이다. 그야말로 대한민국 만세다! (끝)

• 해설 | 이경재(문학평론가)

개들의 시대

1. 또 하나의 복고

최근 1970~1980년대를 배경으로 한 복고 소설이 활발하게 창작되고 있다. 김연수의 『원더보이』, 권여선의 『레가토』, 박민규의 『매스게임 제너레이션』, 유현산의 『1994년 어느 늦은 밤』, 배지영의 『링컨타운카 베이비』, 공선옥의 『그 노래는 어디서 왔을까』 등의 작품이 1980년대와 1990년대를 돌아보고 있다. 하나의 붐(boom)이라고 할 만큼 우리가 막 지나온 30여 년의 시간은 최근의 소설에 빈번하게 등장하고 있다. 이런 복고적 현상은 여러 가지 의미를 지닌 것으로 판단된다. 첫 번째는 작가들이 자신들의 뿌리에 해당하는 지난 시절을 돌아보고자 하는 리얼리즘적 욕망과 맞닿아 있는 것이라고 이해할 수 있다. 두 번째는 미래의 새로운 가능성을 보유한 원천으로 과거가 새롭게 조명받는 것으로 파악할 수도 있다. 마지막으로 프레드릭 제임슨이 포스트모던적인 삶의 조건이자 미학적 조건이라고 말한 향수와 연관된 것으로 이해할 수 있다. 제임슨은 향수가 "우리 자신의 현재 경험을 재현하는 것이 점점 불가능하게 되어가는 어떤 상황의 거대함을 드러내는 것"• 이라고 주장한다.••

이시백의 『사자클럽 잔혹사』는 이런 복고 소설들과는 확연히 다른 의미를 지니고 있다. 이 작품은 두 개의 시간층으로 이루어져 있다. 김신조가 침투한 1968년부터 '국풍 81'이 성대하게 열리던 1981년까지 다룬 과거, 2011년도 이후 지금까지 다룬 부분이 그러하다. 전체 분량 가운데 3분의 2 정도가 1968년부터 1980년대 초에 이르는 과거를 담고 있으며, 나머지는 삼십 년의 시간을 건너뛴 지금 일어나고 있는 일들로 채워져 있다. 이 작품에서 과거는 철저히 부정과 비판의 대상으로 그려지고 있다. 지나간 과거를 돌아볼 때 끼어들기 마련인 정서적 물기 따위는 이 작품에 존재하지 않는다. 그것은 이 작품이 현재를 보는 뚜렷한 안목을 지녔다는 사실과 연결된다. 현재를 바라보는 확고한 윤리적 의식이 확립되어 있고, 이를 바탕으로 과거 역시 선명한 의미로 채색되고 있는 것이다.

본래 기억은 과거와 현재에 대한 비전뿐 아니라 우리의 공적 문화와 담론에서 보편화될 미래에 대한 비전을 만들어내는 힘을 지니고 있다.•••기억은 지나간 일을 반추하는 데 그치는 것이 아니라 현재와 미래를 만들어나가는 작업이라고 할 수 있다. 과거를 기억한다는 것은 그 기억으로 표상되는 여러 가지 억압이나 모순과 관련해 현재를 이해하고, 미래의 방향을 설정한다는 의미를 지닌다. 이것이야말로 기억의 힘이라고 말할 수 있다. 『사자클럽 잔혹사』에서 다루어지는 두 시기는 삼십 년이 넘는 시간을 격해 있지만, 지금 한국 사회는 이 두 시기를 결코 분리해서 생각할 수 없다. 이로 말미암아 1970년대에 대한 기억은 지금 우리에게 가장 긴박한 정치투쟁의 현장이라고 해도 과언이 아니다. 따라서 이 작품은 지금 창작되는 그 어떤 소설보다 뜨겁게 정치적인 소설이다.

『사자클럽 잔혹사』에는 에필로그 안에 따로 또 추기가 붙어 있다. 이 추기야말로 이 작품이 그토록 격렬한 호흡으로 쓰일 수박에 없었던 이유를 단적으로 보여준다. 추기에는 2012년 대선에서 오십 대의 투표율이 82퍼센트를 기록한 사실을 지적한다. 그러고는 이 작품 특유의 목소리로 "거의 모든 오십 대가 희끗거리는 머리를 휘날리며 투표소로 달려가는 광경은 생각만 해도 장엄하고 경이로운 일이다. 그야말로 대한민국 만세다!"라는 아이러니적 풍자를 드러낸다. 이 작품은 바로 이 추기에서 시작되었다. 82퍼

● 프레드릭 제임슨, 「포스트모더니즘-후기 자본주의 문화논리」, 『포스트모더니즘론』, 문화과학사, 1996, 163쪽.

●● 이에 대한 보다 자세한 논의는 졸고 「한국소설에 나타난 복고의 가능성과 문제점」(『쿨투라』, 2012년 여름호)을 참고하라.

●●● 하비 케이, 오인영 옮김, 『과거의 힘-역사의식, 기억과 상상력』, 삼인, 2004, 213쪽.

센트의 경이로운 투표율을 보이며 "18년 동안 장기 통치하던 대통령의 딸"을 당선시킨 사람들의 정치의식이 형성된 기원을 탐구하는 것이 이 소설의 가장 큰 목적인 것이다.

2. 과장과 강조를 통해 담아낸 시대의 풍경들

『사자클럽 잔혹사』는 여러 가지 정보를 그야말로 꾹꾹 담아놓은 장편소설이다. 이런 풍성함은 김신조침투사건, 7 · 4남북공동성명, 10월유신, 비상계엄과 긴급조치, 12 · 12사태와 1980년 광주민주화운동으로 이어지는 숨 가쁜 현대사를 배경으로 그 시대의 고유한 풍속들을 가능한 한 다양하게 담고자 하는 작가의 의지가 낳은 결과이다. 이 작품의 풍부한 서사적 육체를 구성하는 것은 크게 보아 두 가지이다. 당대의 대표적인 문화적 기호와 억압적인 국가이데올로기가 만들어낸 갖가지 풍경이 그것이다. 이를 통해 삼십 년 전의 시공은 풍부한 리얼리티를 갖춘 채 우리 앞에 그 모습을 드러내게 된다.

문화적 기호로는 팝송이 자세하게 등장한다. 비틀스, 레드 제플린, 클리프 리처드, 제임스 브라운, 닐 다이아몬드, 재니스 조플린, 지미 헨드릭스, 짐 모리슨, 존 레논, 딥 퍼플, 블랙 사바스, 로버트 플랜트, 핑크 플로이드, 퀸, 레너드 코헨 등이 그 예인데, 이는 영탁이 "왜 사냐고 묻는다면 나는 음악 때문이라고 대답했을 것"이라고 말할 만큼 고등학교 시절 음악에 심취한 인물이었기에 가능한 일이다. 그리고 적지 않은 항목에 각주까지 붙여 음악과 관련된 내용을 더욱 풍부하게 하고 있다. 이들 팝송은 트로트는 "공돌이나 공순이"가 부른 노래라는 인식과 곁들여져 당시의 문화적 식민지성을 드러내는 역할도 한다.

그러나 무엇보다 많은 분량을 차지하는 내용은 맹목적인 반공 이데올로기와 강압적인 시대 분위기를 나타내는 것들이다. 반공 이데올로기는 사회 구석구석를 지배하는 것으로 그려진다.● 학교에서는 총검술을 배우고, 어느 순간부터 1백 미터 달리기는 사낭 나르기로 공 던지기는 수류탄 던지기로 바뀐다. 학생들은 수업을 빼먹고 반공 궐기대회에 동원되는데, 거기서 김일성 모양의 허수아비를 불태우고 누군가는 손가락을 깨물어 반공이라는 혈서를 쓴다. 사람들은 수시로 불심 검문과 장발 단속에 시달리고, 언론 매체에는 간첩단이나 무장공비에 대한 기사가 자주 오르내린다. 김추자가 무대에서 간첩과 교신한다는 소문이 무성한 시절이기에 사람들은 이웃집 아저씨도 간첩이 아닐까 의심해야 한다. 법안을 수시로 넣었다 뺐다를 반복하는 '홍어좆' 같던 법, 일어나서 춤을 추면 안 되는 법처럼 말도 안 되는 상황들이 작가의 입담에 실려

● 다음으로 당대의 일상적 풍속도 적지 않게 나온다. 좁은 골목길, 만원버스의 모습, 캡틴큐와 하야비치 같은 싸구려 양주들이 작가 특유의 입담에 실려 감칠맛 나게 전달되고 있다.

웃음을 자아낸다. 이 시대는 그야말로 단속과 금지의 시대라고 말할 수 있는데, 더 황당한 것은 "금지된 이유도 알지 못했고, 알려고 하는 것도 금지되던 때"라는 점이다.

사실 위에서 나열한 정보들만으로 소설이 될 수는 없다. 오히려 그 많은 정보를 나열만 한다면, 이 작품은 아무런 미학적 의의도 찾을 수 없을지 모른다. 대부분 체험으로나 상식으로나 익히 알고 있는 것들이기 때문이다. 그러나 이런 정보들은 이시백의 손을 거치면서 날카로운 풍자와 웃음을 자아낸다. 다음 인용문들은 수많은 사례 중에 일부이다.

> 선배들은 자유당 시절에 인근의 화신백화점이며, 종로통을 주름잡던 화랑동지회의 이정재나 김두한 수하의 주먹들이 동문임을 설명하며 감격에 못 이겨 사열대 위의 단상 바닥에 머리를 쿵쿵 박았다.

> 공비가 고추장 독에 빠진 사건이 일어난 뒤로 산마다 방공호가 생겼다. 방공호가 무얼 하는 곳인지는 몰라도 컴컴한 그 안에는 여자들의 피 묻은 속옷이나 실연당한 여자들의 시체가 버려져 있었다.

> 훈육부의 지도가 어떤 것인지를 모를 사람은 없었다. (중략) 아이들 머리에 고속도로를 내고 나서 선생들은 벽에 걸린 매를 골랐다. 당구장의 큐대함 같은 곳에 즐비하니 걸린 몽둥이들 앞에서 심각한 표정으로 자신의 손에 맞는 무기를 골랐다. 벽에는 우둘투둘 옹이가 박힌 박

달나무 몽둥이로부터 각목, 당구장 큐대, 아이스하키 채, 심지어 쇠파이프까지 골고루 갖춰져 있었다. 몽둥이를 고른 선생들은 맞기도 전에 이미 사색이 되어 있는 아이들에게 팬티까지 벗게 하였다. 팬티를 벗은 뒤에 물을 바른 몽둥이를 휘두르면 엉덩이는 서너 대를 견디지 못하고 피가 터져 나왔다.

그다지 새로울 것 없는 정보들을 이용해 소설을 만들어내는 놀라운 창작 방법의 요체는 다름 아닌 과장과 강조이다. 빛나는 선배들의 행적을 얘기하며 자기 흥에 못 이겨 머리를 단상에 박는 고등학생, 방공호에서 발견되는 여자들의 시체, 한 벽을 가득 채운 각종 몽둥이는 물론 사실일 수 없겠지만, 이것들은 당시의 상황을 충분히 환기시키면서 또 다른 정서적 쾌감을 선물한다.

3. 폭력, 폭력 그리고 폭력

이 작품은 열네 살 소년의 성장기로도 읽을 만한 거리가 있다. 영탁이 체험하는 성장기는 다름 아닌 폭력의 역사라고 해도 과언이 아니다. 그가 다니는 중 · 고등학교는 무협지에 등장하는 강호와 다름없다. 그곳은 선생의 무자비한 폭력, 학생들 상호간의 폭력, 학생들과 외부인 간의 폭력으로 점철되어 있는 곳이다.

입학식 다음 날부터 선배들은 말이 아니라 몸으로 가르침을 베풀고, 여러 가지 이유로 벌어지는 패싸움은 다름 아닌 일상이었다. 『사자클럽 잔혹사』에서 성장이 있다면 그것은 폭력의 피해자에서 폭력의 가해자로 그 위치가 변한 것뿐이다. 세운상가의 분식센터에서 갈퀴눈에게 엑스 카바를 하고 얻어터지며 돈을 빼앗기던 영탁과 관식, 응규는 나중에 갈퀴눈에게 엑스 카바를 그대로 되돌려준다. 영택은 "싸우므로 나는 존재한다"라고까지 자기규정을 하게 되고, 김신조 사건으로 말미암아 얼벙어리가 되어 말을 더듬던 열네 살의 소년은 어느새 도끼를 능숙하게 휘두르는 싸움꾼으로 변하게 된다.

이런 폭력의 기원에는 선생이 놓여 있고, 그 기원의 기원에는 당대의 폭력적인 국가가 놓여 있다. 그것은 영탁의 중학교 3학년 시절 선생인 티라노사우루스를 통해 잘 나타난다. 학교 폭력의 중심에는 1968년 대한민국의 한 고등학교에서 "무자비한 반공애국의 정신"으로 창립된 사자클럽이 있다. 김두한을 흠모하던 티라노 선생이 새로 훈육부를 맡게 되면서 조직한 것이다. "나라에 충성하지 않는 인간은 빨갱이나 다름없"다고 생각하는 티라노 선생이 존경한 김두한은 일제시대 일본 주먹으로부터 종로를 지키던 협객 김두한이 아니라 해방 직후 남로당과 전평을 때려잡던 김두한이다. 티라노 선생은 김두한이 폭력으로 했던 일을 학교 내에서 사자클럽이 폭력으로 해결해주기를 원했던 것이다. "사자클럽의 신입회원이 선발되면 선배들은 그 명단을 훈육부 선생에게 전하고, 훈육부에서는 웬만한 문제는 모른 척 봐"준다. 사자클럽은

"사자 정신으로 국가에 애국하고 사회를 위해 헌신하는 비밀단체"이다. 1968년 시작된 사자클럽은 "반공정신과 애국심이 투철한 학생들"로 구성되어 있으며, '깡패학교'라고 소문난 학교의 불명예스러운 인식을 지우기 위해 교내의 불량 학생들을 바로잡고, 불량 클럽을 못 만들도록 자율 정화하는 데 힘쓴다.

영탁은 6 · 25전쟁 기념 반공 글짓기대회에 입상한 것을 계기로 사자클럽의 4기로 발탁된다. 입회 기념으로 1백 대씩의 빳다를 맞은 것을 시작으로, "맞은 엉덩이가 채 아물기도 전에 몽둥이질이 이어"지는 생활을 이어간다. 선배들은 신입회원끼리 마주 보며 맞빰 때리기를 강요하고, 고궁에서 덩치가 비슷한 아이들끼리 짝을 지어 싸움을 시키기도 한다. 나아가 강도 높은 체력 훈련, 담력 훈련, 실전 훈련, 산악 훈련이 이어지고 밤에는 집장촌인 미아리 텍사스에 진출하기도 한다.

영탁은 중학교 입학시험에서 국어 문제를 하나 틀려 사자가 입을 벌리고 있는 중학교에 입학하고, 고등학교 때 사자클럽 회원이 되고, 그럭저럭 이 사회에 적응해 살아남는다. 개교 100주년을 맞이하여 시인이며 출판사에 근무하는 영탁에게 연락이 오고, 그에게는 사자클럽 40년사를 집필하는 일이 맡겨진다. 이 일을 계기로 과거와 현재는 서로 마주보게 된다.

4. 개들의 생존기

이 작품의 마지막 문장인 "그야말로 대한민국 만세다!"가 아이러니적 풍자인 것처럼 이 작품의 '사자' 역시 아이러니적 풍자의 대상이다. 사실상 이 작품은 사자들이 개에 지나지 않았음을 열정적으로 웅변하고 있다. 이 작품에는 주목해서 봐야 할 개가 여섯 마리 등장한다.

첫 번째는 웅규가 자신을 개였다고 칭하는 대목이 있다. 웅규는 덩치가 크다는 이유로 공수부대로 차출되고, 작전명 '화려한 휴가'에 따라 광주에 투입된다. 그곳에서 그는 중대장의 지시대로 부러진 다리를 절름거리며 달아나는 여학생에게 총을 겨누었던 일을 회상하며, "나는 개였어."(개 1)라고 고백한다. 두 번째로 웅규는 시시알이 부른 〈해브 유 에버 신 더 레인(Have you ever seen the rain)〉의 비가 월남전에 뿌려진 고엽제를 뜻한다는 얘기를 하면서 영탁에게 "보신탕 집 개를 본 적이 있어. 주인이 제 새끼들을 몽둥이로 때려죽이는 걸 보면서도 그 개는 제 주인에게 꼬리를 흔들지. 누가 제 주인을 건드리면 이를 드러내고 달려들더라."(개 2)라고 말한다. 세 번째는 웅규가 "김신조도 개거든. 주인이 물라면 무는 개였을 뿐이야."(개 3)라고 말하는 대목이다. 네 번째는 영탁이 어린 시절 집에서 기르던 메리라는 개(개 4)다. 영탁의 아버지는 메리를 동네 사람들에게 판다. 메리는 다리에서 목이 매달려 몽둥이질을 당하다가 탈출하여 집 마루 밑에 깊숙이 몸을 숨긴다.

무슨 수를 써도 나오지 않던 메리는 자신을 판 영탁 아버지의 "여태껏 들어본 적이 없는 가장 부드러운 목소리"에 다시 밖으로 나왔다가 이번에는 제대로 목이 걸린다. 앞서 등장한 개들은 모두 어떤 상황에서도 주인에게 맹목적으로 복종하는 존재로 그려지고 있다. 자기가 죽게 되는 상황에서도, 나아가 자신의 새끼들이 죽게 되는 상황에서도 개는 주인에게 꼬리를 흔들며 충성을 서약하는 존재이다. 이 작품에서는 사자클럽이 바로 그런 '개'였음을 명시적으로 밝히고 있다. 언젠가 웅규는 영탁에게 "너, 아직도 사자라고 생각하니"라고 질문하며 "우리는 사자가 아니야. 보신탕집 개야."(개 5)라고 말한 적이 있었기 때문이다. 그들은 권력이라는, 국가라는 현실적 힘에 맹목적인 순종을 바쳐온 존재였던 것이다.

이런 개로서의 특징을 가장 잘 보여주는 인물이 바로 관식이다. 이 작품을 만들어나가는 '과장과 강조'의 창작방법론이 인물형상화의 차원에서 가장 잘 나타난 인물이 관식이다. 군인을 아버지로 둔 관식은 월남이 패망하던 해에 보안하사관에 지원하려고 한다. 월남이 망한 뒤에 전쟁이 벌어질 곳은 한반도이며, 전쟁의 꽃은 군인이라는 논리 때문이다. 그러나 고르지 못한 치열과 형의 강요로 보안하사관도 해병대도 되지 못하고 동사무소 방위로 군복무를 마친다. 관식은 광주에도 자신이 갔었어야 한다며 입맛을 다시는 존재이다. 이후 가짜 해병대 출신 행세를 하다가 삼청교육대에 다녀오게 되는데, 삼청교육대를 다녀온 후에는 공수부대 출신 행세를 한다. 관식은 인왕산 기슭에서 대마초를 심어서 팔다가 한

번, 청바지를 빼앗아 팔다가 두 번 옥고를 치른다. 이후에는 일본인을 상대로 매춘업을 하고, 이후 변두리의 나이트클럽 영업부장 노릇을 하다가 호스티스와 살림을 차린다. 그 사이에서 얻은 아들은 스웨덴의 어느 목사 부부에게 입양을 시켰다. 그 뒤로 관식은 컴퓨터 만드는 회사에 다녔지만 사장 부인과 불륜을 저지르다 직장과 가정을 모두 잃었다. 그리고 실체가 불분명한 자식을 앞세워 친구들에게 돈을 빌리며 근근이 버티고 있다.

최근에는 붉고 노란 기장들이 요란하게 붙은 군복을 입은 채 '고엽제 동지회 서부 2지구대장'이라는 명함을 가지고 다닌다. 관식은 미국산 쇠고기 파동 당시 보수단체의 집회 현장에 피켓을 든 모습이 텔레비전에 비쳐지기도 한다. 관식은 탑골공원에서 "빨갱이 새끼들"이라며 일부 노인들에게 시비를 벌이다 폭력을 행사하기도 한다. 이런 모습들은 다음 인용에 나타난 것처럼, 관식의 청춘기를 지배한 군사문화가 만든 것이라고 할 수 있다.

> 방위 출신이라고 고엽제 동지가 될 수 없다는 법은 없었다. 총력안보, 나라를 지키는 데 따지고 가릴 게 어디 있겠는가. 다리를 놓는 공사장에도 '일하면서 싸우자'라는 구호판이 걸리고 집집마다 '유비무환'이 가훈으로 걸려 있었다. 잊힐 만하면 간첩단이 적발되고, 여의도 광장에서 수시로 김일성 화형식이 열렸다. 힘든 일이 있을 때마다 선생이나 어른들이 "너, 그래 가지고 군대 가겠냐." "군대 가면 이건 아무것도 아니다."라고 얼러댔다. 텔레비전에서는 공수부대원들이 뱀

을 산 채로 껍질을 벗겨 씹어먹는 모습을 보여 주었다.

관식은 "군대를 무엇보다 인간이 만든 가장 이상적인 조직"이라고 여기는 인물이다. 그와 함께 또 한 명의 대표적인 개로 그려지는 인물이 바로 성제이다.

성제는 예비고사에도 떨어질 정도로 형편없는 실력을 가지고 있었지만 어찌하여 신학대에 갔고, 성경책을 찢어 대마초를 피우기도 했지만 결국 목사가 된다. 그랬던 그가 지금 강남에서 잘 나가는 교회의 목사를 하고 있으며, '민족하나되기 복음선교회'의 회장으로 있다. 그러나 복음과 선교를 앞세우는 것과는 달리 뒤로 탈북 장사를 하고 있다. '사자클럽 40년사'는 동문회장인 성제를 위해 쓰인 책이다. 현실에서 승승장구하는 성제는 교육감 보궐선거에 출사표까지 던진다. 그러다가 응규의 폭로와 젊은 시절 관식, 기봉, 영탁과 함께 윤간하려던 성제네 식모 진명선의 등장으로 교육감의 꿈은 접는다.

5. 개 같지 않은 진짜 개들

1인칭 주인공 시점으로 되어 있는 『사자클럽 잔혹사』의 진짜 주인공은 '나', 송영탁이다. 송영탁이야말로 아무런 의지도 주체적 판단도 없이 지배질서가 강요한 대로 살아간다는 면에서 진정한

'개' 이다. 대학교에 들어간 영탁은 어려운 집안 형편으로 휴학과 복학을 거듭 한다. 영탁은 히피를 꿈꾸며 영어사전 종이에 대마초를 말아 피우거나 무교동 막걸리집을 들락거린다. 주점의 통기타 가수로 활동하기도 하고, 삼류호텔 지하 커피숍에서 디제이를 하기도 한다. 송영탁은 학생운동 같은 것에는 아무 관심도 없다.

그러나 시대의 폭풍은 영탁이라고 해서 그냥 놔두지 않는다. 우연히 수배 중이던 사자클럽 후배 이의현을 알게 되어 그를 일주일가량 자신의 자취방에 숨겨준다. 나중에 이 일이 발각되어 국가기관에 잡혀가 취조를 받고, 결국 영탁은 의현의 행방을 불어버린다. 그것이 계기가 되어 군대와 대학을 오가는 내내 영탁은 프락치로서 살아간다. 영탁은 억압적인 시대가 부여한 인간형으로 누구보다 충실하게 성장한다.

> 제대한 지가 얼마 되지 않았던 나는 후배들이 어깨를 걸머메고 "독재 타도, 유신 철폐!"를 외칠 때마다 목덜미가 움찔거려졌다. 보안부대에 끌려가 받던 사상교육 탓인지, 한 자라도 틀리면 매를 맞던 국민교육헌장 탓인지, 아니면 고추장 독에 빠진 무장공비 때문인지는 몰라도 그런 자리 언저리에 서 있는 것조차 불안했다.

영탁은 학생들의 분신자살 같은 소식을 들을 때면 의현을 생각하기도 하지만 "정치나 세상과는 담을 쌓"은 채, "머릿속을 하얗게 표백하여 한 방울의 H_2O가 되고 싶"어 한다.

21세기를 맞이한 지금 영탁은 시인으로서 출판사에 다니고 있다. 사장과 노조를 만들려는 직원들 사이에서 '중도'(?)의 길을 간다고 스스로 고평한다. '중도' 혹은 '중립'의 길을 가는 자기를 영탁은 무척 만족스러워하는데, 다음 인용문에는 영탁의 생각이 집약되어 있다.

> 어느 편에도 속하지 않은 나는 오로지 일 걱정만 했다.
>
> 사원이 회사를 위해 열심히 일하는 것 말고 더 무엇이 필요하단 말인가. 나는 실용이나 중도라는 말을 좋아했다. 어느 쪽으로 치우치지도 않고, 모두에게 실익이 돌아가는 길을 찾아야 했다.
>
> 나로 말하자면 중도파였다.
>
> 어느 한쪽으로도 치우치지 않는다는 것이 내 생활신조였다.

그러나 "이쪽도 저쪽도 아니라는 말은 이쪽 편도 되고, 저쪽 편도 된다는 말이기도 했다."는 영탁 스스로의 말처럼 그것은 현실이란 주인에게 철저히 순응하는 하나의 보신책에 지나지 않는다. 현실의 승자가 누군지 분명하게 나타나는 순간, 누구를 향해 꼬리를 쳐야 하는지 영탁은 귀신같은 감각을 보여주기 때문이다. 실제로 영탁은 홍 비서로부터 받은 사장의 비밀장부를 사장에게 다시 돌려주고, 그 대가로 기획실장이라는 요직에 오른다. 영탁이 그토록 강조하는 '중도'의 실체가 분명하게 드러나는 순간이다.

영탁이야말로 지금 완벽하게 사자클럽 회원으로 살던 지난날을 다시 살아내고 있다. 영탁은 첫사랑인 보경을 쏙 빼닮은 사장 비서인 홍담희와 모텔 방에서 노는 것이 낙이었다. 보경은 열일곱 살 때 영탁이 정규의 연애편지를 대필해주면서 좋아하게 된 첫사랑의 이름이다. 영탁이 홍담희에게 그렇게 빠진 이유는 그녀가 영탁의 "더듬거리는 말을 좋아했기 때문"이다. '더듬거리는 말'이야말로 중고등학교 시절 영탁의 가장 핵심적인 특징이기도 하다. 영탁은 "보경에게 보냈던 것과 같은 편지를 수십 통이나 쓰고, 하이네의 시를 읊어"준다. 보경을 닮은 까닭에 "경이라 부르"지만, 홍담희에게는 윤동주의 시에서 따온 것이라고 둘러댄다. 나중에 홍담희가 면사무소 공무원과 결혼하여 떠나자 이번에는 정규와 사별하고 강남에서 사자클럽이라는 룸살롱을 경영하는 진짜 보경이를 만나며 만족스러운 생활을 이어간다.

이런 영탁은 자신만의 순수예술론까지 갖추고 있다.

> 내 관심은 아침 이슬이나 저녁 연기처럼 무상하게 명멸하는 한 시대의 일들보다는 시대를 초월한 영구불변의 진리에 쏠려 있었다. 내가 보기에 독재자가 손에 쥐고 흔드는 권력은 풀의 꽃처럼 무상한 것이며, 그것에 대항해 싸우는 일도 그처럼 허망하게만 느껴졌다. 예술은 최루탄 가스 위로 떠오르는 만월이었고, 적어도 문학이란 것은 '군

부독재 타도'가 아니라 '돌담에 속삭이는 햇발' 같은 것이었다.

이런 생각의 연장선상에서 노조에 가입하지 않냐고 보채는 홍담희에게 자신은 "글을 쓰는 작가"이며, "나는 어딘가에 속하는 게 싫다"라고 이야기한다. 그러나 작품 속에서 영탁의 순수문학적 재능이 빛을 발휘하는 것은 홍담희를 모텔의 침대로 끌어들일 때뿐이다. 영탁은 홍 비서가 직장을 그만두는 순간에도 모텔에 가서 이야기하자고 그녀를 유혹한다.

그러고 보면 학창 시절에도 영탁은 악에 있어 누구에게도 뒤지지 않는 존재였다. 이 작품에서는 성제네 집의 식모 진명선을 윤간하려는 장면이 등장한다. 『사자클럽 잔혹사』에 등장하는 무수한 폭력과는 차원이 다른 범죄로 그려지고 있는데, 그때 힘과 폭력으로만 덤벼드는 다른 친구들과 달리 영탁은 어린 시절 집에서 기르던 개 메리를 생각하며 결정적인 역할을 수행한 적이 있다.

이 작품에서 영탁과 더불어 '개 같지 않은 개'로는 영탁의 아내 미연과 출판사 사장이 등장한다. 영탁의 아내인 미연은 대학 시절 대학가요제에서 상을 탄 노래들은 "썩은 콩나물 대가리들"이라고 경멸하는 운동권이었다. 지금도 아내는 영탁이 부르는 팝송에 대해서도 "뿌리 없는 양코배기 노래"라며 비판하고, 김광석이라면 자다가도 벌떡 일어나 눈물을 흘린다. "이 나라와 세계 평화와 우주는 누가 지킬 것인가를 걱정"하고, 봉하로 내려가 전임 대통령을 추모하는 음악회에 참여한 뒤 퉁퉁 부은 눈으로 돌아오기도 한다. 그러나 그녀는 퉁퉁 부은 눈으로 돌아오자마자 "착 가라앉은 목소리로 부동산 업소에 전화"를 걸고, 틈나는 대로 "부동산 업소들을 돌아다니며 기민하게 땅 투기를 하는 인간"이다. 대학 시절 노래패 선배인 출판사 사장과는 불륜관계이다.

출판사 사장 역시 개답기는 미연에 모자라지 않는다. 사장은 매일 이어지는 야근에도 수당이 따로 없어 직원들의 불만이 많다고 이야기하면, "자신이 1980년 그 엄혹한 시절에 50만 학우들을 이끌고 서울역 앞에서 경찰과 대치하던 이야기"를 늘어놓으며 상황을 모면한다. 왕년에 운동했던 사장이 있는 회사에 노조가 말이 되느냐며, 그는 어떻게든 회사에 노조 깃발이 나부끼는 것을 원하지 않았다. 말마다 모래시계 세대임을 자처하던 사장은 용역 깡패까지 동원하기에 이른다.

6. 물고 싶은 것만 무는 개

그러나 일방적으로 사자클럽 사람들을 비난만 할 수 있을까? 이 작품의 상당 부분은 한 인간의 세계관이 형성되는 결정적인 시기에 이들이 얼마나 폭력적인 문화에 노출되었는지 지루할 정도로 시시콜콜하게 제시하고 있지 않은가? 그런 상황에서 과연 올바른 주체로 성장한다는 것이 그렇게 쉬운 일만은 아니었을 것이다. 엄혹했던 그 시절 이제 막 얼굴에 여드름이 나고 이차 성징을 겪던 그 소년들이 그 상황에 맞서 올바른 주체로 성장한다는 것은 거의 불가능한 일은 아니었을까? 영탁도 선배들에게 이끌려 얼떨결에 사자클럽의 회원이 되고, 살아남기 위해 사자클럽 회원으로서의 삶에 충실했던 것이다.

1장에서 『사자클럽 잔혹사』는 여타의 복고 소설들과 달리 현재를 바라보는 확실한 시각이 확보되어 있다고 말한 바 있다. 그러나 이 작품의 결론이 우리는 모두가 개이며, 개일 수밖에 없다는 것이라면, 조금 허무하다. 더군다나 의현 같은 존재가 바닷가의 변사체로 발견된 상황이라면 더욱 그러하다. 이 작품에 드러난 강렬한 부정의 정신은 곧 강렬한 허무주의로 치환될 수도 있다. 현실에 대한 총체적인 부정 속에서 나아갈 지평은 조금도 주어지지 않는다. 이렇게 될 경우 『사자클럽 잔혹사』 역시 프레드릭 제임슨이 말한 것과 같은 포스트모던한 인식에서 비롯된 향수를 드러낸 작품으로 이해할 수밖에 없다. 이와 관련해 우리에게는 개 한 마리가 더 남아 있다. 그것은 칸트가 말한 "그럼에도 불구하고 자유로워라"라는 정언명령을 떠올리게 하는 개이다.

마지막 순간 응규는 새로운 개의 모습을 보여준다. 이는 "개라도 좋아. 난 내가 물고 싶은 것만 물 거야."(개 6)라고 말하는 모습에서 나타난다. 앞에서 이야기했듯이, 『사자클럽 잔혹사』에서 말하는 개의 특징은 자기 의지와 자기 판단 없이 주인(지배질서)에 대해 맹목적으로 순종하는 존재를 의미했다. 그러나 지금 응규는 '자신이 물고 싶은 것만 물 것'을 다짐하고 있다. 실제로 응규는 마지막에 극적인 변화를 보여준다. "있는 것들이 몸소 나서기엔 성가시고 거북한 것들"을 앞장서서 처리하는 용역업체를 운영하던 응규는 성제가 북한 선교를 빌미로 탈북자들에게 적잖은 금품을 갈취해왔다는 것을 폭로한다. 나아가 그는 성제가 보수 진영의 유력 정치인에게 성 접대를 한 사실이며, 관식을 시켜 진명선의 입을 막으려고 한 사실까지 폭로할 예정이다. 이에 성제는 모든 공직에서 사퇴한다. 그러고 보면 이 작품에서 '개'에 대한 이야기를 가장 많이 한 사람은 응규였다. 그만큼 그는 자신의 삶에 대해 그 누구보다 성찰적인 인물이었다.

또한 설인호라는 인물도 등장한다. 이 작품에서 거의 유일하게 긍정적 인물인 설인호는 학창 시절 문예부에서 활동했다. 그는 일찍이 영탁의 문학적 재능을 알아보고 문예부 활동을 권유하였다. 문예부 지도교사가 영탁을 '양아치', '도둑놈'이라 부르며 멸시해도 설인호는 영탁의 편을 들어주었다. 설 선배는 매를 맞아가면서 영탁의 시를 교지에 실었고, 나중에는 영탁에게 사자클럽 탈퇴를 권유하다가 사자클럽의 선배에게 얻어맞기도 했다.

마지막으로 성제의 낙마에 결정적인 역할을 한 노동운동가 진명선도 있다. 그녀는 어린 시절 성제 집에서 식모살이를 하다가 모진 고통을 당한 바 있다. 그러나 "공순이보다 더 무지한 천민"이었던 그녀는 지난날 자신이 당했던 어마어마한 폭력을 "어쨌든 세상이 좆같다는 걸 일찍 알게 해줘서들 고마워"라고 의미부여를 할 정도로 정신적으로 잘 극복해낸다. 그러고는 "가서 전하셔. 깝죽거리지 말고 알아서 기라고."라고 말하며 기세등등했던 성제를 선거에서 끌어내리는 데 한몫하고 있다. 그럼에도 설인호 선배가 팔고 있는 것은 하필이면 헌책이며, 그는 지금 온전치 못한 몸으로 살아가고 있다. 이는 작가가 지금 이 시대를 바라보는 기본적인 시각이 그만큼 암담하다는 것을 보여주는 증거이다.

사자클럽 잔혹사

2013년 11월 22일 1판 1쇄 찍음
2013년 11월 29일 1판 1쇄 펴냄

지은이 이시백
펴낸이 손택수
편집 이호석, 이승한, 임아진
디자인 김현주
관리 · 영업 김태일, 이용희, 박윤혜

펴낸곳 (주)실천문학
등록 10-1221호(1995.10.26.)
주소 우121-839, 서울시 마포구 서교동 478-3 동궁빌딩 501호
전화 322-2161~5
팩스 322-2166
홈페이지 www.silcheon.com

ISBN 978-89-392-0708-0 03810

이 소설은 2012 아르코문학창작기금을 수혜하였습니다.